军事大视野
丛书

LARGE VIEW OF MILITARY

立体打击
军用直升飞机

赵 渊 主 编
王崇文 副主编

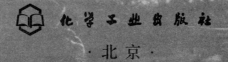

化学工业出版社
·北京·

军事爱好者可能对于军用飞机大家族的一个重要成员——军用直升机知之甚少，但实际上，"阿帕奇"、"黑鹰"、"支努干"等名字已经开始越来越多地引起了军事爱好者的注意。本书即是为军事迷了解军用直升机而作，书中详细介绍了各国军用直升机的研发历史与战绩，并且对每种直升机的性能特点进行了详细的介绍。大量精美的插图，更可以加深读者对军用直升机的感性认识。

图书在版编目（CIP）数据

立体打击——军用直升飞机/赵渊主编.—北京：
化学工业出版社，2011.12
（军事大视野丛书）
ISBN 978-7-122-12640-5

Ⅰ.立…　Ⅱ.赵…　Ⅲ.军用直升机-介绍-世界
Ⅳ.E926.396

中国版本图书馆CIP数据核字（2011）第215847号

责任编辑：徐　娟　　　　　　　文字编辑：余纪军
责任校对：战河红　　　　　　　装帧设计：紫雨设计工作室

出版发行：化学工业出版社（北京市东城区青年湖南街13号　邮政编码100011）
印　　装：北京云浩印刷有限责任公司
710mm×1000mm　1/16　印张13　字数260千字　2012年2月北京第1版第1次印刷

购书咨询：010-64518888（传真：010-64519686）　售后服务：010-64518899
网　　址：http://www.cip.com.cn
凡购买本书，如有缺损质量问题，本社销售中心负责调换。

定　　价：29.80元　　　　　　　　　　　　　　　　版权所有　违者必究

丛书序

当今军事世界正在发生着根本的改变。

最先进的攻击性武器已经强大到让我们匪夷所思的地步，一些军队已经能够做到依靠从太空中发射的一束强光就完全摧毁一幢大楼；我们被军事网络包围着，我们生活的空间——从太空到深海——正在被一层层管制起来；现代军事的谋略让人叹为观止，即使是过去的天才将军们复活也要赞叹连连；军事科技的进展一日千里，今天一个间谍借助计算机可以窃取你的任何秘密，这一点连最有经验的心理学家也不容易做到。世界军事早已进入到"超限战"的时代，心理战、间谍战、狙击战、网络战等战争形式早已在各处上演，核子战、次声战、生化战的疑云从未散去……而且，在你从未注意的角落，或是沙漠中心，或是外表平平无奇的实验室一角，甚至是在人迹罕至的雨林深处，正有越来越多的新武器、新战法被开发出来。所以，没有硝烟的地方未必不是战场。

如果你对军事感兴趣，就不能不想办法了解这些变化的方方面面。这套丛书名为"军事大视野丛书"，正是为了使你全面了解当今军事世界的基本状况而设。它与同类图书是大不相同的。首先，它选配了精彩的图片，可以使你直观地领略军事天地的神奇。其次，它整合了大量必要的数据，在对密密麻麻的阿拉伯数字与小数点的阅读中，你不知不觉地正在变成一个准专家。再次，它的文字力求生动有趣，这里没有教科书式的死板，宏伟的军事历史画卷与跌宕起伏的战争故事都在引人入胜的文字下收入你的眼底。

衡量一个人是否称得上军事爱好者的第一标准是他是否有对军事的"爱"，这不是一时的狂热，而是发自内心的喜好与向往。唯有如此，他才能真正领略到军事天地那难以言传的魅力。本着这一标准，本套丛书选取了成为真正军事爱好者所需的各方面内容。从本套丛书中，你可以接触到现代军事史、军事训练、军事指挥、兵器装备、尖端军事科技、特殊军事团队、军事人物、军事谋略、军事布局等方方面面的具体知识，这些知识并不是你在任何地方都可以轻易找到的。对于热爱军事的读者来说，本套丛书正是成为真正军事爱好者的捷径。

王秀清、王崇文、王琳琳、支静、刘朝晖、刘淼、刘慧芳、吴超、霍红霞、李卉、李瀚洋、张永萍、冯灵芝、王国义、周海全、肖长博、余磊、张玉磊、徐江、郑治伟、郭晓雷、章晴雨等共同参与了本丛书的编写，他们在写作中克服了种种困难，在此谨向他们表示感谢！

主　编：赵　渊

2011年8月于天雪湖

目 录 CONTENTS

立体打击——
军用直升机

第一章

直升机简史

直升机是一种由一个或多个水平旋转的旋翼提供向上升力和推进力而进行飞行的航空器。直升机具有大多数固定翼航空器所不具备的垂直升降、悬停、小速度向前或向后飞行的特点。这些特点使得直升机在很多场合大显身手。直升机与飞机相比，其弱点是速度低、耗油量较高、航程较短。

直升机的构想

人类有史以来就向往着能够自由飞行。古老的神话故事诉说着人类早年的飞行梦，例如阿拉伯人的飞毯，希腊神的战车，这些梦想的飞行方式都是原地腾空而起，一下就飞上天空，并想象着可以随意地在空中停留，然而它们毕竟只存在于神话故事中，那个时代的科学技术水平太低，不可能创造出载人的飞行器，可以说，那是人类飞行的幻想时期。即使在幻想时期，仍然产生了直升机的基本思想，昭示了现代直升机的原理。中国的竹蜻蜓和意大利人达·芬奇的直升机草图，就为现代直升机的发明提供了启示，指出了正确的思维方向，它们被公认是直升机发展史的起点。

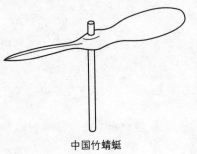

中国竹蜻蜓

竹蜻蜓又叫飞螺旋和"中国陀螺"，这是我们祖先的奇特发明。有人认为，中国在公元前400年就有了竹蜻蜓，其实公元前1500年的奇肱飞车就是一架无动力的放大了的竹蜻蜓。这种叫竹蜻蜓的民间玩具，一直流传到现在。

15世纪中叶，在达·芬奇绘制带螺丝旋翼的直升机设计图之前，它就已经传入了欧洲。欧洲人将它作为航空器来研究和发展。

19世纪末，在意大利的米兰图书馆发现了达·芬奇在1475年画的一张关于直升机的想象图。这是一个用上浆亚麻布制成的巨大螺旋体，看上去好像一个巨大的螺丝钉。它以弹簧为动力旋转，当达到一定转速时，就会把机体带到空中。驾驶员站在底盘上，拉动钢丝绳，以改变飞行方向。从这张图可以看出，达·芬奇已经考虑到了飞行中的各项原理，后人一致认为这就是世界上最早的直升机设计蓝图。英国"航空之父"乔治·凯利（1773—1857）曾制造过几个竹蜻蜓，用钟表发条作为动力来驱动旋转，飞行高度曾达27米。

尽管现代直升机比竹蜻蜓复杂千万倍，但其飞行原理却与竹蜻蜓有相似之处。现代直升机的旋翼就好像竹蜻蜓的叶片，旋翼轴就像竹蜻蜓的那根细竹棍儿，带动旋翼的发动机就好像我们用力搓竹棍儿的双

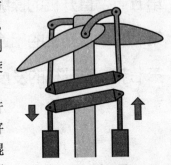

直升机升空原理

手。竹蜻蜓的叶片前面圆钝，后面尖锐，上表面比较圆拱，下表面比较平直。当气流经过圆拱的上表面时，其流速快而压力小；当气流经过平直的下表面时，其流速慢而压力大。于是上下表面之间形成了一个压力差，便产生了向上的升力。当升力大于它本身的重量时，竹蜻蜓就会腾空而起。直升机旋翼产生升力的道理与竹蜻蜓是相同的。竹蜻蜓还有一个特性就是当它插在竹筒中被侧风吹动旋转时，它也能上升。这个特性使得3500年前的奇肱人能凭借自然风力进行1000米航程的飞行。

第二节
直升机的诞生

　　竹蜻蜓有据可查的历史记载于晋朝（265～420年）葛洪所著的《抱朴子》一书中。它利用"环剑"驱动螺旋桨轴，从而通过旋翼的空气动力实现垂直升空，演示了现代直升机旋翼的基本工作原理。

　　随着生产力的发展和人类文明的进步，直升机的发展史由幻想时期进入了探索时期。欧洲产业革命之后，机械工业迅速崛起，尤其是20世纪初汽车和轮船的发展，为飞行器准备了发动机和可供借鉴的螺旋桨。经过航空先驱者们勇敢而艰苦的创造和试验，1903年莱特兄弟（Brother Wright）制造的固定翼飞机飞行成功。在此期间，尽管在发展直升机方面，航空先驱们付出了相当的艰辛和努力，但由于直升机技术的复杂性和发动机性能不佳，它的成功飞行比飞机迟了30多年。

　　直升机主要由机体和升力（含旋翼和尾桨）、动力、传动三大系统以及机载飞行设备等组成。旋翼一般由涡轮轴发动机或活塞式发动机通过由传动轴及减速器等组成的机械传动系统来驱动，也可由桨尖喷气产生的反作用力来驱动。

　　直升机发动机驱动旋翼提供升力，把直升机举托在空中，主发动机同时也输出动力至尾部的小螺旋桨，机载陀螺仪能侦测直升机回转角度并反馈至尾桨，通过调整小螺旋桨的螺距可以抵消大螺旋桨产生的不同转速下的反作用力。

　　通过称为"倾斜盘"的机构可以改变直升机的旋翼的桨叶角，从而实现旋翼周期变距，以此改变旋翼旋转平面不同位置的升力来实现改变直升机的飞行姿态，再以升力方向变化改变飞行方向。同时，直升机升空后发动机是保持在一个相对稳定的转速下，控制直升机的上升和下降是通过调整旋翼的总距来得到不同的总升力的，因此直升机实现了垂直起飞及降落。

　　20世纪初为直升机发展的探索期，

美国贝尔–407直升机

3

多种试验性机型相继问世。试验机方案的多样性表明了探索阶段的技术不成熟性。经过多年实践，这些方案中只有纵列式和共轴双旋翼式保留了下来，至今仍在应用。双桨横列式方案未在直升机家族中延续，但在倾转旋翼飞机中得到了继承和发展。

俄国人尤利耶夫另辟捷径，提出了利用尾桨来配平旋翼反扭矩的设计方案并于1912年制造出了试验机。这种单旋翼带尾桨式直升机成为至今最流行的形式。

20世纪初的努力探索，为直升机发展积累了可贵的经验并取得显著进展，有多架试验机实现了短暂的垂直升空和短距飞行，但离实用还有很大距离。

飞机工业的发展，使航空发动机的性能迅速提高，为直升机的成功提供了重要条件。旋翼技术的第一次突破，归功于西班牙人施亚沃，他为了创造"不失速"的飞机以解决固定翼飞机的安全问题，采用自转旋翼代替机翼，发明了自转旋翼机。旋翼技术在自转旋翼机上的成功应用和发展，为直升机的诞生提供了另一个重要条件。

人类历史上第一架直升机诞生于1907年8月，法国人保罗·科尔尼研制出一架全尺寸载人直升机，并于同年11月13日试飞成功。这架机名为"飞行自行车"的直升机不仅靠自身动力离开地面0.3米，完成了垂直升空，而且还连续飞行了20秒钟，实现了自由飞行。保罗·科尔尼研制的直升机带两副旋翼，主结构为一根V形钢管，机身由V形钢管和6个钢管构成的星形件组成，并采用钢索加强，以增加框架结构的刚度。V形框架中部安装一台24马力的安特奈特发动机和操作员座椅。机身总长6.20米，重260公斤。V形框架两端各装一副直径为6米的旋翼，每副旋翼有2片桨叶。

世界上直升机的第一次试飞成功，是1938年年轻的德国姑娘汉纳赖奇驾驶一架双旋翼直升机在柏林体育场进行了一次完美的飞行表演。这架直升机被直升机界认为是世界上第一种试飞成功的直升机。

世界上第一架具有正常操纵性的直升机出现在德国。1936年，德国福克公司在对早期直升机进行多方面改进之后，公开展示了自己制造的FW-61直升机，1年后该机创造了多项世界纪录。这是一架机身类似固定翼飞机，但没有固定机翼的大型双旋翼横列式直升机，它的两副旋翼用两组粗大的金属架分别向右上方和左上方支起，两副旋翼水平安装在支架顶部。桨叶平面形状是尖削的，用挥舞铰和摆振铰连接到桨毂上。用自动倾斜器使旋翼旋转平面倾斜进行纵向操纵，通过两副旋翼朝不同方向倾斜实现偏航操纵。旋翼桨叶总距是固定不变的，通过改变旋翼转速来改变旋翼拉力。利用方向舵和水平尾翼来增加稳定性。FW-61旋翼毂上装有周期变距装置，在旋翼旋转过程中可改变桨叶桨距。还有一根可变动桨距的操纵杆来改变旋翼面的倾斜度，以实现飞行方向控制。FW-61就是靠这套周期变距装置和操纵杆保证了它的机动飞行。该机旋翼直径7米，动力装置是一台功率140马力的活塞发动机。这是世界上第一架具有正常操纵性的直升机。该机时速100～120公里，航程200公里，起飞重量953公斤。

世界上第一架实用直升机出现在1939年的美国。1939年春，美国的伊戈尔·

西科斯基完成了VS-300直升机的全部设计工作，同年夏天制造出一架原型机。这是一架单旋翼带尾桨式直升机，装有三片桨叶的旋翼，旋翼直径8.5米，尾部装有两片桨叶的尾桨。其机身为钢管焊接结构，由V形皮带和齿轮组成传动装置；起落架为后三点式，驾驶员座舱为全开放式；动力装置是一台四气缸、75马力的气冷式发动机。这种单旋翼带尾桨直升机构型成为现在最常见的直升机构型。1940年5月13日，VS-300进行了首次自由飞行，当时安装了90马力的富兰克林发动机。自首次自由飞行以来，西科斯基不断对VS-300进行改进，逐步加大发动机的功率。

世界上第一种投入批量生产的直升机是R-4直升机。这是美国沃特-西科斯基公司20世纪40年代研制的一种2座轻型直升机，是世界上第1种投入批量生产的直升机，也是美国陆军航空兵、海军、海岸警卫队和英国空军、海军使用的第一种军用直升机。该机的公司编号为VS-316，VS-316A。美国陆军航空兵的编号为R-4，美国海军和海岸警卫队的编号为

俄罗斯卡-50双旋翼机

HNS-1，英国空军将其命名为"食蚜虻"1（Hoverfly1），英国海军将其命名为"牛虻"（Gadfly）。

第三节
直升机的发展

20世纪40～50年代中期是实用型直升机发展的第一阶段，这一时期的典型机种有：美国的S-51、S-55/H-19、贝尔-47，苏联的米-4、卡-18，英国的布里斯托尔-171，捷克的HC-2等。这一时期的直升机可称为第一代直升机。

这个阶段的直升机具有以下特点。动力源采用活塞式发动机，这种发动机功率小，比功率低（约为1.3千瓦/公斤），比容积低（约247.5公斤/米^3）。采用木质或钢木混合结构的旋翼桨叶，寿命短，约为600飞行小时。桨叶翼型为对称翼型，桨尖为矩形，气动效率低，旋翼升阻比为6.8左右，旋翼效率通常为0.6。机体结构采用全金属构架式，空重与总重之比较大，约为0.65。没有必要的导航设备，只有功能单一的目视飞行仪表，通信设备为电子管设备。动力学性能不佳，最大飞行速度低（约为200公

中国直-15直升机

里/小时），振动水平在$0.25g$左右，噪声水平约为110分贝，乘坐舒适性差。

20世纪50年代中期至60年代末是实用型直升机发展的第二阶段。这个阶段的典型机种有：美国的S-61、贝尔-209/AH-1、贝尔-204/UH-1，苏联的米-6、米-8、米-24，法国的SA321"超黄蜂"等。这个时期开始出现专用武装直升机，如AH-1和米-24。这些直升机称为第二代直升机。

这个阶段的直升机具有以下特点。动力源开始采用第一代涡轮轴发动机。涡轮轴发动机产生的功率比活塞式发动机大得多，使直升机性能得到很大提高。第一代涡轮轴发动机的比功率约为3.62千瓦/公斤，比容积为294.9千瓦/米^{3}左右。直升机旋翼桨叶由木质和钢木混合结构发展成全金属桨叶，寿命达到1200飞行小时。桨叶翼型为非对称的，桨尖简单尖削与后掠，气动效率有所提高，旋翼升阻比达到7.3，旋翼效率提高到0.6。机体结构为全金属薄壁结构，空重与总重之比降低到0.5附近。采用减振的吸能起落架和座椅。机体外形开始考虑流线化，以减小气动阻力。直升机座舱开始采用纵列式布置，使机身变窄。性能明显改善，最大飞行速度达到200～250公里/小时，振动水平降低到$0.15g$左右，噪声水平为100分贝，乘坐舒适性有所改善。

20世纪70年代至80年代是直升机发展的第三阶段，典型机种有：美国的S-70/UH-60"黑鹰"、S-76、AH-64"阿帕奇"，苏联的卡-50、米-28，法国的SA365"海豚"，意大利的A129"猫鼬"等。在这一阶段，出现了专门的民用直升机。为了深入研究直升机的气动力学和其他问题，这时也设计制造了专用的直升机研究机（如S-72和贝尔-533）。各国竞相研制专用武装直升机，促进了直升机技术的发展。

米-28H直升机

这个阶段的直升机具有以下特点。涡轮轴发动机发展到第二代，改用了自由涡轴结构，因此具有较好的转速控制特征，改善了启动性能，但加速性能没有定轴结构的好。发动机的重量和体积有所减小，寿命和可靠性均有提高。典型的发动机耗油率为0.36公斤/（千瓦·小时），与活塞式发动机差不多。旋翼桨叶采用复合材料，其寿命比金属桨叶有大幅度提高，达到3600小时左右。翼型不再借用固定翼飞机的翼型，而是为直升机专门研制的翼型，即二维曲线变化翼型。桨尖呈抛物线后掠。桨毂广泛使用弹性轴承，有的成无铰式。尾桨已开始采用效率高又安全的涵道尾桨。旋翼升阻比达8.5左右，旋翼效率提高到0.7左右。机体次结构也采用复合材料制造，复合材料占机体总重的比例通常为10%左右，直升机的空重与总重之比一般为0.5。对于军用直升机，特别是武装直升机来说，提出了抗弹击和耐坠毁要求。美国军方提出了军用直升机耐毁标准MIL-STD-1290，已成为军用直升机的设计标准。为满足这些标准，军用直升机采用了乘员装甲保护，专门设计了耐坠

毁起落架、座椅和燃油系统。电子系统
已发展到半集成型。直升机采用大规模
集成电路通讯设备、集成的自主导航设
备、集成仪表、电子式与机械式混合操
纵机构等。机上的电子设备之间靠一条
双向数字数据总线交连，通过这条总线
可进行信息发射和接收。直升机采用混
合布置的局部集成驾驶舱。第一代夜视
系统的使用使直升机具备了夜间飞行能
力。这种较为先进的半集成电子设备使

贝尔-412直升机

直升机通讯距离显著增大，导航距离与精度明显提高，仪表数量有所减少，飞行
员工作负荷得到减轻，也使直升机具备了机动/贴地飞行以及在不利气象/夜间
条件下的飞行能力，从而提高了直升机的整体性能。动力学性能明显提高。直升
机的升阻比达到5.4，全机振动水平约为0.1g，噪声水平低于95分贝，最大飞行
速度达到300公里/小时。

　　20世纪90年代是直升机发展的第四阶段，出现了目视、声学、红外及雷达
综合隐身设计的武装侦察直升机。典型机种有：美国的RAH-66和S-92，国际合
作的"虎"、NH90和EH101等，称为第四代直升机。

　　这个阶段的直升机具有以下特点。采用第三代涡轴发动机，这种发动机虽然
仍采用自由涡轴结构，但采用了先进的发动机全权数字控制系统及自动监控系统，
并与机载计算机管理系统集成在一起，有了显著的技术进步和综合特性。第三代
涡轴发动机的耗油率仅为0.28公斤/(千瓦·小时)，低于活塞式发动机的耗油率。
其代表性的发动机有T800、RTM322和RTM390。桨叶采用碳纤维、凯芙拉等高级复
合材料制成，桨叶寿命达到无限。新型桨尖形状繁多，较突出的有抛物线后掠形
和先前掠再后掠的BERP桨尖。这些新桨尖的共同特点是可以减弱桨尖的压缩性效
应，改善桨叶的气动载荷分布，降低旋翼的振动和噪声，提高旋翼的气动效率。
球柔性和无轴承桨毂获得了广泛应用，桨毂壳体及桨叶的连接件采用复合材料，
使结构更为紧凑，重量大为降低，阻力大大减小。旋翼升阻比达到10.5，旋翼效
率为0.8。这个阶段应用了无尾桨反扭矩系统，其优点是具有良好的操纵响应特
性、振动小、噪声低，不需要尾传动轴和尾减速，使零部件数量大大减小，因而
提高了可维护性。复合材料在直升机上获得了前所未有的广泛应用。直升机开始
采用复合材料主结构，复合材料的应用比例大幅度上升，通常占机体结构重量的
30%～50%。这一时期的民用型直升机的空重与总重之比约为0.37。计算机技术、
信息技术及智能技术在直升机上获得应用，直升机电子设备朝着高度集成化方向
发展。这一时期的直升机，采用了先进的增稳增控装置，用电传、光传操纵取代
了常规的操纵系统，采用先进的捷联惯导、卫星导航设备，以及组合导航技术，
先进的通讯、识别及信息传输设备，先进的目标识别、瞄准、武器发射等火控设
备，以及先进的电子对抗设备，采用了总线信息传输与数据融合技术，并正向传

第一章　直升机简史

感器融合方向发展。机上的电子、火控及飞行控制系统等通过数字数据总线交连，实现了信息共享。采用了多功能集成显示技术，用少量多功能显示器代替大量的单个仪表，通过键盘控制显示直升机的飞行信息，利用中央计算机对通讯、导航、飞行控制、敌我识别、电子对抗、系统监视、武器火控的信息进行集成处理从而进行集成控制。采用这类先进的集成电子设备，大大简化了直升机座舱布局和仪表板布置，系统部件得到简化，重量大大减轻。更主要的是极大地减轻了飞行员工作负担，改善了直升机的飞机品质和使用性能。直升机的全机升阻比达到6.6，振动水平降到0.05g，噪声水平小于90分贝，最大速度可达到350公里/小时。

第四节
直升机的类型

直升机的类型，主要有两种，即单旋翼直升机和双旋翼直升机。

单旋翼直升机又可以分为带尾桨直升机和无尾桨直升机。

单旋翼带尾桨直升机是最常见的直升机类型，又称反扭矩尾桨，由一个水平旋翼负责提供升力，尾部一个小型垂直旋翼（尾桨）负责抵消主旋翼产生的反扭矩。其中有一种是涵道式尾桨，这是传统尾旋翼的一个变种，用安装在涵道式外壳内的吹风扇代替了外置开放式的传统旋桨，优点是安全性高、振动和噪声小，缺点是重量大、造价高、推重比相对较低等。最早由欧洲直升机公司的前身南方飞机公司于20世纪60年代构思设计，首先出现在SA341"瞪羚"直升机上。现今欧直的许多机型，如EC-120"蜂鸟"、EC-130、EC-135、AS365"海豚Ⅱ"系列等，采用的都是涵道式尾桨设计。除了欧直之外，美国流产的RAH-66"科曼奇"、俄罗斯的卡-60"虎鲸"、日本陆上自卫队的川崎OH-1直升机等也采用了涵道式设计。

单旋翼无尾桨直升机，由一个水平旋翼负责提供升力，机身尾部侧面有空气排出，与旋翼的下洗气流相互作用产生侧向力来抵消旋翼产生的反扭矩。例如美国麦道直升机公司生产的MD520N直升机。

双旋翼直升机，可以分为纵列式、横列式、共轴式、交叉式直升机。

英国"山猫"式军用直升机

双旋翼纵列式直升机，两个旋翼前后纵向排列，旋转方向相反，多见于大型运输直升机。例如，美国波音公司制造的CH-47"支努干"运输直升机。

双旋翼横列式直升机，两个旋翼左右横向排列，旋翼轴间隔较远，旋转方向相反。例如，前苏联米里设计局研制的Mi-12直升机。

双旋翼共轴式直升机，两个旋翼上下排列，在同一个轴线上反向旋转。例

立体打击——军用直升机
JUNYONG ZHISHENGFEIJI

如，前苏联卡莫夫设计局研制的Ka-50攻击直升机。

双旋翼交叉式直升机，两个旋翼左右横向排列，旋翼轴间隔较小，并且不平行，旋转方向相反。例如，Kaman公司制造的K-MAX起重直升机。

第五节
直升机的操纵系统

直升机的操纵系统通常由以下总距操纵杆、周期变距操纵杆和脚蹬组成。

总距操纵杆简称总距杆，用来控制旋翼桨叶总距变化。总距操纵杆一般布置在驾驶员座位的左侧，绕支座轴线上、下转动。驾驶员左手上提杆时，使自动倾斜器整体上升而增大旋翼桨叶总距（即所有桨叶的桨距同时增大相同角度）使旋翼拉力增大，反之拉力减小，由此来控制直升机的升降运动。通常在总距操纵杆的手柄上设置旋转式油门操纵机构，用来调节发动机油门的大小，以使发动机输出功率与旋翼桨叶总距变化后的旋翼需用功率相适应。因此，该操纵杆又称为总距油门杆。

周期变距操纵杆简称驾驶杆。与固定翼航空器的驾驶杆作用相似，通过操纵线系与自动倾斜器相连接。一般位于驾驶员座椅的中央前方。驾驶员沿横向和纵向操纵周期变距操纵杆时，自动倾斜器会产生相应方向的倾斜，从而导致旋翼拉力方向也产生相应方向的倾斜，由此得到需要的推进力以及横向和纵向操纵力，进而改变直升机的运动状态和自身姿态。

英国"山猫"式军用直升机

脚蹬，与固定翼航空器的方向舵脚蹬作用相似，都是控制航向的工具。由于直升机的类型比较多，脚蹬起作用的方式也各不相同。对于单旋翼带尾桨直升机，脚蹬经操纵线系与尾桨的桨距控制装置相连，通过控制尾桨桨距的大小来调节尾桨产生的侧向力，达到控制航向的目的。对于单旋翼无尾桨直升机，则是通过脚蹬控制机身尾部出气量的大小来调节侧向力。对于双旋翼直升机，脚蹬控制的则是两旋翼总桨距的差动，即一个增大一个减小，使得两旋翼反扭矩不能平衡，从而使机身发生航向偏转。

第六节
直升机的用途

直升机作为中低空的多用途主战型武器，担负着火力支援、战役侦察、战场救护、渡海登岛等作战任务，在战争中产生着举足轻重的作用。为此，不断扩大直升机的参战范围，减少地形地域限制，提高机动作战能力，开辟野外抢修和装

美国UH-60"黑鹰"通用直升机

备保障是决定直升机持续作战的可靠保障。战时直升机的正确和快速抢修保障是陆军航空兵保持作战持续能力的两个关键所在。

装有武器并执行作战任务的直升机被称为武装直升机，亦称攻击直升机或强击直升机。主要用于攻击地面、水面和水下目标，为运输直升机护航，也可与敌直升机进行空战。具有机动灵活，反应迅速，适于低空、超低空抵近攻击，能在运动和悬停状态开火等特点。多配属陆军航空兵，是航空兵实施直接火力支援的新型机种。武装直升机可分为专用型和多用型两种。专用型武装直升机是专门为进行攻击任务而设计的，其机身窄长，机舱内只有前后或并列乘坐的2名乘员（甚至1名乘员），作战能力较强；多用途武装直升机除用来执行攻击任务外，还可用于运输、机降、救护等。反坦克作战是武装直升机的主要用途之一，因此武装直升机又称为"坦克杀手"；它与坦克对抗时，在视野速度、机动性及武器射程等诸方面明显处于优势地位。舰载武装直升机还可扩大舰艇或舰队的作战范围，增强作战能力。武装直升机一般携带机枪、航炮、炸弹、火箭和导弹等多种武器，最大平飞时速300公里以上，续航时间2～3小时。武装直升机广泛用于现代局部战争，在战争中发挥了重要作用，受到世界各国的广泛关注。

第七节
直升机的发展趋势

当今世界各国拥有的各类军用直升机数量保持在18000架左右，美国一直是世界上军用直升机拥有量最多的国家，其拥有量约占总量的一半。俄罗斯大约有3560架；英国有650余架；法国大约有800架；德国有约740架；意大利大约有560架；日本大约有850架军用直升机。在世界各国中，每万名军人拥有军用直升机数量居前五位的国家依次是美国、英国、德国、日本和俄罗斯。

为满足新军事变革和军队转型的需要，以及适应现代战争战场环境，在未来网络信息化战争中占据有利地位，国外军用直升机装备及其技术的发展将呈现以下趋势。

① 新军事变革推动军用直升机装备标准化。综观世界各国特别是美、俄两大军事强国的新军事变革，其核心就是：利用现代化高技术军事装备，打造机动灵活、快速反应、具备网络信息化作战能力的部队。具体特征就是部队建制模块化，军事装备标准化。反映在军用直升机装备方面，就是军用直升机装备的标准化。

例如，为适应新军事变革的需要，美国陆军航空兵正在实施重大转型，对建制进行全面调整，设立模块化的、多功能的航空旅。航空旅内建立连级规模的模块化建制单位，每个采用标准编制的连的规模一定，装备的军用直升机采用标准配置。如美国陆军航空兵未来的重型航空旅中，每个旅将装备攻击直升机288架，通用运输直升机228架，重型运输直升机和医疗救护直升机各72架，总计660架。同时，为了在保证作战应用有效性的前提下，便于管理和指挥，有利于构建战场信息网络，减轻后勤保障、补给和维护压力，保证在役直升机的战备完好率，配备的军用直升机型号种类将大幅度减少。美国陆军航空兵计划在未来几十年内，把其主战机种从目前的12种减少到只有AH-64、CH-47、UH-60和新型侦察直升机UH-72这4种。而俄罗斯陆军航空兵希望最终实现由卡-50、米-28、卡-52武装直升机和卡-60多用途直升机组成主战直升机机群，以大幅度提高陆军航空兵的作战能力。这充分表明：新军事变革正在推动军用直升机装备朝标准化配置方向发展。

CH-53海上种马

② 持续的现代化升级改造延伸直升机装备生命周期。长期以来，世界各国一直在对现役的军用直升机进行现代化升级改造，以此提高其技术水平和性能，提升其作战效能，延伸军用直升机装备的生命周期，同时，减少新机的采购、培训等各种相关费用，从而确保在役军用直升机装备的先进性和战备完好率。美国的AH-1、CH-47和UH-60，俄罗斯的米-8和米-24，法国的SA321，英国的"海王"等，便是典型的机型。

例如，为了满足武器装备发展的要求，美国陆军航空兵计划利用撤消"科曼奇"项目所节余的146亿美元，以及该项目所取得的技术成就，实施3大改进项目和3大新机研制项目。3大改进项目包括：继续将AH-64A改造成AH-64D并将以前改造的AH-64D升级为"长弓阿帕奇"第三批次；将UH-60升级为UH-60M；将CH-47D升级为CH-47F，并使其服役至2030年，整个生命周期超过50年。可以断言，这种持续的现代化升级改造是延伸军用直升机装备生命周期的途径，并仍将是世界各国军用直升机装备未来发展的重要方向。

③ 无人直升机的研制受到各军事强国重视。无人直升机具有作战零伤亡优

势，能够有效保障作战人员的生命，降低战争成本，特别是现代信息化战争中，无人直升机将成为一种理想的空中信息网络节点，因此，它已引起世界各国各兵种的高度重视。

20世纪90年代以来，国外无人直升机的发展势头十分强劲，除研制无人直升机的国家数量大幅增加外，研制的和在研的无人直升机型号也大幅攀升。据不完全统计，全世界现有的各类无人旋翼飞行器型号已超过100种。例如，美国陆军正在研制RQ-8B"火力侦察兵"无人直升机，并进行了一系列相关试验。美国陆军打算将这种无人直升机作为IV级无人机系统使用。此外，英国、法国、德国和俄罗斯等国也在大力开展无人直升机的研制。可以预料，一旦这些无人直升机研制成功，必将成为世界各国一种全新的军事装备。

④ 新一代装备研制催生新构型、新概念旋翼类飞行器。常规构型直升机由于自身固有的空气动力特点限制，飞行速度一直难以突破360公里/小时，这不仅极大限制了其应用，也不利于其在现代严重威胁环境中生存。因此，在发展新一代军用直升机装备的过程中，国外一直在努力探索新构型、新概念旋翼飞行器，其中最重要的有复合式直升机和组合式直升机两大类。

复合式直升机是新构型直升机中最简单的，只需在常规直升机上加装固定的升力机翼和辅助推进装置即可。这种直升机在前飞时，由于机翼和辅助推进装置产生的升力和推进力可减小旋翼上的载荷，从而可以降低旋翼转速，推迟后行桨叶的失速和减轻前行桨叶上的压缩效应。这种复合式直升机的速度可提高到445公里/小时，实用升限达6000米，而且航程也有所增大，其典型机种是美国研制的AH-56"夏安"武装直升机。

新概念旋翼机最成功的例子是倾转旋翼机，能高速远距飞行，巡航速度可达600公里/小时。现在不仅已有几种军民用设计方案，如四旋翼倾转旋翼机，而且美国研制的V-22"鱼鹰"倾转旋翼机已经进入部队服役，并被派到伊拉克参加实战。随着世界各国对军用直升机技术性能和任务能力的要求越来越高，可以预料，各种新构型、新概念旋翼飞行器必将成为各国军用直升机装备中重要的组成部分。

⑤ 设计与制造技术数字化/一体化。信息技术的迅猛发展和直升机制造业国际合作的不断深入，大大推动了数字化、信息化技术在新型直升机型号设计方面的一体化进程。建立工程化的直升机数字样机，实现了直升机研制过程从模拟量协调向数字量协调的转变，实现了直升机设计、制造和信息的无缝集成，大大提高了型号研制效率。如RAH-66、V-22、AH-64D、EH-101和NH-90等先进军用直升机，都采用了设计/制造/试验一体化技术，并取得了巨大的效益。

⑥ 大力开发新型旋翼系统。先进旋

CH-47"支努干"直升机

翼系统的研究主要集中在旋翼动力学、旋翼气动优化设计、先进翼型和平面形状研究、先进桨毂系统和高性能尾桨系统的技术开发方面，包括采用矢量推力技术设计的尾部结构，旨在提高军用直升机的机动能力和敏捷性，从而提高其生存性和任务能力。

⑦ 复合材料与智能材料应用更广泛。先进复合材料将获得更广泛的使用，从而大大提高直升机零部件的使用寿命，降低维护工作负荷、使用成本和结构重量。如欧直"虎"直升机机体的复合材料占结构总重的80％以上；NH-90采用全复合材料机身，整个复合材料中机身一次浇铸而成，使空机重大为降低。随着复合材料技术的不断发展，还将出现集

俄罗斯米-171直升机

复合材料桨叶、复合材料桨毂和无轴承旋翼于一体的全复合材料旋翼系统，全复合材料直升机将成为可能。目前，国外在智能旋翼方面的研究主要有桨叶主动襟翼/后缘挥舞控制、桨叶主动扭转、智能桨尖控制等。最新研究包括：采用形状记忆合金驱动桨叶后缘襟翼、自适应桨叶（自动改变桨叶的弯度和扭转）；在直升机翼梁中引入形状记忆合金驱动装置，使桨叶根部至桨尖的扭矩明显下降，从而改善悬停效率，提高前飞速度，在旋翼上铺设智能材料纤维，通电加载时使旋翼产生主动扭转；在旋翼上装上控制旋翼后缘的小舵面及舵面补偿片的智能驱动器，驱动器在电加载时可改变舵面位置并减小振动等。

⑧ 航空电子系统向网络化、智能化方向发展。近年来各种新型军用直升机大量移植固定翼飞机上已经采用的先进航电系统，使军用直升机航电系统进入模块化、数字化、集成化和综合化发展阶段。

针对未来网络化信息战作战环境，一些主要国家如美国已将军用直升机特别是无人直升机作为信息网络节点纳入未来作战系统体系建设中，正在进行全面的开发和广泛的作战评估，可以预料，未来军用直升机航电系统将从目前的数字化、集成化、综合化向网络化和智能化方向发展。

⑨ 光传操纵系统将逐步成熟并获得应用。当前正在研制的军用直升机普遍采用电传操纵系统，如NH-90、V-22"鱼鹰"、"虎"式直升机等。但电传操纵系统存在可靠性低、成本高、易受雷击和电磁脉冲干扰等缺点，而光传操纵系统具有抗电磁干扰、抗电磁脉冲辐射和防雷电优点，且光纤本身不辐射能量、电隔离性好、频带宽、容量大、传输速率高，采用光缆可减轻控制系统的重量、缩小体积，从而大大改进军用直升机的稳定性和可操纵性并使自动驾驶仪系统具有更大的灵活性，同时也能减轻飞行员的工作负担。目前一些国家正在大力开发这项技术，预计光传操纵系统在未来10年内将逐步成熟并将投入实际应用。

⑩ 生存性设计技术。提高生存性仍将是军用直升机当前及未来发展的关键。军用直升机生存性技术主要包括以下几个方面。

俄罗斯米-12直升机

a. 隐身技术：主要是防目视、音响、红外和雷达探测技术。通过各种技术措施，全面提高军用直升机的隐身性能。

b. 降低易损性技术：主要是多余度设计、破损安全设计以及装甲保护设计技术。

c. 耐坠毁设计技术：主要是机体耐坠毁设计、起落架耐坠毁设计、座椅耐坠毁设计以及耐坠毁燃油系统设计技术。

d. 自防御措施：主要是提高军用直升机的自我保护能力，其中包括电子、雷达干扰措施和高效诱骗技术。

e. 逃生技术：当军用直升机被击中而不能继续飞行时，必须为飞行员提供有效的逃生途径，确保飞行员安全逃离直升机并等待救援。

⑪ 动力装置技术。现代军用直升机动力装置正朝着改善维护性、提高可靠性、降低使用成本、提升直升机性能的方向发展。发动机结构尺寸小、重量轻、功率大、燃油消耗少，实现了模块化结构、数字化控制和状态实时监控；传动系统不仅传输功率大，并且具有抗弹击和干运转能力，因此大大提高了动力装置的可靠性；发动机进气道除/防冰技术日趋成熟，有效扩展了军用直升机应用范围；发动机红外抑制技术广泛采用，全面提高了军用直升机生存性；模块化设计减少了发动机零部件数量，便于更换和维护；数字化控制和状态实时监控实现了视情维护，降低了使用成本，提高了直升机的安全性；更大的功重比促进了直升机全机性能的提高，提升了直升机的机动能力。

⑫ 新构型技术。开展新构型研究，主要目的就是利用各种技术手段突破常规构型直升机的速度限制，提高飞行性能，改善操纵品质，以满足未来对高速、远航程军用直升机装备的需求。在新构型探索领域，美国一直走在世界的前沿。如西科斯基公司在进行X2升力（旋翼）-推力（推进螺旋桨）组合式直升机的技术验证；皮亚塞基公司在开展H-60升力（旋翼-机翼）-推力（涵道螺旋桨）组合式直升机的研究；而格罗内兄弟航空公司，根据与美国国防部高级研究计划局达成的协议，正在对在C-130大型运输机上加装利用桨尖喷气驱动桨叶的旋翼系统，使其成为一种机翼-旋翼组合式构型的技术可行性进行论证；波音公司则一直在进行一种鸭式旋翼/机翼概念验证机-X-50A"蜻蜓"的研究；美国NASA和西科斯基公司正在开展可变直径旋翼研究，以便将这种旋翼应用于倾转旋翼机，使其飞行速度可达925公里/小时。此外，以色列正在开发一种4座的、称为"城市鹰"的、可垂直起降的飞行汽车。一旦这些新构型得到验证，技术获得突破，必将深刻影响到世界军用直升机的技术发展方向和应用前景。

立体打击——军用直升机

JUNYONG ZHISHENGFEIJI

第二章

中国的直升机

中国第一种多用途军用直升机
——直-5直升机

★ 1.简介

直-5是哈尔滨飞机制造厂（即现在的中航工业哈尔滨飞机工业集团有限责任公司，以下简称"哈飞"）在前苏联米-4直升机基础上发展的中国的第一种直升机。1958年1月开始仿制，1959年仿制型直-5原型机试飞。1963年定型并转入批量生产。随后，对直-5进行了大量的发展和改进工作。直-5直升机为多用途直升机，可用于空降、运输、救护、水面救生、地质勘探、护林防火、边防巡逻等。昼夜复杂气象条件下，可运送11～15名全副武装伞兵，或1550公斤货物。作为救护型使用时，可运送8名伤员和1名医护人员。可外挂吊运1350公斤货物。

直-5直升机侧面

该机用金属旋翼桨叶代替了钢梁木结构旋翼桨叶，提高了旋翼的使用寿命和全机的飞行性能；将座舱内活动副油箱改为机身两侧外挂副油箱，增加了座舱的有效空间；在机身地板下增加了一个650毫米×900毫米的大开口，便于吊升或投放货物，同时将手摇绞车改为电动绞车；将3千瓦发电机改为6千瓦发电机；将燃油箱改为薄壁软油箱；固定式氧气设备改为活动式氧气调和，减少了飞机的结构重量；改进了总距-油门操纵把手，在平原地区起飞使用小行程，在高原地区使用大行程，使发动机进气压力显著增加，可保证在1500米高原上正常起飞；在旋翼大梁内充气，并装有压力信号器，能及时发现旋翼大梁裂纹；大大延长了直升机和旋翼的翻修寿命。

直-5采用1台活塞-7气冷星形14缸发动机，功率1770马力（1250千瓦）。主螺旋桨直径21米，长为16.8米，高为4.4米。起落架为固定四点式，前起落架横向轮距1.53米，主起落架轮距3.82米、前主轮距3.79米。机舱体积达16立方米，一个侧舱门，一个蚌式后舱门。一次可运载11名全副武装的士兵，或8名伤员和1名医务人员。发动机舱位于机头，通过

直-5直升机

传动轴驱动机舱顶部的主旋翼和尾部的尾桨。驾驶舱位于机头前上部，两人机组，两人均可独立完成飞行操纵。可装载1.2吨货物，吊运时可运载1.35吨。直-5的机舱内可装卸北京212A吉普，该吉普常用于作为78式82毫米无后坐力炮的载车，为空降兵提供火力支援。尾桨为3片推进式玻璃钢桨叶，驾驶员座舱位于机身前上部，舱内有2个座椅。起落架为4轮式；动力装置为1台气冷式14缸塞-7发动机，最大功率1250千瓦。

通过一系列改进后，直-5最大平飞速度由185公里／小时提高到210公里／小时；巡航速度由140公里／小时提高到170公里／小时；动升限由5500米提高到6000米。

★ 2.设计特点

总体布局为单旋翼带尾桨式布局。装有一台活塞7型发动机，旋翼有4片桨叶；水平尾面在尾梁末端；四轮式不可收放起落架；双座驾驶舱；复式操纵系统。

旋翼系统旋翼左旋（仰视），4片桨叶，铰接固定。混合式结构桨叶由钢管梁和包有胶合板及蒙布的木质架组成，平面呈矩形。翼型为变厚度NACA230M翼型和NACA230翼型。桨叶前缘装有液体防冰系统。

尾桨是三桨叶推进式，在飞行时间可操纵变距。桨叶平面形状呈梯形，无扭转，前缘有液体防冰系统，并包有不锈钢的前缘包铁。1966年后，改为玻璃钢桨叶。桨叶用带有4个孔的钢接头固定在桨毂上。

动力装置是一台气冷式星型14缸活塞7发动机，装有传动机构离合器和带有导向装置的轴流式冷却风扇。发动机最大功率为1250千瓦（1700马力）。

机身是由机身中段、尾梁和斜梁3部分组成的半硬壳铆接结构。

机身的前部是发动机舱。中段为容积16米^{3}左右的机舱。机舱有2个入口，1个入口位于后部，2扇舱门分别固定在机身的两侧，关闭后构成机身的后部。这个舱门是往机身内装载技术装备和其他大型货物用的。另一个入口位于机身左侧壁上，供人员进出和空投跳伞用。

直-5直升机在军事任务中

驾驶员座舱位于机身前上部，舱内安装有2个座椅和复式操纵系统，座舱有2个滑动的侧门以及与机舱相通的舱口。

着陆装置为四轮式。前起落架机轮可自动定向、无刹车机构，机轮尺寸400毫米×150毫米，装油液-空气缓冲支柱。主起落架呈角锥形，具有油液-空气缓冲支柱和尺寸为700毫米×250毫米的带刹车的机轮。

系统机上装有两套液压系统，即主液压系统和应急液压系统。供给操纵系统的液压助力器混合使用。主液压系统一旦失效，应急液压系统便自动开始工作，以便提高系统工作的可靠性。

电气系统包括一台直F-6发电机和一个12-HK-28蓄电池。座舱有通风加温装置。驾驶员座舱前风挡玻璃有电防冰装置。旋翼桨叶及尾桨桨叶均装有液体防冰系统。另外还装有空调系统、灭火系统、氧气系统及空降、救护装置等辅助设备。

照明系统有着陆灯、滑行灯、航行灯、桨尖灯、编队灯、驾驶员座舱的照明设备等。

机载设备装有一套能保证在夜间及复杂气象条件下飞行的驾驶-航行仪表和动力装置的监测仪表。

无线电设备有CT-1无线电台、WL-5无线电罗盘、WG-2A无线电高度表、JT-5A机内通话器等。

附：直-5直升机技术参数

机长	16.79米	机高	4.4米	空重	5121公斤
旋翼直径	21米	航程	520公里	最大起飞重	7600公斤
尾桨直径	3.6米	爬升率	4.3米/秒	实用升限	6000米
有效地悬停升限	2000米	最大速度	210公里/小时	巡航速度	160～180公里/小时
续航时间	3小时40分				

第二节
中国海航直-8直升机

直-8直升机是我国在20世纪90年代以法国超黄蜂直升机为基础仿制的一款中型直升机，该机在最初的研制过程中，曾经历过一些波折，但通过不断改进，最终成为一款成功的中型直升机。但作为国产运载能力最强的直升机，直-8依然没能填补国内缺乏重型运输直升机的空白。

★ 1.研制历史

20世纪60年代，我国为提高部队的空中机动作战能力，提出研制一种可以装载一个排的重型直升机，编号为直-7。该机最大起飞重量超过14吨。载重3.5吨，直-7采用两台792涡轴发动机，旋翼为直-5主桨叶6片，最大起飞重为14400公斤，有效商载3500公斤，最大速度240公里/小时，最大航程350公里，实用升限6000米。由于当时国内经济技术基础薄弱，直-7的研制进展并不顺利，难以在80年代初投入使用，而我国在70年代已经决定在向太平洋发射远程

直-8直升机

运载火箭试验，这就是718任务，718任务包括舰载直升机分系统，执行返回舱低高度轨迹的测量、落点测量及返回舱的搜索与打捞。考虑到当时我国还没有舰载直升机部队，因此要提前进行相关系统的改装和训练，而直-7显然跟不上进度，为此我国于1973年从法国采购12架SA-321"超黄蜂"直升机用于718任务，1975年开始改装工作，共完成遥测、航测和搜索打捞飞机三型四架，1980年5月18日我国向南太平洋发射远程运载火箭，718工程改装机仅用了5分钟就完成了返回舱的打捞任务。进入80年代为提高我国海军的反潜能力，相关厂所在SA-321的基础上改装了反潜直升机，其配备了引进的ORB-32WAS对海搜索雷达、HS-12吊放式声纳及音响处理设备和A244S反潜鱼雷，首架飞机于1987年在上海首飞成功，填补了我军装备的空白，并且通过该机的改装我国掌握了直升机反潜设备的研制技术。

由于SA-321的性能较好，航空工业部门决定在其基础上测绘仿制中国重型直升机，这就是直-8。1976年设计工作正式开始，栗在俭作总设计师，整个试制工作由昌河飞机厂〔即现在的中航工业昌河飞机工业（集团）有限责任公司，以下简称昌河公司〕、中国直升机设计研究所和哈飞联合完成。到1980年完成设计图、工装、零件和静力试验机也基本完成，然而就在这时，由于当时国民经济碰到了暂时的困难，直-8研发放缓。直到1983年，出于国民经济建设和部队武器装备建设的迫切需要，决定加快直-8的研制。由于前期研制工作准备较为充分，直-8仅用了一年多的时间就于1985年12月11日首飞成功，1989年完成技术鉴定就交付我国海军航空兵使用。不过出于降低技术难度的考虑，这时的直-8一些关键设备仍旧依赖进口，其国产化率低于50%，如尾桨毂、主桨叶和桨毂等，这些设备的国产化工作在90年代初全面展开，1992年国产旋翼桨叶、旋翼桨毂进行了全面考核和鉴定试飞，1994年8月国产化率达到86%的直-8型直升机通过国家设计定型。

★ 2.直-8直升机型号

早期的直-8直升机采用常规单旋翼带尾桨的布局，6叶矩形全金属桨叶和5叶尾桨，发动机采用3台涡轴-6发动机，采用前2后1的布局，功率为1550马力，自重315公斤，传动系统由旋翼轴、主、中、尾减速器和动力传动轴组成。直-8的机载设备包括HZX-7航向姿态系统、能够控制飞行状态的KJ-8自动驾驶仪、大气数据计算、发动机仪表等，通信系统包括651双频道电台和JDT-1短波单边带电台，导航设备有WL-7无线电罗盘、264甲无线电高度表和XS-6信标，仪表设备可以在飞行包线内显示飞行航向、飞行速度、飞行姿态和发动机工作状态。直-8最大起飞重量为10592公斤，外挂副油箱时为13000公斤，最大速度315公里/小时（起飞重量为9000公斤），其机体为船形，设有多个水密舱，可以在水上飘浮、滑行和起降，特别适合在海上执行任务，其内部比较宽敞，直-8货舱的尺寸为长7米，宽1.9米，高1.83米，总容积为28立方米，可以载一辆北京212吉普，或者27名全副武装的士兵飞行700公里，最多可以搭载

39人，内部最大有效载荷为4吨，外挂最大吊挂能力为5吨，可以吊挂火炮进行机动作战，也可运送15名伤员和1名医护人员；或者选装起吊能力为275公斤绞车和营救作业设施，可实施紧急救援。直-8油箱由3组8个软油箱组成，总有效容积3900升，最大航程约800公里，续航时间超过4个小时。

（1）直-8A军用运输直升机 由于直-8的原型机是为海航研制的，从1992年起，根据空军和陆航的需要，对直-8进行了改进，这就是直-8A军用运输直升机。1993年直-8A正式开始研制，1995年12月22日首飞成功，1999年通过技术鉴定，2002年装备陆军航空兵部队。该机主要用于部队机队作战、武器装备的空运和后勤物资的输送及战场救护等用途。与原型机相比，直-8A的主要改进包括减重、增升和提高发动机功率三个方面。按照研制任务书的要求，在不改变直-8基本型承力结构强度、刚度和传力路线的基础上，对机体结构、系统和机载设备进行了改型设计；机身下船体水密铆接改为普通铆接，取消了浮筒；选用重量轻、性能好的机载设备和材料，包括256雷达高度表和661气象雷达等；取消液压应急系统并保证双余度单备份能力。改型设计使空机重量降低约300公斤。旋翼改型设计的指导思想是在不影响旋翼大梁承力和疲劳寿命的前提下，通过采用先进桨尖形状，提高旋翼悬停效率。因此，改型设计集中在桨尖形状优化设计上，采用了尖削桨尖，桨毂和尾桨均未改动。旋翼模型试验和全尺寸旋翼对比飞行试验结果表明，改型后旋翼效率提高了2%以上，直-8A在起飞重量为9000公斤时，悬停高度由直-8的6000米增加到6700米。需要指出的是由于SA-321法国早已经停产，相关配件也不再生产，而我国引进的SA-321直升机的桨叶等已经到寿命，在这种情况下我国为进口的SA-321换装了直-8A的桨叶，直-8A为加大发动机功率，将涡轴-6发动机改为涡轴-6A发动机，单台功率增加了约70马力，并实现了主减速器和燃油调节装置的国产化。

直-8直升机

虽然直-8改型在性能上比直-8有所提高，但受限于设计理念及制造工艺，其装备部队后存在着故障率高和完好率低的缺点，影响了部队训练和战备任务的完成；其配套的涡轴-6型发动机一直存在着重量大、输出功率低、油耗高和故障率高的缺点，对直-8性能的影响很大；还有就是高空性能差，致使直-8只能在海拔3000米以下的机场起降，不能在青藏高原使用，因此限制了其使用范围，陆航并没有大量地采用。对于海航来说，虽然直-8内部空间大、载重量大、航程也比较远，可以改装反潜直升机，但由于当时我国主力水面舰艇普遍吨位偏小，难以搭载13吨级的直-8作战，所以该机基本上作为岸基直升机来使用，因此装备数量也不多。

（2）直-8舰载运输机 进入新世纪，根据军事斗争形势的需要，我国海军将两栖作战能力放在了重要的位置，为此提出研制直-8舰载运输直升机，该机与直-8原型机相比主要改进包括：采用高压起落架，以解决在舰上降落的问题，另外就是采用可叠桨叶和尾梁以减少舰载停放的空间，同时还加装了舰上系留设备及引降设备等。该机的研制提高了我国海军陆战队的两栖登陆能力和海上救护的能力。

（3）直-8F型通用直升机　进入新世纪，根据国民经济和部队现代化建设的发展，需要更多的直升机，但由于直-8费用高、故障率较高，难以满足用户对于现代化直升机的要求，为扩大直-8直升机的使用范围，占领更多的市场份额，满足不同用户的需要，必须进一步改进直-8直升机的技术状态，提高技术水平。直-8的改进主要集中在以下几个方面：改进升力系统，以先进的复合材料旋翼和尾桨取代金属旋翼和尾桨，更换性能更好的发动机，全面提高飞机的性能，更新机载电子设备。

在2002年的珠海航展上，当时的航空第二集团首次展出换装发动机后的直-8F型通用型直升机，其是在直-8A的基础上换装加拿大普惠公司的PT-6B-67A发动机和复合材料桨叶以及新型航电系统，提高了该机的性能，其可靠性、经济性和操纵性都有了明显的提高，在军民用领域都有广泛的用途。2004年8月直-8F首飞成功，特别是在2005年10月直-8F成功进行高原地区的试飞，表明直-8F型机完全适应地形复杂、环境恶劣的高原地区飞行。这显示了直-8F改进后的优越的性能。

直-8原来的旋翼和尾桨都是金属结构，桨叶气动外形设计简单、便于加工，但气动效率偏低，铰接式桨毂，结构复杂笨重，相当于20世纪60年代技术水平。因此为提高直-8的性能和竞争能力，直-8F使用复合材料制作旋翼，并采用先进翼型气动布局。新翼型在常用马赫数下最大升力系数比直-8旋翼的翼型提高20%左右，升阻比提高10%左右。旋翼的悬停效率提高7%，最佳状态可达12%。桨叶的使用寿命可达10000飞行小时。因此直-8F爬升率、使用升限及悬停升限均有较大提高。起飞重量为11吨时，最大爬升率提高20%，使用升限和悬停升限均提高400米。同时由于后期维护费用的减少，整机费用将得到降低。

由于直-8主要作为运输直升机来使用，因此在改进中针对高原使用提出了3个6的指标（6000米、600公里航程、600公斤商载），而原来直-8因为受限于原来的设计无法满足这样的要求，其主要体现在两方面。一个是旋翼的升力系数和发动机动力不足，在高原空气稀薄的条件下不能提供足够的升力满足直升机在高原条件下的工作需要。考虑到我国直升机发动机基础薄弱，直-8F采用了加拿大产普惠公司的PT-6B-67A发动机。PT-6B系列是一种成熟的涡轴发动机，PT-6B-67A是普惠公司根据直-8的安装要求而研制的，其采用了电子式燃油控制器等技术，最大功率接近2000马力，比涡轴-6提高近30%，重量却降低近100公斤，并且大幅度提高飞机的首翻期，达到3500小时，降低了发动机全寿命使用费用。直-8F还在进气道加装了防沙设备，提高在野外工作的能力，换发后的直-8F，具有较大的功率储备，载重提高了20%，升限提高了40%，改善了高温、高原

第二章 中国的直升机

直-8直升机

地区的使用性能，提高了维护性和可靠性，整体性能有较大的提高。另外，原来的直-8的航电系统为离散式，各设备用电缆与座舱显示设备相连，重量大、体积大、可靠性低，根据我国航空电子技术的发展，直-8F采用了以数据总线为骨干的综合飞行显示系统，可以方便、直观地向飞行员显示飞行导航及发动机工作状态等信息。

目前直-8F已经批量生产进入服役，用于空军及海航、陆航的救护援助。据报道，由直-8F改装的救援飞机装备有搜寻定位导航系统，发现求救信号后能自动进行目标定位和飞行导航；救生电台可以昼夜24小时保持联络；新型机载雷达的搜索范围也比原来增大数倍；机身外侧安装的光电吊舱，可水平旋转360度搜寻四周，也可俯仰观察；既能在昼间可见光条件下摄像，又能通过红外成像进行夜间搜寻；大功率搜寻照明灯，可在夜间旋转照射地面、海面；直升机上还安装配备了液压绞车吊篮、救生筏以及担架、医疗箱等海上救捞和医疗设备。该机的入役提高了部队执行紧急救援的能力，在汶川大地震救援行动中共有12架直-8奔赴灾区，多次圆满完成转移人员、运送货物、喷洒药物等抗震救灾任务。

目前我国正在以直-8F为基础，拓展其使用范围，面向民用领域的通用运输型AC313已经完成首飞，将申请民航适航证，可以广泛用于人员运输、远程救护、海上服务等领域。

附：直-8直升机技术参数

机长	23.05米	机高	6.66米	机身长	20.27米
空重	7095公斤	最大起飞重量	10592公斤	旋翼直径	18.90米
尾桨直径	4.00米	最大平飞速度	315公里/小时	最大巡航速度	266公里/小时
经济巡航速度	255公里/小时	爬升率	11.5米/秒	实用升限	6000米
悬停高度	5500米	最大航程	830公里	续航时间	2小时31分钟

第三节
中国陆军直-9直升机

★ 1.简介

直-9是由哈飞引进法国专利、研制生产的直升机，用于人员运输、近海支援、海上救护、空中摄影、海上巡逻、鱼群观测、护林防火等，并可作为舰载机使用。其军事用途包括侦察、近距火力支援、反坦克、搜索救护、反潜、侦察校炮及通讯。

★ 2.研制背景

1980年10月，国务院批准三机部以技贸结合形式，引进法国SA365"海豚"型直升机的生产专有权合同。具体由哈飞负责，开始生产直-9，1982年完成了首架机的装配。同年2月6日，直-9的6013号机在首都机场进行试飞表演，解

直-9直升机

放军总部及各军兵种、各部委有关方面负责同志前往观看。9月21日，两架直-9首次交付中国民航广州管理局投入使用。后来发展出多个型号，至1990年底与法国协议签订的50架全部生产完毕，其中28架为基型直-9；另外还有20架为直-9A，直-9继续生产型，相当于SA-365N2；随后哈飞生产了两架直-9A-100，初步尝试了直-9生产的国产化。1993年9月，哈飞又与法方签约生产直-9过渡批22架，另外还生产了8架直-9民用型。1988年5月，直-9国产化总指挥部与有关部门签订了承包合同，其中哈飞是总承包单位，用了3年多时间和其他90余家厂所协力攻关，于1992年1月16日成功完成了国产化直-9（国产化率达到71.9%）的首飞。此后直-9的生产全面转向国产型直-9，该型号定名直-9B。

直-9采用普通旋翼加涵道风扇尾桨的布局。其旋翼系统由4片复合材料桨叶和星形柔性旋翼桨毂组成。涵道风扇尾桨由一个桨毂和13片模锻的轻合金桨叶组成。旋翼桨叶和尾桨桨叶均具有无限寿命。每片旋翼桨叶均采用单独的橡胶和钢片的夹层结构的球形接头，取代了原来的传统铰链，这种球形接头不需要维护。旋翼桨叶采用新的OA212-207翼型，从桨根到桨尖，桨叶厚度递减。相对厚度从根部OA212（为12%）到尖部OA207（为7%）逐渐变化，扭转角7°，桨尖后掠角45°。每片旋翼桨叶由2根Z形碳纤维大梁、碳纤维蒙皮和玻璃纤维前缘组成，前缘用不锈钢片保护，桨叶后段件填有Nomex蜂窝芯。靠近桨尖的桨叶后缘调整片在地面上可调，自调整片外侧起桨叶弦长和后缘调整片相协调。旋翼效率指数为0.75。旋翼桨叶可人工折叠，旋翼有标准刹车装置。可选用旋翼防冰装置。

★ 3.主要型号

根据我国陆军和海军航空兵的需要，直-9又衍生出几种军用改进型：直-9A、直-9B、直-9通讯型、直-9炮兵校射型、直-9电子干扰型、直-9C舰载型、直-9W反坦克型、直-9G。直-9G是W型的出口型，电子设备有所不同。

（1）直-9C　直-9C舰载型实际上是以直-9为基础改进的，和法国"海豚"的舰载型"黑豹"无太大关系。1987年12月2日，为海军改装的直-9C舰载直升机首飞成功。12月24日在舰上顺利降落，采用中国直升机设计所研制的快速着舰系留装置。定型后的C型加装了机头雷达，可挂载2枚"鱼-7"鱼雷执行反潜任务。鱼-7仿自我国渔民在海南岛捞获的美军MK-46鱼雷，性能接近于MK-46。

第二章

中国的直升机

23

直-9直升机

（2）直-9G 直-9G直升机在基型上加强了装甲防护，驾驶舱顶部安装有红箭-8反坦克导弹的观瞄制导装置。机身内取消后排座位，改为武器挂架的承力结构，机身两侧挂架共可挂载4枚红箭-8反坦克导弹，或火箭弹发射器（57-1型57毫米火箭弹、90-1型90毫米火箭弹），或23毫米机炮等武器。该机用于执行反坦克、压制地面火力、突袭地面零散目标等火力支援任务。也可以用于运输、兵力机动、直升机空战、通信和救护等任务。直-9G是我军拥有专用武装直升机前的一个过渡，能提早培养陆军航空兵武装直升机队伍，待直-10研制成功即可大展拳脚。

（3）H410A 2001年9月12日，哈飞新研制了H410A型直升机成功首飞。H410A型实际上是以直-9A型为基础的改型，换装功率更大、高温高原性能更好、可靠性更高的法国斯奈克玛（SNECMA）公司Arriel 2C发动机。该型号将可为西北地区提供一种高原型直升机。另外警用型号直-9也已经开始交付，警用型加装了搜索雷达、GPS、探照灯、警报器、电动绞车和相关通信设备，飞行性能较直-9其他型号有较大程度降低。

（4）H425 2003年12月30日，直-9改型——H425民用直升机首飞成功，标志着哈飞民用直升机技术迈向了整机研制的方向。H425最大起飞重量4250公斤，航程800公里。采用先进的民机设计理念和国际标准，整合全球航空技术资源，可靠性、经济性和适航性较佳。选用了新型发动机、传动系统，加装抗坠毁系统。

直-9直升机

★ 4.结构特点

涵道风扇尾桨有11片金属叶片，尾桨桨叶和桨毂组件的设计寿命为无限，没有要润滑的轴承，唯一的铰是变距铰。涵道风扇尾桨的几何形状消除了尾桨碰伤地勤人员的可能性，从而提高了地勤维护工作的安全性。高速飞行时，垂尾偏转，提供大部或全部反力矩，涵道尾桨基本上可卸载，消耗功率较小，从而也就提高了它的寿命。在尾梁的两侧装有平尾，平尾两端各有一块垂直端板，以提高飞行方向上的稳定性。起落架为可收放的前三点轮式起落架。前起落架为双轮，自动定向，向后收入机身。主起落架为单轮，向后内侧收入机身。起落架上带有双腔油-气减震器。

涵道尾桨是"海豚"直升机的一大特色，优点在于尾桨占用空间小，气动力效率高，尾桨不易为外物所伤。而且由于涵道尾桨空气阻力小，因此"海豚"的速度比普通直升机要快。实际上，"海豚"是目前批量生产的飞行速度最快的直升机之一。涵道尾桨的缺点是比传统普通尾桨重量大，结构复杂，维护较烦琐。水平安定面置于尾梁上，位于涵道风扇前，垂尾端板向左偏转10°，由碳纤维和Nomex/Rohacell复合材料制成。

直-9的动力装置采用2台透博梅卡公司"阿赫耶"1C涡轴发动机，单台功率522千瓦。机械轴和齿轮转动。发动机的输出轴向外伸出，经过自由轮，到主减速器的伞形和行星齿轮减速。旋翼轴转速为350转/分，涵道尾桨转速为3665转/分。国产化型直-9上使用涡轴-8甲（涡轴-8A，阿赫耶1C的国产化型号）涡轮轴发动机，单台最大应急功率734轴马力，起飞功率710轴马力，在最大飞行重量时可单发飞行。机上主要机载设备包括甚高频和高频通信/导航设备，甚高频全向信标，仪表着陆系统，无线电罗盘，应答机，测距设备，雷达和自主式导航系统。可以选装的设备包括承载能力为1700公斤的吊索和承载能力为275公斤的绞车，绞车索长90米或74米。直-9B的机上设备可选装BG-0.6无线电高度表，150单边带电台，KJ-13自动驾驶仪，40AH电瓶和容量为400升的转场油箱等国产化设备；还选装了KDF-806无线电罗盘，KTR-908无线电台，TB-31机内通话设备，电动绞车，带测力计和反光镜的外吊挂，搜索灯等进口设备。

机身为半硬壳式结构。机体结构上所用的材料为：59％复合材料；28％铝板、Nomex填芯夹层结构；13％普通铆接铝合金结构。底部构架和前机身框架、主减速器前后基本金属框架和中机身后部、主减速器地板和发动机、舱门、涵道尾桨和垂尾都由轻合金（AU4G）制成，机头和动力装置的整流罩以及垂尾上部由玻璃纤维/Nomex复合材料制成，中机身和后机身组合件、驾驶舱地板、机顶、四壁和油箱底部蒙皮均由轻合金/Nomex复合材料制成。新的制造技术使机身既坚硬又很轻，直升机设计效率（最大起飞重量与空重之比）达到了1.98，而且降低了制造成本和减少了机身阻力。

液压收放前三点式起落架。前起落架为双轮，可向后收起，自动定向。后起落架为单轮，可收入机身两侧的起落架整流罩内，当起落架收起时，由凯芙拉和Nomex复合材料制成的舱门将它完全封闭。所有起落架都装有油-气减震器，主起落架轮胎规格为15×6.00厘米，胎压为8.6×10^5帕，前起落架轮胎规格为5×4.00厘米，胎压为5.5×10^5帕，盘式液压刹车装置。

附：直-9直升机技术参数

旋翼直径	11.93米	尾桨直径	0.90米	机长	13.46米
机高	3.21米	空重	1975公斤	最大有效载荷	1863公斤
最大起飞重量	3850公斤	最大平飞速度	286公里/小时	正常巡航速度	250～260公里/小时
最大垂直爬升率	4.2米/秒	实用升限	4500米	悬停高度	1950米
最大航程	1000公里	最大续航时间	5小时		

中国军民通用型直-11直升机

　　直-11是我国直升机行业从专利生产、测绘仿制走向自行设计的第一个机种，是我国自行设计研制的第一个具有自主知识产权的直升机机种，也是我国第一个引进全过程适航管理取证而研制的机型，还是在部队服役出勤率最高的直升机机种。

直-11直升机

　　直-11型机由昌河公司和中国直升机设计研究所共同研制，属于军民通用型多用途直升机。直-11的仿制原型为由欧洲直升机公司法国分公司（原法国宇航公司）研制的AS350"松鼠"（squirrel）多用途轻型直升机。该机1989年批准立项，1992年进入全面研制，大量采用了我国消化的美军标准作为专用标准。1994年12月实现首飞。1999年9月开始，直-11由中国飞行试验研究院负责进行设计定型试飞，于2000年10月圆满完成了试飞大纲所规定的全部设计定型试飞科目，其中包括数项风险科目。该机可用于教练、侦察、救护、缉私、消防、旅游等领域，具有广阔的市场前景。

　　中国直升机设计研究所为该型号的设计工作，耗资2000多万人民币，进口了先进的CAD/CAM计算机辅助设备。在研制过程中，首次用计算机辅助设计建立了实用的全机理论外形，填补了我国直升机领域CAD/CAM的空白。

　　直-11是一种2吨级6座轻型多用途直升机。采用主旋翼加尾桨布局，主旋翼采用三叶星型柔性复合材料尾旋翼，2叶跷跷板复合材料尾桨。装有一台涡轴-8D发动机，功率450千瓦，巡航功率350千瓦，最大510千瓦。机体为金属、复合材料结构。复合材料起落架，带阻尼器滑橇。弹塑性结构燃油箱。该机可乘员6人，前排为两座，后排四座，最大起飞重量2.2吨。由于体积重量小、价格低廉、操作简便，直-11在民用市场上还是有很大发展空间的。

　　直-11的军用型可作为运输直升机使用，或装机枪、火箭发射器、导弹等作支援用，但载重量较小，火力较弱。因此直-11较适合在部队内作飞行训练、要人运输、通信之用。更有效的方案应该是研制直-11的双发动机型，类似AS355"超松鼠"，提高载重能力，然后加装先进观瞄装置和少量武器，作为

直-11直升机

前线侦察直升机使用。这一想法类似美军OH-58D,如直-11进行上述改进后,与直-9武装型、武直-10配合,战斗力还是较强的。

目前直-11民用型号的售价约人民币800多万元。与其他国产飞机的情况类似,直-11也存在着众多的问题:首要问题是立项研制的严重滞后和实际执行的拖延,AS350于20世纪70年代已经研制成功,并大量投入军民市场;而直-11于1989年立项,2000年定型,研制时间竟然长达11年,而且实际上是仿制,不是独立研制。这使得直-11面世后技术已无任何先进性可言,国际竞争力非常薄弱。由于直-11载重量小,实际应用也受到限制。2001年4月16日,直-9、直-11直升机和涡轴-8A发动机首次获CAAC适航证。

2002年8月25日,昌河公司与中央电视台在北京举行了直-11中继航拍直升机交接暨颁证仪式,使直-11成为我国第一种进入民用航空领域的国产直升机,也标志着我国内地新闻媒体首次拥有自己的新闻采访用专业直升机。中央电视台购买的这架直升机将用于航空拍摄、电视信号中继、传送及大型节目的电视转播任务。据了解,这架直-11造价约2000万元,承担了长江三峡截流、珠海航展等大型活动的航拍任务,该机的管理、维修和保养委托中信海直公司进行。

2002年12月23日,直-11获得了由中国民航总局颁发的民用生产许可证。该机于2002年年底在青藏高原圆满完成了民用适航试飞,本次试飞实现国产直升机飞行史上的重大突破。这次验证试飞具有极高的风险性,直-11按照不同的速度和高度,验证直升机的速度-高度组合下的极限及包线。直升机需在空中关闭发动机,靠直升机桨叶自转产生的

直-11直升机

升力实现自转下滑着陆。在自转着陆时,要求试飞员从关闭发动机到着陆期间,在极短的时间内连续完成调整航向、降低速度等7个动作,稍有不慎将导致难以设想的后果。直-11的这些试飞项目都一次性顺利完成,实现了国产直升机飞行史上的重大突破。直-11共试飞了358个科研架次,完成47个试飞科目。在试飞中,有多项是国际公认的直升机一类风险科目。在该机试飞定型的两年中,中国飞行试验研究院实现了我国直升机试飞史上的8项突破,在测量主减速器传动效率、桨叶铰链力矩、单发直升机空中启动试验、直升机自转着陆试验、确定直升机回避区范围等8个方面填补了直升机试飞领域的国内空白。1999年底开始,直-11直升机进行了一系列民用适航取证验证试飞工作。创造了空中续航5个多小时,零下摄氏38度续航2小时、一天转场飞行8小时33分、跨越摄氏6度到零下摄氏43度温差、飞行1332公里无任何故障,低温启动、低温存放无故障,连续两天转场飞行2500公里、地跨七省无任何故障等我国直升机飞行记录。各项性能指标已达到国际同类直升机的先进水平。据了解,这次试飞是由俄罗斯国家格罗莫夫飞行研究院一级试飞员维尼乐·穆哈迈特·戈列叶夫在青藏高原某机场

完成的。中国国家民航总局试航司司长王中说，直-11型直升机是我国目前唯一获此证书并经过全过程验证的直升机机型。这不仅表明此型号直升机从此可以批量生产和销售，而且也表明我国国产直升机在走向市场化、产业化的道路上迈出了实质性的一步。直-11可用于教练、侦察、通信、指挥、救护、缉私、消防、旅游、科学考察等军事或民用领域，该机在国内外都有着可观的市场潜力。

但由于国内航空工业的一些"顽疾"，例如飞机型号性能的落后，关键部件科研生产水平的不稳定，直接影响了国产直升机（包括直-11）的销售工作。大批国内单位耗费巨资进口外国直升机，更主要的原因是国产直升机与进口机型相比尚不具备较强的竞争力。

2004年12月27日上午，昌河公司的直-11武装型直升机，在位于景德镇市的吕蒙机场成功实现首飞。它标志着直-11武装型机改进改型工作取得了阶段性的胜利，是继直-11MB1型直升机研制成功之后取得的又一成果，是我国直升机产品系列化发展上的又一个重大突破。直-11武装型机是在直-11型机的基础上改进研制的一种轻型武装直升机，通过增加武器配置和安装武器火控系统及昼夜观瞄系统，成为可进行昼夜作战，具有搜索、识别、跟踪目标及对地和一定的对空攻击能力的武装直升机。

附：直-11直升机技术参数

机长	13.012米	机高	3.14米	旋翼直径	10.69米
尾桨直径	1.86米	空机重量	1120公斤	起飞重量	2000公斤
最大起飞重量	2200公斤	最大速度	278公里/小时	巡航速度	220～240公里/小时
爬升率	9.5米/秒	航程	560公里	续航时间	3.7小时
无地效静升限	2930米	有地效静升限	3700米	动升限	5240米

第三章

美国陆军
直升机

第一节
"美国老爹"——美国陆军 UH-1 "休伊"直升机

★ 1.简介

UH-1 "休伊"直升机

UH-1是美国特克斯特伦公司贝尔直升机分公司研制的军用中型多用途直升机，主要用于在战场上撤退伤员、一般公务运输和仪表飞行训练。

UH-1直升机军用编号原为HU-1，1963年改为UH-1 "休伊"直升机。绰号"美国老爹"，但常用的绰号为"依洛魁"（Iroquois）。公司编号为贝尔-204。这种直升机主要为满足美国陆军招标要求而研制的，主要装备陆军，空军、海军也有装备，其中美国海军陆战队装备UH-1E，美国海军装备HH-1K和TH-1L、UH-1L等机型。

美国陆军1954年提出招标，1955年2月选中贝尔公司的方案，公司内部代号定为204，军方初期代号为H-40。1956年10月20日，三架原型机中的第一架首次飞行，接着又研制了6架YH-40试用型和9架预生产型HU-1。1958年9月第一架HU-1首次试飞，1959年6月开始交付。1959年6月30号交付空军使用并被命名为HU-1"依洛魁"。1963年改用UH-1编号。

UH-1的改型很多，除供美国武装部队使用外，还出口美洲、欧洲、澳大利亚、亚洲的许多国家和地区，生产总数在2500架以上，是世界上生产数量最多的几种直升机之一。UH-1系列直升机至20世纪70年代末仍是美国陆军突击运输直升机队的主力，从80年代开始，其地位逐渐被UH-60直升机代替。目前UH-1系列的各种型号均已停产。

★ 2.技术特点

采用总体布局，单发单旋翼带尾桨布局，尾桨装在尾斜梁左侧。采用普通全金属半硬壳式机身结构，由两根纵梁和若干隔框及金属蒙皮组成。机身分前后两段，前段是主体，后段是尾梁。

配备2桨叶半刚性跷跷板式旋翼。为了工作平稳，采用了预锥度和悬挂措施。旋翼桨叶是全金属铰接的，由挤压铝合金大梁、铝蒙皮和蜂窝芯组成，前缘包覆抗磨蚀的不锈钢包条。旋翼桨叶用桨根套和桨毂主体相连。桨毂主体与旋翼

立体打击——军用直升飞机
JUNYONG ZHISHENGFEIJI

30

主轴采用万向接头连接形式。旋翼上方装有与桨叶成90度的稳定杆，并与液压减摆器相连接。尾桨是2金属桨叶的刚性结构，尾桨轴以斜交球头铰接，有预锥度和悬挂装置，发动机动力涡轮通过一根浮动轴与主减速器的输入轴相连，主减速器降低转速后带动旋翼和尾桨。主减速器传动轴与电路都设有快卸接头，以便迅速拆卸和更换。

UH-1B装一台美国阿维科·莱卡明公司T53-L-11涡轮轴发动机，起飞功率为820千瓦。

该机还配有全套全天候飞行仪表，多通道高频收发报机，航向、机体与下滑道相对位置全向指示器和仪表着陆指示器，甚高频信标接收机，C-4导航罗盘，12.7厘米全姿态飞行指示器。

★ 3.结构特点

采用单旋翼带尾桨形式，扁圆截面的机身前部是一个座舱，可乘坐正副飞行员（并列）及乘客多人（士兵或作战空勤人员），后机身上部是一台莱康明公司的T53系列涡轮轴发动机及其减速传动箱，驱动直升机上方的是由两枚桨叶组成的半刚性跷跷板式主旋翼，为保持稳定，还与桨叶成90度装有一对稳定杆。机身后是稍上跷的尾梁，与机身一样，均系半硬壳构造。尾梁末端是一个尾桨，用来抗衡旋翼造成的扭矩。UH-1的起落架是十分简洁的两根杆状滑橇。机身左右开有大尺寸舱门，便于人员及货物的上下。

UH-1"休伊"直升机

★ 4.参战历史

UH-1参加过多次局部战争，是20世纪60年代至90年代西方国家最常用的多用途军用直升机。越南战争时美军使用的两种主力直升机分别是UH-1"休伊"直升机和AH-1"眼镜蛇"攻击直升机。在越南战争中，蝗虫般漫天飞舞的UH-1，成了战争的一个标志性符号。美军大规模使用各类直升机，配合地面部队作战，以克服越南的高山密林、沟谷水网。一旦发现游击队，就利用悬挂在舱门附近的M60机枪和机载的火箭弹进行闪电式的袭击，或者闪电式的撤退。

UH-1在越南战争中第一次向人们证明了直升机在现代战争中的作用，是直升机第一次大规模走向战场。也是在越南战场上，美国陆军装备的UH-1直升机展示了其卓越性能，并因此一战成名，打开了世界市场，几乎成了世界通用直升机的代名词。而其表现最突出的一场战斗，就是拉德龙谷地之战。

拉德龙谷地之战从1965年11月14日开始，持续了4天，于17日结束。美国陆军的UH-1直升机在这次战斗中多次出入于越南人的炮火之中，将人员和装备成功运送到新开辟的两个着陆带。

在这次战斗之后，贝尔公司的UH-1"休伊"（Huey）直升机这个绰号开始

成了越南战场上响当当的名字。根据参加过这场战斗的李·克米奇的回忆，"是'休伊'帮助他们扭转了战局"。

★ 5.装备情况和型号发展

由贝尔-204发展的军、民用各改型总数超过2500架，其中的UH-1军用直升机约有以下几种主要改型。

UH-1 "休伊" 直升机

UH-1A：第一生产型，1961年开始使用，共生产74架。

UH-1B：越南战争中曾使用过，常用于对地火力压制，故可在机舱中临时架设枪炮，也用于战术空运、机降。

UH-1C：UH-1B的改进型，使用门铰链新旋翼。以上为陆军型。

UH-1E：供海军陆战队使用，生产到1968年止。

UH-1F：空军用的改型，从UH-1B发展而来，主要为战略导弹基地执行支援勤杂飞行任务，共146架。

以上诸改型均为杂用/运输用途。

TH-1F：UH-1F的教练型。

HH-1K：海军的海上救生机，共27架。

TH-1L：类似于UH-1E，海军教练型。

UH-1L：从TH-1L改成，海军的多用途型。

HU-1M：陆军多用途型。

RH-2：从UH-1A改成3架，用来试验新仪表和操纵系统。

由贝尔-205发展的军用直升机改型有以下几种。

UH-1D陆军型：发动机为1115轴马力的T56-L-11型。油箱重新布置，座舱容积增至6.23立方米。可载14名士兵或6副担架加1名医护人员或1815公斤货物（飞行员2名不计在内），有效载重大大超过了贝尔-204。成为越南战场主力直升机，广泛用于运兵、武装巡逻及护航，并出口许多国家，1961年8月首飞，1963年8月服役，1972年停产。

UH-1H：UH-1D的改进型，1967年9月服役，到1986年已生产4668架，后来又陆续小批生产过，直到20世纪80年代末。有几个国家与地区（如中国的台湾）仿制过。美军用于补给运输、兵员运输、指挥与控制、电子作战、医疗救护、布雷、机降等方面，并希望在21世纪初仍保留2700架。UH-1H的加拿大使用型号为CH-118。

HH-1H：空军救生型，构造同UH-1H。

EH-1H：陆军的电子对抗型，从UH-1H改来。装有"第1阶段迅速定位系统"，

立体打击——军用直升机

JUNYONG ZHISHENGFEIJI

可截获辐射目标方位并施加干扰（如对敌雷达进行对抗），可保证飞机"不受已知与可能的威胁"。 UH-1V是用UH-1H改装的医疗救护机。

此外，贝尔公司还在20世纪60年代末从UH-1的基础上发展出外形不变但改装2台加拿大生产的PT-6T-3涡轮轴发动机（单台1825轴马力）的贝尔-212直升机，贝尔-212的军用型叫UH-1N，加拿大型号CUH-1N。该机种在美国各军兵种内都有少量订货。由于发动机台数倍增，功率大大提高，使飞行性能，特别是安全系数大为改善，可外挂1814公斤货物或载14人。目前正在进行的新的升级计划中UH-1N将分别被升级为UH-1Y。

附：UH-1"休伊"直升机技术参数

主旋翼直径	14.63米	机长	17.62米	机宽	2.86米
机高	4.41米	最大时速	207公里	实用升限	3800米
最大起飞重量	4309公斤	载重量	1759公斤	最大航程	493公里
续航时间	2小时30分				

第二节
"支努干"——美国陆军CH-47 中型运输直升机

★ 1.简介

CH-47"支努干"直升机（Chinook），是由波音公司研发并制造的多功能、双引擎、双螺旋桨的中型运输直升机。其双旋翼纵列式结构剔除了一般直升机的尾部垂直螺旋桨，允许机体垂直升降，而且时速高达165英里。其首要任务从部队运输到炮台战场补给。CH-47已经外销16个国家，最大的消费者是美军和英国空军。

★ 2.发展过程

CH-47"支努干"中型运输直升机，是波音公司为美国陆军研制的双旋翼纵列式全天候中型运输直升机。该机型于1956年研制，CH-47A型于1963年开始装备美军，后又发展了B、C、D型。目前，仍在进行现代化改装。CH-47型机

CH-47"支努干"中型运输直升机

是美军主要运输直升机，也是唯一的中型运输直升机。目前装备最多的是C型和D型。其中，CH-47D型是美国陆军21世纪初空中运输直升机的主力。

★ 3.主要改型

（1）CH-47B型　是CH-47A型机的发展型，装2台2125千瓦的T55-L-7C涡轮轴发动机，总共为美军方生产108架。

（2）CH-47C型　是CH-47B型的改进型。主要加强了传动系统，更换了功率更大的发动机，并将旋翼由原金属桨叶替换成玻璃钢，增加了抗毁油箱，使"支努干"可在1220米高度、气温35摄氏度条件下，外挂6800公斤载荷起飞，活动半径56公里。

（3）CH-47D型　波音公司为达到美国陆军新的战术要求，对"支努干"进行了13项重大改进的最新型直升机。包括更换大功率发动机，传动功率比原来有较大提高，使用了更大强度的旋翼桨叶，驾驶舱与夜视镜兼容，先进的液压和自动飞行控制系统等。

★ 4.性能特点

① 适应能力强。具有全天候飞行能力，可在恶劣的高温、高原气候条件下完成任务。可进行空中加油，具有远程支援能力。部分型号机身上半部分为水密隔舱式，可在水上起降。

② 运输能力强。可运载33～35名武装士兵，或运载1个炮兵排，还可吊运火炮等大型装备。

③ 具有一定的抗毁伤能力，其玻璃钢桨叶即使被23毫米穿甲燃烧弹和高爆燃烧弹射中后，仍能安全返回基地。

★ 5.识别特征

CH-47 "支努干" 中型运输直升机

① 有两副纵列反向旋转的3片桨叶旋翼，前低后高配置，后旋翼塔较高，径向尺寸较大，起到垂尾作用，其根部，对称配置2台发动机。

② 机身为正方形截面半硬壳式结构。驾驶舱、机舱、后半机身和旋翼塔基本上为金属结构。机身后部有货运跳板和舱门。

③ 采用不可收放的4轮式起落架，2个前起落架均为双轮，2个后起落架为单轮。

CH-47与美国海军陆战队装备的CH-46外形十分相似，主要区别在于发动机的形状。前者位于后旋翼塔前部两侧，呈暴露状态，而CH-46为内置式，在相同部位仅有排气孔。

立体打击—军用直升机
JUNYONG ZHISHENGFEIJI

★ 6. 美国陆军"支努干"直升机升级计划

CH-47"支努干"直升机一直是美国特种部队和常规陆军部队频繁使用的运输工具，但是，目前的"支努干"直升机已经老化，维护与使用开支不断增加。因此，美国陆军启动了CH-47F改进型直升机升级计划，这可以使老化的"支努干"直升机的寿命再延长20年的时间。

1982年至1994年间，波音公司先后升级了CH-47A型、CH-47B型、CH-47C型，直至CH-47D型"支努干"直升机。当该直升机达到20年的使用寿命时，其机体、航空电子设备以及其他子系统频繁出现问题。老化的导线和连接器也经常导致故障的发生。

在阿富汗期间，CH-47D型"支努干"直升机经常执行"黑鹰"直升机不能执行的运送任务，不过它已经不能满足陆军的运输需求了。CH-47D型能够在30海里范围内运送15000磅重的货物（1磅＝0.4536千克），而美国陆军目前使用的M198榴弹炮及其炮组和装备的总重约为16000磅，已经大大超过了CH-47D型"支努干"直升机的运送能力。

（1）升级目标与预期进度　在"沙漠风暴"行动之后，美国陆军计划对CH-47进行升级，使其拥有4片桨片的螺旋桨、新型发动机以及全部集成的电子设备，但经过论证，该计划的开支巨大，陆军的预算难以承受。而此次的CH-47F升级计划则现实得多，主要工作将是换装全新的配线和连接器，更换传动装置、螺旋桨片和发动机。

虽然升级计划的目标是节省"支努干"直升机的使用与维护费用，但由于该计划开支不菲，五角大楼该计划进行了严格的审查。不过，升级工作仍在继续按计划进行，因为其他替换产品注定要更加昂贵。

据国防部长办公室估计，每架CH-47F"支努干"改进型直升机的成本约为2200万美元，预计至少可以在陆军服役到2033年，距第一架"支努干"直升机投入使用有77年的时间。

升级计划要求将陆军所有的433架CH-47D"支努干"直升机中的300架升级为CH-47F型。第一架低速初始生产的CH-47F"支努干"直升机于2004年交付使用。

据波音公司估计，该公司设在费城的工厂每个月至少可以升级4架直升机。升级计划要求从2003年的每年改进7架的升级速度增加到2009年的27架，最终至2016年为29架。美国陆军估计，此次升级可以将CH-47D"支努干"直升机2526美元/小时的使用费用降至CH-47F型的1895美元/小时。此外，CH-47F型直升机能够在高空运送更多的货物，并且能够与其他平台共享信息。

（2）具体升级内容　CH-47D型"支努干"直升机的一个突出问题就是振动问题。此次升级将对机身进行调整，使其结构更加坚硬，既减少了振动也减轻了振动抑制系统的重量。由于机身的刚性部分大多位于前端上部，因此CH-47F使用了全新的座舱。更低的振动能够减少使用与维护费用，同时提高航空电子设备和控制系统的可靠性。

第三章　美国陆军直升机

CH-47"支努干"中型运输直升机

通过对机身进行破裂与腐蚀性检查，工作人员将对其进行必要的修理。另外，CH-47F使用的生产线仍是原有的流水线。CH-47F的机尾螺旋桨更易于拆卸和组装，便于快速部署。

最初的升级计划要求CH-47F毫无变化地使用现有的传动装置。不过，后来美国陆军又同意检查变速箱，虽然CH-47D"支努干"直升机具有7500轴马力的传动能力，能够满足美国陆军目前的空运需求，美国军方还是希望直升机能够具有更高的传动功率，以满足未来需求。目前，工作人员正在将哈内威尔公司生产的3750轴马力的T55-L-712涡轮轴升级为4867轴马力的T55-GA-714A标准涡轮轴。这就使CH-47F能够运送16000磅重的榴弹炮及其炮组，运送距离可增至100海里，这个距离是美国陆军需求的3倍还多。虽然CH-47F"支努干"直升机的动力增加了，不过其总重量仍为目前的50000磅，与CH-47D型等重。用于特种行动的"支努干"直升机和目前的出口型直升机约为54000磅。

在前端，CH-47F引入的玻璃座舱并没有出口型"支努干"或新型UH-60M"黑鹰"直升机座舱那样尖端。波音公司将"支努干"直升机的机组控制台与洛克威尔·柯林斯公司的硬件和软件集成在一个符合MIL-STD 1553B标准的数据总线上。

在中心控制台上，每个飞行员面前都有一个控制显示装置，机组成员能够通过它管理整个系统并实现通信与导航。CH-47F有两个GPS/INS导航器，能够显示数字地图并提供垂直速度信息。

CH-47F还装有一个改进型数据调制解调器，能够接收来自空中或地面平台的命令和形势报告。其通信设备包括：一台装有"Have Quick Ⅱ"跳频装置的ARC-164超高频调幅收发机，两部ARC-201D甚高频调频收发机，一台ARC-186甚高频调幅/调频收发机，一台用于超水平线通信的ARC-220高频收发机。

CH-47F的电子对抗装置与CH-47D相同，不过，它将装备第2套M130闪光箔条撒播器，其数据总线还允许可以安装综合无线电频率电子对抗套件（SIRFC）和综合红外对抗套件（SIIRCM）。

在振动得以降低的情况下，CH-47F内的数字电子部件能够获得更高的可靠性并减少使用与维护费用。但是，为了控制费用并降低集成工作的难度，CH-47F仍使用现有的电动机械仪器来显示发动机参数。虽然CH-47F使用了新型数据总线，不过仍未安装前视红外夜视传感器。

CH-47"支努干"中型运输直升机

根据计划，将有7架第1批次的CH-47F"支努干"直升机被升级为MH-47G直升机，其油箱体积将更大，还要装备空中加油管、多模式雷达以及包括彩色多功能显示器在内的新型公用航空电子设备。洛克威尔·柯林斯公司的航空电子架构系统将用来对MH-47、MH-60以及A/MH-6航空软件进行标准化。波音公司负责将软件集成到MH-47G直升机的座舱内。

CH-47F的模拟飞行控制计算机仍与CH-47D一致，但在第2批次的CH-47F中，将使用更先进、可支持能力更高的数字计算机。

★ 7.型号简介

（1）CH-47A　　最初生产型。第一架于1962年8月16日交付给美国陆军。早期生产的CH-47A装两台T55-L-5涡轮轴发动机，后改用T55-L-7涡轮轴发动机。总共交付给美国陆军354架CH-47A，交付给泰国皇家空军4架。CH-47A型已停产。根据1978年的美国陆军合同，它的传动系统功率已加大到CH-47C的标准。

（2）CH-47B　　CH-47A的发展型。装两台2125千瓦的T55-L-7C涡轮轴发动机。1967年5月10日开始交付，总共生产了108架，1968年2月交付完毕。根据1978年的美国陆军合同，它的传动系统功率已加大到CH-47C的标准。

（3）CH-47C　　CH-47B的改进型。由于加强了传动系统，采用了两台2796千瓦的T55-L-11A发动机和增加了总燃油量，大大提高了这一型号的性能，从而满足了美国陆军提出的新要求：在大气温度35摄氏度、1220米高度条件下，外挂6800公斤载荷起飞，活动半径56公里。CH-47C于1967年10月14日首次试飞，1968年3月开始交付，1980年夏天交付完毕，共交付给美国陆军270架。1973年该公司研制成功桨叶大梁裂纹检查系统（ISIS）和抗坠毁油箱，油箱容量为3944升。1973年3月以后交付的CH-47C上均装有这两项设备，对以前生产的CH-47C也逐步进行了改装。1978年5月开始在CH-47C上试装玻璃钢桨叶，1979年开始将182架美国陆军的CH-47C改装玻璃钢桨叶，到1986年改装工作全部结束。

（4）CH-147　　CH-47C的加拿大部队编号。1973年接到加拿大武装部队订购9架CH-47C的合同，1974年9月开始交付。这种型号基本与CH-47C相同。

（5）BV-234　　民用型。1978年夏末，波音公司宣布研制波音234，以执行客运、货运及其他专门任务，如近海油田和天然气钻井平台支援、远距资源开发、吊运、伐木和建筑、海上及陆地搜索和救援、空中灭火、港口疏散、救灾、输电线路敷设、管道建设及修理等。

（6）CH-47D　　CH-47系列的改型。1976年根据与美国陆军签订的一项合同将3架早期型的CH-47（A、B、C型各1架）改成D型的标准原型机，第1架标准原型

CH-47"支努干"中型运输直升机

机于1979年5月11日首次试飞。1980年10月,美国陆军与波音公司签订第一个CH-47D生产型改进合同。截止1984年改装了88架。1984年2月28日首次装备美101空降师达到初始作战能力。1989年1月13日波音公司又得到一项多年合同,将144架CH-47改装成CH-47D(包括11架MH-47E),前后共改装472架(包括MH-47E),从而将美国陆军"支努干"机群的使用寿命延长到下一世纪。GCH-47D地勤维修训练机,仅在弗吉尼亚有几架。

(7) MH-47E　　CH-47D的特种部队型。1987年12月2日,波音直升机公司收到8180万美元的合同,即在改进的CH-47D的基础上为美国陆军特种作战部队研制一架MH-47E"支努干"原型机。计划需要51架MH-47E,后削减到25架,原型机在1990年6月1日首飞。首批11架MH-47E已于1992年11月交付给了第160特种作战航空联队第2大队,第二批14架的最后一架于1995年4月交付完毕。

(8) CH-47SD　　"超D"(SuperD)最新出口型。采用了一些MH-47E的技术。装T55-L-714A涡轮轴发动机,带全权数字式发动机控制系统;直升机两侧有单点压力加油和放油口,燃油装在两个抗坠毁的弹性油箱中,总容量为7828升,并装有史密斯公司的数字式油量测量系统。

(9) CH-47F　　CH-47D的升级型。ICH"改进货运直升机"计划,计划为CH-47D换装T55-GA-714A发动机,命名CH-47F。主要工作将是换装全新的配线和连接器,更换传动装置、螺旋桨片和发动机。

★ 8.服役情况

美国陆军共购买了5架YCH-47A,349架CH-47A,108架CH-47B,270架CH-47C,2架美国制造的CH-47D和11架意大利制造的CH-47C,各型共745架。

各型"支努干"出口的国家和地区有:阿根廷(5架),澳大利亚(12架),加拿大(9架),埃及(4架),希腊(7架),日本(60架),西班牙(19架),韩国(30架),新加坡(6架),中国(6架),中国台湾(3架),泰国(9架)和英国(58架)。

接收意大利阿古斯塔/南方直升机公司按许可证制造的CH-47C的国家有:埃及(15架),希腊(10架),伊朗(68架),意大利(37架),利比亚(20架),摩洛哥(9架)和美国宾夕法尼亚陆军国民警卫队(11架)。"支努干"的总订货量达1134架(包括民用型)。

★ 9.实战表现

在越南战争中,CH-47A主要用于为陆军部队运送兵员物资,特别是在为炮兵吊送火炮到不便进入的复杂地带,为前线输送油料(一次外吊2个各500加仑容量的软油箱)和回收近降或受伤在外的直升机(一次可吊一架UH-1)方面获得好评。在越南南方,当以200公里/小时的速度全速低空飞行时,基本不需要别的飞机的护航。但涡轮式发动机在高山、高温季节中出力不足,影响了性能的

CH-47"支努干"中型运输直升机

正常发挥。

1991年海湾战争时，有163架"支努干"直升机被部署到西南亚，组成10个中型直升机连。这个数目占美军装备量的47%。CH-47D常是美军唯一能够在宽阔地域上运送重型货物的直升机，其载重量和速度为美军指挥员和后勤官提供了优于其他国家陆军的作战能力。在地面作战中由第18空降师执行的侧面机动就以CH-47D为"基石"的。仅第一天作战中，CH-47D就运送了大量弹药装载货盘和131000加仑（1立方米＝264加仑）燃料，同时在2小时内建立了40个相互独立的燃料弹药补给点，从而为第二天总攻做好准备。

CH-47D在波斯尼亚的维和行动中表现同样非常出色。16架"支努干"在6个月的行动期间通过达2222小时的飞行运送了3348名乘客以及1452吨货物，相当于运送112个步兵排或者201门M198榴弹炮。其中最为人知晓的任务是在1995年11月29日和30日，CH-47D协助第502工程连在发生洪水的萨瓦河上铺设浮桥，以便第一装甲师能够跨河进入波斯尼亚。每当洪水冲走浮桥设备时，CH-47D能迅速地重新供应相应物资。

★ 10.装备

CH-47装备了AV/ASH-137多普勒雷达，有具备地形跟踪、地形回避、空对地测距和地形显示功能的AN/APQ-174雷达。导航设备有全球定位系统、地形参考导航系统和AN/ASH-145航向姿态参考系统。另有激光、雷达、导弹告警系统、脉冲干扰机、干扰物/曳光弹发射器和抗干扰无线电台。此外，还配有前视红外装置和数字式移动图形显示仪等。MH-47E在驾驶舱中增设了一个由4部多功能显示器组成的任务管理系统和一个任务辅助系统。

附：CH-47D"支努干"运输直升机技术参数

旋翼直径	18.79米	机身长	15.54米	机宽	3.78米
机高	5.68米	空重	10500公斤	内部有效载荷	6512公斤
外部有效载荷	7192公斤	最大吊挂载荷	10627公斤	最大平飞速度	280公里/小时
最大爬升率	6.77米/秒				

第三节
"塔赫"——美国陆军CH-54 直升机

★ 1.简介

CH-54是美国西科斯基公司研制的双发单桨起重直升机,公司编号为S-64,绰号"空中吊车",美国军用编号为CH-54,绰号"塔赫"。S-64是在S-60试验机的基础上发展起来的并采用了S-56的旋翼,动力装置改装两台普拉特·惠特尼公司的JFTD 12-4A(军用型T73P-1)涡轮轴发动机,截至1974年6月,除民用外,共为美国陆军生产了96架。

CH-54在国民警卫队中一直服役到20世纪90年代初期,它不光用于军事训练,还在火灾的时候用一个大水斗运水灭火。

最后一架CH-54于1993年在内华达州的国民警卫队第113航空基地退出现役。

★ 2.型号

S-64有以下几种改型。

S-64A:试验用原型机,共制造三架,第一架于1962年5月首次试飞。

CH-54A:美国陆军用起重直升机,用来运输装甲车辆、大型设备和回收损坏了的飞机。在越南战场上,CH-54运送过许多重型装备,并回收了380架损坏的飞机,后来,西科斯基公司为CH-54A研制了通用军用吊舱,1968年6月,又研制了专门用于运输人员的吊舱,其内部尺寸(长×宽×高)8.3米×2.96米×1.98米,最大承载能力为9072公斤,可运输45名士兵或24副担架,或用作野外外科医院、指挥所和通信部。

CH-54"塔赫"直升机

S-64E：改进的民用型，1969年获得美国联邦航空局适航证，广泛用于伐木、石油勘探、动力线铺设等。

CH-54B：CH-54A的加大载重型，为美国陆军使用，共制造了两架。

S-64F：CH-54B的民用型，1970年底取得适航证，但没有正式投产。

★ 3.制造历史

在1961年4月S-60样机坠毁前使用涡轮轴发动机的S-64样机就开始制造了，虽然美国军方并不像希望那样支持这个计划，但是联邦德国政府却决定对S-64进行评估，而且买下了第一次制造的三架样机中的两架。

1962年5月9日S-64进行了首飞，德国人在评估后并没有下订单，但是美国陆军却表示对S-64感兴趣，并于1963年7月定购了6架S-64A用于评估，并且将其编号为YCH-54A，起名为"塔赫"。虽然它们与样机相似，但是却装备了4500轴马力的涡轴发动机。评估非常顺利，1964年CH-54A正式开始制造。

但是CH-54价格过于昂贵，至少是UH-1的7倍。另外西科斯基的模块化荚舱的概念在战场上的军事行动中弊大于利，而且美国陆军想要的是一种既可以当作起重机又可以当作运输机使用的直升机而不是让运输行动去适应某种特殊的模块。于是从20世纪70年代起CH-54开始从军队退役，到80年代所有CH-54均退出现役进入民用商业领域。

★ 4.结构特点

S-64采用全铰接式6片铝合金桨叶旋翼，尾桨由4片铝合金叶桨组成；机身为铝合金和钢制成的半硬壳吊舱尾梁式结构。机身在驾驶舱后面部分沿用可卸吊舱形式。水平安定面固定在尾斜梁顶部右侧。CH-54采用不可收放的前三点式起落架。为装卸货物方便，起落架可通过液压轴伸长或缩短。尾部还装有可伸缩的缓冲器。前驾驶舱内有两个并排的正副驾驶员的座椅，后座舱内有操纵货物装卸的第三个驾驶员的座椅。另外增加了可以坐下两名乘客的折叠座。

CH-54"塔赫"直升机

CH-54A采用两台普拉特·惠特尼公司JFTD-12-4A涡轴发动机，单台功率为4500轴马力；CH-54B采用两台JFD-12-5A涡轴发动机，单台功率为4800轴马力，最大连续功率为4430轴马力。两个燃油箱的总油量为3328升，辅助油箱容量为1664升，总油量为4992升。

★ 5.作战使用

CH-54用来运输战斗人员、装甲车辆、大型设备和用于回收那些因为过于沉

第三章 美国陆军直升机

重而CII-47不能运载的飞机。它也用于从船上向岸上卸货。CH-54还被用于投掷重达4536公斤的巨型炸弹，以在浓密的丛林中开辟直升机着陆场。

在越南战场上，CH-54运送过许多重型装备，并回收了380架损坏的飞机。其可靠性非常高，很少有操作失误，让机组人员非常难忘。

附：CH-54"塔赫"直升机技术参数

旋翼直径	21.95米	尾桨直径	4.88米	机长	26.97米
机高	5.61米	机宽	6.65米	空重	8720公斤
最大起飞重量	19050公斤	正常起飞重量	17240公斤	最大平飞速度	203公里/小时
最大巡航速度	169公里/小时	最大爬升率	6.75米/秒	悬停升限	3230米
航程	370公里				

第四节
"黑鹰"——美国陆军UH-60直升机

★ 1.简介

UH-60 "黑鹰" 直升机

1972年，美国陆军展开了一项名为"通用战术运输机系统"（UTTAS）的计划，该计划决定用一种飞机取代UH-1系列直升机用于部队运送、指挥控制、伤员撤离以及侦察。最后决定由西科斯基公司的YUH-60A和波音公司的YUH-61A竞争该计划的订单。两种飞机均于1974年首飞，其中波音公司的YUH-61A旋翼为4片复合材料桨叶，使用与YUH-60A相同的发动机，可以搭乘11人。1976年12月，西科斯基公司赢得了合同，开始制造UH-60A，起名为"黑鹰"。

★ 2.结构特点

"黑鹰"的主旋翼由钛合金和玻璃纤维制造，发动机为两台1622轴马力通用电气T700-GE-700涡轮轴发动机并列安装于机身顶部的两肩位置，4片直径16.36米的全铰接式大弯度旋翼可以折叠。为改善旋翼的高速性能，桨叶还采用了先进的后掠桨尖技术。4片尾桨设在尾梁左侧，以略微上倾的角度安装，可协助主旋翼提供部分升力。另外尺寸很大的水平尾翼还可增加飞行中的稳定性。两扇推拉

42

式舱门开关方便，可保证载员迅速进出。

★ 3.武器控制与电子系统

"黑鹰"航电设备十分齐全，除各种先进的电子战装置外，机身上部还设有专门对付热寻的对空导弹的AN/ALQ-144红外干扰机。这种绰号"迪斯科旋转灯"的有源红外干扰装置几乎装备了所有美军现役直升机，它可以精确模仿直升机发动机废气的红外光谱，干扰导弹的热寻的导引头。

★ 4.技术特点分析与述评

"黑鹰"属于师级运输直升机，与UH-1相比，它大幅度提升了部队容量和货物运送能力。在大部分天气情况下，3名机组成员中的任何一个都可以操纵飞机，将1个全副武装的11人步兵班运送到目的地。在拆除8个座位后可以运送4个担架。"黑鹰"的正副驾驶座都有防弹装甲保护，该装甲可以防护23毫米脱壳弹攻击。"黑鹰"还有一个货运挂钩可以执行外部吊运任务。

"黑鹰"配备了两挺M60D 7.62毫米机枪，必要时可进行火力支援。

"黑鹰"作为突击运输直升机在执行低飞作战任务时，极易遭受地面火力攻击，故该机在提高生存力方面采取了很多措施。例如，其机身及旋翼在制造上大量使用各类防弹材料，驾驶舱和发动机的关键部件均设有装甲：两台发动机由机身隔开，相距较远，如有一台被击中损坏，另一台仍可继续工作。而"黑鹰"的抗坠毁措施尤值一提，它采用的固定式抗坠毁起落架、机身下部的蜂窝状填料以及高效减震座椅等，据说可保证机体在30米高度以8米/秒左右速度做粗猛着地时，最终传到乘员身上的撞击动能已被逐级减至人体可承受的水平。同时该机的坠毁传感器和易断连接器可以立即切断电气系统，防渗漏燃油管路及自封油箱将保证坠机后不致因漏油而失火。

UH-60机身长，且低矮，使其可以装进C-130运输机之中运送而不必拆掉旋翼。C-141可以运送2架UH-60，C-5可以运送5架UH-60。

UH-60"黑鹰"直升机

★ 5.装备情况及型号演变

"黑鹰"及各类变型直升机自1979年投放市场以来，目前已售出约3000架，在全球30多个国家（地区）都拥有用户。美国陆军自己也装备有1600余架。

S-70A：美国陆军型号UH-60A、UH-60C、UH-60L、UH-60M、UH-60Q、AH-60L、EH-60A、MH-60A、MH-60K、MH-60L；美国空军型号UH-60A、HH-60G、MH-60G；美国海军型号MH-60S；美国海军陆战队型号VH-60N；以色列国防军型号猫头鹰（Yanshuf）；日本自卫队型号UH-60J和UH-60JA。

UH-60 "黑鹰" 直升机

S-70B：美国海军型号SH-60B、MH-60R、SH-60F、HH-60H；美国海岸警卫队型号HH-60J；日本海上自卫队型号SH-60J、SH-60K；西班牙海军型号HS.23；中国台湾海军型号S-70C（M）-1、S-70C（M）-2。

美军按照用途不同又将"黑鹰"分成C、E、H、M、S、U、V七大类，这仅仅是"黑鹰"国内型号，出口到世界其他国家和地区的"黑鹰"又各有不同的型号。在其国内型号中，UH-60系列是最早服役也是用途最广的一类，U即通用，这类"黑鹰"有UH-60A、UH-60C、UH-60G、UH-60L、UH-60M、UH-60P、UH-60Q、UH-60X八种；CH-60是货运型"黑鹰"，专门执行货运任务，其中C代表货物，该型总共出现过CH-60S一种；EH-60是特殊电子战"黑鹰"，E即电子战，共有EH-60A、EH-60B、EH-60C、EH-60L四种；HH-60是搜索和救援型"黑鹰"，共有HH-60A、HH-60D、HH-60E、HH-60G、HH-60H、HH-60J六种；MH-60是多用途"黑鹰"，主要用于执行特战，共有MH-60A、MH-60G、MH-60K、MH-60L、MH-60S五种；SH-60是反潜型"黑鹰"，共有SH-60B、SH-60F、SH-60R三种；VH-60是政要人员专用运输机，共有VH-60A、VH-60N两种型号。

★ 6.作战使用与实战表现

UH-60及其改型被广泛装备于美军各支部队。用于战斗人员运送、物资运输，后勤补给，突防、反潜反舰，火力支援，搜救，伤员救护、特种部队机降以及后勤支援。

1983年10月25日美军入侵格林纳达的"急怒"行动中，共有32架"黑鹰"参战，仅损失一架。这是由于担任行动总指挥的美国海军不习惯夜战，在白天实施行动造成的。而在另一次突袭行动中，载有美陆军"游骑兵"突击队的3架"黑鹰"在降落时遭对方轻武器扫射，慌乱中先后相撞并坠地。机舱内的美国特种兵虽个个鼻青脸肿，但均未受重伤。这从另一个侧面反映出"黑鹰"所具备的较强抗坠毁特性。

1989年12月20日凌晨，在美军对巴拿马实施代号"正义事业"的入侵行动中，"黑鹰"再度披挂上阵。这一次，戴有AN/PVS-7B夜视镜的"黑鹰"飞行员驾机在30米左右的超低空快速绕过各种障碍，去完成各类棘手任务。其中一支陆军突击队搭乘"黑鹰"突然机降至巴拿马城东的托里霍斯国际机场，担任守卫的诺列加精锐卫队——"2000年营"由于猝不及防，被迅速解除了武装。这支利用"黑鹰"机降成功的突击队，为美军后续部队利用该机场源源开入起了关键作用。

1991年1月24日拂晓，美军第101空中突击师的近400架直升机（其中"黑

立体打击——军用直升飞机
JUNYONG ZHISHENGFEIJI

鹰"约占一半）从沙特北部13个地点陆续起飞，深入伊拉克境内80公里纵深处的幼发拉底河谷地带，去给实施所谓"左勾拳"行动的美国第7军的重装部队建立一个前进补给基地。据一位当时在场的美联社记者形容说：直升机起飞时扬起的沙尘把天空都染黄了，这群"黑鹰"在空中形成6道黑色的走廊，景象蔚为壮观。这或许是军事史上最胆大包

UH-60 "黑鹰" 直升机

天的一次直升机行动！当天傍晚，以"黑鹰"和"支努干"为主的直升机群将2000名士兵、50辆军车及大批弹药、油料运至新开辟的155平方公里的补给区内。事后证明，这座由直升机建起的前线补给点对合围科威特境内伊军起到了关键作用。

　　1993年8月，在索马里的维和行动演化成了美军与艾迪德派别间的武装对抗。克林顿急令160特遣队配合陆军第75别动队第3突击营的400名特种兵开赴摩加迪沙，捉拿艾迪德。9月25日凌晨，第一架"黑鹰"被击落，机上美军3死2伤。10月3日，由于美军前几次夜间行动均未得手，于是战地指挥官麦克尼特中校决定在中午展开突袭。但白天动武的决定使160特遣队擅长夜战的优势尽失，行动失去了隐蔽性。战斗中，两架"黑鹰"被索马里人用苏制40火箭筒击落，一架"黑鹰"遭重创后挣扎着逃回基地。美军官兵18死76伤，另有1人被俘。祸不单行。第二年4月14日，两架载有联合国官员的"黑鹰"在伊拉克北部"禁飞区"上空被美军F-15战机击落，机上26人无一生还。由于当时"黑鹰"机上的"敌我识别应答机"未按规定开放，而"黑鹰"在飞行时外形又颇似俄制米-24"雌鹿"，故造成美军判断失误，导致误击。

　　1994年9月18日，美国悍然以重兵入侵海地，"黑鹰"直升机再度在行动中出任重要角色。需要特别指出的是，在这次行动中，美军以"艾森豪威尔"及"美国"号这两艘大型航母为基地，搭载有40余架"黑鹰"直升机。行动开始后，它们从航母起飞，将同舰的第10山地师的数千名官兵机降至太子港机场。这是冷战后美军所尝试的一种全新作战模式，即在掌握了制空、制海权的前提下，利用航母的巨大乘载量，将陆军人员一次性运抵战区，在舰载攻击机的支援下，利用随舰的陆军直升机实施垂直登陆。

附：UH-60 "黑鹰" 直升机技术参数

机长	19.76米	机宽	2.36米	机高	5.13米
最大起飞重量	11.8吨	最高时速	296公里	航程	610公里
旋翼直径	16.36米	尾桨直径	3.35米	最大允许速度	295公里/小时
最大巡航速度	268公里/小时	爬升率	3.55米/秒	实用升限	5790米
悬停高度	2895米	续航时间	2小时18分钟		

"休伊眼镜蛇"——美国陆军贝尔AH-1直升机

★ 1.简介

贝尔AH-1"休伊眼镜蛇"直升机

20世纪60年代中期，美国陆军根据越南战场上的实际需要，迫切要求迅速提供一种高速的重装甲重火力武装直升机，用来为运兵直升机提供沿途护航或为步兵预先提供空中压制火力。因为当时用普通运输直升机临时加机枪改装的火力援护直升机不仅速度慢，而且无装甲保护，火力也不强。

AH-1"眼镜蛇"直升机是由贝尔直升机公司（现改称达信集团贝尔直升机公司，以下简称贝尔公司）于20世纪60年代中期为美陆军研制的专用反坦克武装直升机，也是世界上第一种反坦克直升机。由于其飞行与作战性能好，火力强，被许多国家广泛使用，经久不衰，并几经改型。贝尔公司在1967～1973年间一共为美国陆军制造了1116架AH-1"休伊眼镜蛇"直升机。"休伊眼镜蛇"在越南一共执行了超过100万小时的任务。

★ 2.武器装备

AH-1W直升机可灵活装载不同武器（能发射"陶"式、"狱火"两种导弹）。AH-1F直升机在执行昼间武装侦察任务和安全巡逻任务方面非常有用。例如，在海湾战争中，2架AH-1F直升机用"陶"式导弹和70毫米火箭摧毁了一些轻型装甲人员运输车；还使用"陶"式导弹、20毫米炮弹和70毫米火箭，阻止伊拉克共和国卫队护运队通过幼发拉底河上的公路；1枚"陶"式导弹击中护运队的领头车辆，阻塞了公路。

★ 3.使用情况

在"沙漠盾牌"行动期间，美军决定向西南亚部署24架后备役AH-1J直升机。由于地中海和太平洋地区不断要求紧急支援，美国海军陆战队启用了2个后备役AH-1J飞行中队以补充并加强西南的AH-1W直升机力量，虽已服役20年的"休伊眼镜蛇"AH-1J直升机不具备反装甲或防空作战能力，但它可为直升机突击作战提供战斗护航和武装侦察。AH-1"休伊眼镜蛇"直升机缺乏夜间瞄准系统，这就严重限制了它在夜间和恶劣天气条件下的行动，并无法利用"狱火"导弹的远距离投射能力。缺乏机载激光指示器也是一个不足之处。AH-1直升机不具备先进的导航系统。由于全球定位系统对于沙漠地区精确制导必不可少，所以，AH-1W在"沙漠风暴"行动之前安装了临时用的全球定位系统。

AH-W"超级眼镜蛇"直升机是新近推出的最新型反坦克直升机。该机更突出了高温高原性能，具有全天候昼夜作战能力和一定的空战、自卫能力。贝尔公司1989年又发展了4桨叶的AH-1（4B）W"毒蛇"直升机，采用了先进无轴承旋翼，载运能力将提高1倍，飞行性能也将有较大提高。

★ 4.衍生型

（1）单引擎

贝尔209型：原型机，安装有可收起起落撬。

AH-1G"休伊眼镜蛇"（HueyCobra）：1966年为美国陆军制造的最早量产型，装有一具1400shp Avco Lycoming T53-13涡轮发动机。

JAH-1G"休伊眼镜蛇"（HueyCobra）：武备试验用机。

TH-1G"休伊眼镜蛇"（HueyCobra）：双座双控训练机。

Z.14"休伊眼镜蛇"（HueyCobra）：AH-1G的西班牙海军型号。

YAH-1Q"休伊眼镜蛇"：可搭载BGM-71 TOW反坦克导弹的升级型号。

YAH-1R：升级为一具T53-L-703引擎的升级型号。

YAH-1S：升级为一具1800shp T53-703涡轮发动机及TOW式导弹的升级型号。

AH-1S：升级为方形座舱盖的升级型号。

AH-1P：AH-1S的升级型号，升级内容为复合材料桨叶、平板玻璃座舱和TOW式导弹。

AH-1E：AH-1S的第二阶段升级版本，升级了增强型"眼镜蛇"武器系统，其中主要是M35武器子系统（M195型20毫米机炮）。

AH-1F：美国陆军的AH-1S、AH-1P和AH-1E"眼镜蛇"的现代化改装型，包含了之前所有的升级。

249型：4桨叶试验型号。

贝尔-309眼镜蛇王（KingCobra）：装载一具Lycoming T-55-L-7C引擎的试验型号。

（2）双引擎

使用双引擎的"休伊眼镜蛇"直升机也被称为AH-1"超级眼镜蛇"（SuperCobra）。

AH-1J"海眼镜蛇"（SeaCobra）：最早的双引擎版本。

AH-1J国际版：AH-1J"海眼镜蛇"出口型。

AH-1T增强型海眼镜蛇（Improved SeaCobra）：换装了一套较大型且较先进的主尾旋翼系统，具备后掠式翼稍。

AH-1W"超级眼镜蛇"（SuperCobra）（"W眼镜蛇"）：可灵活装载不同武器（能发射"陶"式/"地狱火"两种导弹），机头下炮塔内有一门M197型20mm口径3

管加特林炮，备弹750发。

AH-1Z蝰蛇（Viper）（"Z眼镜蛇"）：在航电系统、旋翼、动力系统方面全面翻新，尤其是其航电系统的科技水平已经达到世界最先进水平，与AH-64D"长弓阿帕奇"不相上下。

309型"眼镜蛇王"（King Cobra）：双引擎试验型。

"眼镜蛇毒液"（Cobra Venom）：联合王国的升级型版本。

AH-1RO Dracula：罗马尼亚的升级型版本。

★ 5.使用的国家和地区

主要有巴林、智利、伊朗、以色列、日本、约旦、巴基斯坦、韩国、西班牙、泰国、土耳其、中国台湾、美国等。

★ 6.美国军方的装备

美国海军陆战队在西南亚地区部署了4个现役中队（50架AH-1W），有2个后备役中队（26架AH-1J）支援陆上和海上作战。此外，3架AH-1T直升机与第26陆战远征分队共飞行8278小时，美国陆军向西南亚地区部署了145架AH-1F，共飞行1万小时之多，执行昼间武装侦察和掩护任务。海湾战争中，在执行反装甲任务期间，AH-1W直升机摧毁对方坦克97辆、装甲人员输送车104辆、16个掩体以及2处高炮阵地而无一损失。由2～4架AH-1W直升机组成的小分队通常到前方地区弹药供给点和加油点获得补给，再由那里起飞进行快速反应作战和近距离火力支援。

附：贝尔AH-1"休伊眼镜蛇"直升机技术参数

	机长	13.6米	高度	4.1米	空重	2993公斤
AH-1F	旋翼直径	13.41米	最大起飞重量	4500公斤	最高速度	277公里/小时
	航程	510公里	实用升限	3720米	爬升率	8.2米/秒
	机长	13.6米	旋翼直径	14.6米	高度	4.1米
AH-1W	空重	4953公斤	最大起飞重量	6690公斤	最高速度	352公里/小时
	航程	587公里	实用升限	3720米	爬升率	8.2米/秒

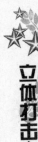
第六节

"祖鲁眼镜蛇"——美国陆军 AH-1Z直升机

★ 1.简介

AH-1虽然一开始是作为"过渡方案"发展的，而且至今已服役近40年，但仍有很光明的发展前景。它的最新型号AH-1Z"祖鲁眼镜蛇"以现役的双发动机

AH-1W为基础，结合了大量新技术，是适应21世纪战场需要的"眼镜蛇"。AH-1Z一问世，就得到众多买家的关注。

AH-1Z与AH-1W相比，在旋翼、航空电子、动力等方面进行了大范围的改进，尤其是航电系统已经达到世界先进水平，不可同日而语；与AH-64D"长弓阿帕奇"相比，则有过之而无不及。但海军陆战队仍称AH-1Z为"超级眼镜蛇"。AH-1Z直升机能够携带更多的武器和负载，将是一型更有效的作战平台。机上的传感器更先进，对气候的依赖性大大减小，因此能在更远的距离外识别敌方目标，打击更多目标。AH-1Z有比AH-1W先进得多的座舱设计。前后驾驶舱各安装2台大型多功能平面显示器，取消了AH-1W原有的头戴式显示器；2名乘员都备有先进的数字头盔显示瞄准系统，相关的飞行、火控资料投射在乘员的头盔面罩上。

★ 2. AH-1Z的改进过程

1979年12月，贝尔公司把AH-1S的2叶片旋翼系统换成4叶片旋翼系统而成的"休伊眼镜蛇"Ⅱ原型机（贝尔-249）首次试飞，并在翌年的英国范堡罗航展上初次露面。除此，"休伊眼镜蛇"Ⅱ还计划改进发动机，并装备一套全新的瞄准系统，具备"海尔法"导弹发射能力。贝尔公司曾建议将这些改进内容加入当时的AH-1S升级计划中，但美国陆军决定在轻型直升机试验计划中实现这些改进，后来该计划推出了RAH-66"科曼奇"直升机（已经于2004年终止发展）。陆军曾向贝尔公司提出改进"休伊眼镜蛇"以满足其"先进侦察直升机"需求，但该项需求最后被

美制最新型AH-1Z直升机

OH-58D直升机抢走。后来的"眼镜蛇2000"提案已涉及AH-1Z的一些关键设计，例如T700发动机和四叶片旋翼系统。海军陆战队也被"眼镜蛇2000"提案吸引，可惜他们未获得该项目的预算。贝尔公司没有放弃，并将这项设计送到德国与PAH-2（即后来诞生的欧洲"虎"式武装直升机）竞争。只有1架贝尔-249作为测试机在军中服役，但有关四叶片旋翼系统"休伊眼镜蛇"的计划并未完全取消。

1993年，英国陆军航空兵为新型攻击直升机招标。贝尔公司和主承包商英国GEC-Marconi航电公司（现在的BAE系统公司）共同研制了一款和AH-1Z非常相似的直升机，即"眼镜蛇毒液"。它以AH-1W机身为基础，装配现代化的双发动机，拥有重新设计的短翼和4个外挂架，每个挂架都可以携带"硫磺石"、"海尔法"和"陶"式反坦克导弹。美国海军陆战队有意将GEC-Marconi公司的新型全集成数字航电系统作为其"集成武器系统升级计划"的一部分，并打算为AH-1W配备该航电系统。1995年6月，"眼镜蛇毒液"的设计做了改动，包括换装4叶片旋翼系统。虽然同年7月英国宣布AH-64D赢得合同，但仍有不少人看好"眼镜蛇毒液"，该设计直接转变成AH-1Z计划，并于1996年正式开始。

美国海军陆战队一直在为2010年以后寻觅可靠的攻击直升机。AH-1W和

AH-1Z攻击直升机武器与机载电子系统

UH-1N的联合升级项目——"H-1改进计划"被认为是最好的解决途径。1996年11月15日，美国海军陆战队和贝尔公司签订"H-1改进计划"合同，对现有的AH-1W和UH-1N直升机实施改造，将其机身分别改装成为180架AH-1Z和100架UH-1Y。两种机型将使用相同的发动机和飞行动态控制设备。2001年，海军陆战队大约有194架AH-1W和96架UH-1N直升机在役。AH-1Z拥有由最新技术生产的机身、集成航电系统、玻璃座舱、四叶片旋翼系统和升级的动力传动系统等，航速、航程、机动性、载荷能力、抗损能力和生存能力有显著提高。AH-1Z和UH-1Y直升机80%的主要组件可通用，包括T700-GE-401/C发动机和传动系统、尾翼组件、复合材料四叶片旋翼系统、燃料系统、集成航电系统和软件、防撞座椅等。这将大大减少后勤支持费用，并使其更适合部署在储存空间狭窄的海军舰船上。

虽然AH-1Z名义上是"超眼镜蛇"的改进型，但纵观整个改进，其工作量已经不下于开发一种全新的武装直升机了。AH-1Z上直接保留的AH-1W部件包括机尾、发动机舱门和整流罩、组合变速箱、前机身等，但这些部件也都经过修改；改进设计重新制造的部件包括垂直尾翼（增加了升降舵和尾炮）、变速箱、强化的起落橇架（能够承受3.6米/秒的撞击）、旋翼动力传动系统、机身整流罩和短翼；全新设计制造的部分包括旋翼系统和机舱。

1996～2003年，AH-1Z直升机处于研制与发展阶段，共有3架AH-1Z原型机在帕图森河海军航空兵站进行了一系列性能演示验证。到2003年末，AH-1Z在演示试验中的最大飞行速度曾达到411公里/小时，巡航速度达到296公里/小时；有效载荷2500/2800磅；作战半径110海里；机动能力为$(-0.5～+2.5)g$。2004年末，AH-1Z进行了实弹射击试验。

第一架原型机拥有AH-1Z的机身和动力传动系统，但未装配先进的航电系统。"H-1改进计划"曾遇到一些问题，造成计划预算超支并延期。问题涉及垂直安定面（有裂缝）、旋翼叶片、叉型支架的液压传动、制造加工、集成航电系统等方面。为此，贝尔公司对设计方案做了相应修改，以确保实现设计目标。最初计划要求在2003财年开始小批量试生产，2006财年开始服役。2001年，美国陆战队决定将小批量试生产日期推迟到2004财年。

2003年10月23日，美国防部采办委员会批准"H-1升级计划"第1批直升机的低速试生产。这是该项目的巨大胜利，因为多年来它数次面临被取消的危险。在2004财年有3架AH-1W改造为AH-1Z，第2批3架将在2005财年改造。AH-1Z的全速生产阶段有望在第3批开始。

★ 3.技术特点

美国海军陆战队计划在2006年利用第1批3架AH-1Z进行训练，它们将交付给加州德尔顿营一级航空站的303直升机训练中队。第1、2批共6架AH-1Z在2009年具备初始作战能力。进入全速生产后，每年将有24架AH-1W升级至AH-1Z，2014财年交付最后一批，在2020年形成持续作战能力。而出口型AH-1Z的交付从2005年开始。

AH-1Z由贝尔公司的沃尔斯堡工厂制造，其新机身装配由Ama Rillo工厂进行，直升机的拆卸工作则在美国海军陆战队的Cherry Point进行。AH-1Z和AH-1W最显著的区别是其四叶片旋翼系统。复合材料旋翼头整合了直升机旋翼所有正常状态的前进/后退和顺桨功能，能够承受23毫米炮弹的冲击。旋翼系统桨叶通过刚性叶柄（根部由纤维增强复合材料制成）及其根套与桨毂相连。变距操纵则由操纵杆通过与桨毂连接的刚性根套传至桨叶。当舰载使用时，旋翼还可做半自动折叠。

AH-1Z保留了AH-1W上的通用电气公司T700-GE-401发动机，但连接了全新的动力传送装置和更大功率的尾部旋转翼，还采用了汉密尔顿标准公司有单独变速箱的辅助动力装置。AH-1Z空重5398公斤，最大负载重量8392公斤。也就是说，相同条件下，AH-1Z的航程或有效载荷是AH-1W的2倍。AH-1Z机身使用了常用的铝、钢、钛合金以及其他一些复合材料。尾翼部分直接取自AH-1W，但安装了新型尾炮，并做了适当修改以适应AH-1Z的更大载荷。

AH-1Z换装了全新的武器挂载短翼，更长、更厚，强度也更大。AH-1Z短翼的每个吊舱都拥有智能化接口（MIL-STD 1760总线），为适应翼下悬挂重量的增加，AH-1Z加固了中部机体。此外，原本AH-1W只能在短翼的2个内侧挂载点挂载四联装"海尔法"反坦克导弹，而且不能加挂副油箱；而AH-1Z则靠新型发动机以及新旋翼提供的更大推力，可以在短翼下方的4个挂载点全部加挂四联装"海尔法"导弹，使其火力与AH-64不相上下。AH-1Z短翼厚度增加的主要原因是在其内部增设了容量51加仑（189升）的油箱，使AH-1Z的航程增加，作战半径超过了AH-1W及AH-64。与AH-1W相比，AH-1W的有效载荷增加56%、机内燃油载量增加33%。此外，AH-1Z的水平尾翼比AH-1W后挪了一段距离，并且在翼尖增加了垂直稳定面。

AH-1Z机舱与AH-1W的迥异，人机界面得到很大改善。诺·曼公司目前正在研制集成航电系统。该系统通过MIL-STD 1553数据总线与中央任务处理器以及所有的通信、导航和任务系统连接。前后驾驶舱安装了15×20厘米的高分辨率（640×480像素）彩色液晶多功能显示器，它们都具有数字移动地图能力。另有一个略小的两用显示器，用以补充多功能显示器的功能，并在主航电系统故障时提供备份。

★ 4."顶级猫头鹰"头盔

AH-1Z安装了霍尼韦尔公司的双嵌入GPS/INS导航系统和泰利斯航空电子公

司制造的头盔瞄准系统——"顶级猫头鹰"（Top Owl）。该系统可灵活组配位置。该系统已经装配在"虎"式、NH-90、"茶隼"直升机上。

具备基本保护功能的头盔结合了无线电通信系统，附加的显示模块利用集成夜视传感器或前视红外系统将获取的图像投影在头盔面罩上。美国海军陆战队在AH-1Z的头盔上设置了虚拟头戴显示器功能，在飞行员直视前方时显示的是飞行符号，一旦飞行员的头部侧向转动，则该功能不再运行。只要目视虚拟头戴显示器，就有指示器显示出其他飞行员的位置。

考虑到可能存在的安全问题，目前美国海军陆战队决定不在头盔面罩上安装图像传感器，而代以头盔自带的接通电源式夜视系统。图像传感器则安装在多功能显示器上。头盔瞄准系统也受控于武器系统和光电火控目标瞄准系统。"顶级猫头鹰"头盔式瞄准系统基于双镜投影图像概念。头盔瞄准系统图像产生在机组人员的双眼上，在40度的大部分视野内图像完全重叠。与以前使用的夜视仪不同，双镜投影减少了隧道效应，图像效果非常好而且十分自然，为机组人员提供了极佳的周边环境视觉。这种双镜投影能够使飞行员通过放大的图像看清方向，在明亮的市区和舰船码头飞行时更为安全。头盔很轻，仅重2.2公斤，机组人员戴起来非常舒适。

泰利斯航空电子公司向美国海军陆战队交付16套预生产型"顶级猫头鹰"后，从2004年开始进行560套的全速生产。

与AH-1W不同，AH-1Z的2个机舱都能进行飞行和战斗控制，而且机舱的配置更合理。AH-1Z的飞行控制完全采用总距操纵杆手柄，没有任何开关安装在飞行员身后。四轴飞行控制系统使飞行变得更为简单。系统具有盘旋锁定和高度锁定功能，大大减轻了飞行员的工作负担。

在伊拉克战争中，AH-1W的卫星定位系统和惯性导航系统性能稳定，不过夜间指示系统却迫切需要改进。AH-1Z的主要任务传感器系统为洛·马公司的新型AN/AAQ-30"鹰眼"光电火控目标瞄准系统。该系统位于AH-1Z机鼻的光电旋转塔内，内含第三代前视红外雷达、高分辨率电视摄影机、激光目标指示，测距仪、激光照射追踪仪、惯性测量组件、视轴模块和电子组件。每个传感器自动与其他传感器及AH-1Z的双嵌入GPS/惯性导航系统保持视轴一致。"鹰眼"系统是目前世界上最先进的光电侦察搜索系统之一，其第三代前视红外雷达最大搜索距离32公里，目标识别距离18.7公里，敌我识别距离9.3公里。"鹰眼"系统具有专门的影像处理运算技术，使用时目标识别距离可进一步延伸至26公里，敌我识别距离则可延伸至14.5公里。AH-1Z的集成航电系统能够控制传感器指向数字地图上的任何指定目标。

索尼公司制造的电视摄影机具有3个

首架AH-1Z攻击直升机

电荷耦合器件检测器阵列，覆盖可视波段和近红外波段。摄影机安装了一个2.5倍扩束透镜，放大倍率最高为18倍。摄影机的2个视场与前视红外的2个视场相匹配，能够在红外雷达与电视摄影机间无缝变焦切换视野。激光目标指示／测距仪源自 A NAAQ-14"蓝盾"（LANTIRN）目标指示吊舱，对眼睛无害。电视摄影系统能够同时追踪13个目标，3个通过当前视场跟踪，瞄准系统的惯性测量组件跟踪另10个目标。"海尔法"导弹8秒钟就可以指向目标。首架配备光电火控目标瞄准系统的AH-1Z在2004年10月进入使用评估阶段。

★ 5."长弓"雷达

2001年，长弓国际公司与贝尔公司联合研发了眼镜蛇雷达系统。该系统的核心是炮塔上的毫米波雷达，它能赋予AH-1Z直升机AGM-114L"长弓海尔法"导弹发射能力。目前只有"长弓阿帕奇"直升机装备了"长弓海尔法"导弹。美国海军陆战队目前还没有决定是否采用"长弓"毫米波雷达，但保留了该系统的出口贸易权。美国海军陆战队表示在战场上不能仅仅依赖雷达识别敌方目标，还需要光学传感器。"长弓"雷达发射的毫米波很容易受天气状况的影响，全天候工作能力较差，天气恶劣时其有效使用距离会大幅减小，这对于经常在海上与近岸作战的陆战队武装直升机而言有诸多不便。此外，精密的"长弓"雷达若长期在高盐分、大风沙的临海环境中使用，要安装4套ALE-47干扰弹投射系统。升级后的APR-39B（V）2雷达警告系统与独立的数据总线相连，在机舱的多功能显示器上显示数据。与光学预警系统结合的AAR-47（V）2导弹警告系统，取代了AH-1W中AVR-2激光预警系统。

目前仍有很多关于AH-1Z计划会取消某些机载武器的疑虑。其中最引人瞩目的是取消"陶"式导弹的发射能力。虽然"陶"式导弹是"休伊眼镜蛇"武装直升机的传统武器，但在全数字化的AH-1Z直升机上已没有其位置。不过伊拉克战争证明"陶"式导弹依然很重要。由于有线制导的"陶"式导弹由机组人员直接控制，它能够以各种方式飞向目标。"陶"式导弹的射程和战斗部都不及"海尔法"导弹，但"海尔法"导弹只能自上而下进行攻击。

AH-1Z攻击直升机

★ 6.先进精确杀伤武器系统和联合通用导弹

先进精确杀伤武器系统（APKWS）也称为低成本精确杀伤（LCPK）武器，是一种新型激光制导70毫米火箭系统，由通用动力和BAE系统公司从2003年1月开始联合研发。其目的是为直升机装配精确制导武器。它将填补70毫米火箭弹与"海尔法"导弹之间的射程空白。美国海军陆战队极为关注该系统，AH-1Z直升机将成为最先装备该系统的机型。

AH-1Z攻击直升机驾驶舱

联合通用导弹（JMC）是另一项大型未来武器系统计划，它将取代AGM—65"小牛"空地导弹和AGM-114"海尔法"导弹，应用在陆海空和陆战队的一系列直升机和飞机上。洛·马公司在2004年赢得了JMC开发合同，将制造超过10万枚JMC导弹。JMC的初始小批量生产于2008年开始，大约在2009年装备AH-1Z，具备初始作战能力。JMC导弹可能采用直接发射模式，取代原有的"陶"式BGM-71导弹。

第七节
"乌鸦"——美国陆军 UH-12直升机

UH-12"乌鸦"直升机，首飞于1948年1月。于1950年被美国陆军正式采用为标准观测直升机。是席勒公司在1944年就开始研制的直升机最终成果，也是目前国际用途最广泛，性能最稳定，最具经济性的直升机。席勒UH-12型系列直升机较之国际上其他品牌的直升机具有起飞升降便捷、油耗低、噪声小、环保节能等显著优点。

美国陆军购买的第一批100架飞机带有可选的备份控制系统，并能在外面的吊篮中放下两副担架，编号H-23。美国海军购买了16架"乌鸦"THE-1型作为教练机使用，后来又购买了很大一批带有平行四边形起落架和滑橇式起落架的THE-2型。美国陆军购买的第二批273架H-23B用滑橇式起落架代替了A型的前三点式起落架，随后购买了145架采用整体式三座座舱的H-23C型。

UH-12"乌鸦"直升机

席勒公司生产的"乌鸦"直升机中，产量最大的是D型。其安装功率更大的发动机，产量达483架，一直服役到20世纪70年代。

"乌鸦"直升机还出口一些国家，总产量超过2600架。目前加利福尼亚席勒飞机公司还生产UH-12E型"乌鸦"直升机。

附：UH-12"乌鸦"直升机技术参数

机长	8.45米	机高	2.98米	主旋翼直径	10.67米
空重	824公斤	最大起飞重	1225公斤	最大速度	153公里/小时
航程	330公里				

第八节
"小马"——美国陆军 OH-6直升机

★ 1.简介

1960年，美国陆军提出"轻型观察直升机计划"（LOH）。招标发出以后，有休斯直升机公司、贝尔直升机公司和席勒飞机公司参加竞争。两年后，休斯直升机公司制造了5架OH-6A原型机与贝尔直升机公司的OH-4A和席勒飞机公司的OH-5A进行飞行竞争。1965年2月26日，休斯直升机公司的OH-6A在竞争中获胜。1966年9月开始交付。到1970年8月全部订货交付完毕，共交付1434架。在越南，OH-6A配备美国装甲骑兵团的侦察排，完成观测、侦察、目标识别、指挥和管理任务。

★ 2.改进型号

"低噪声"OH-6A为OH-6A的改型。1971年4月8日，休斯直升机公司宣布研制OH-6A轻型观察直升机的改型"低噪声"OH-6A。研制改装费用由美国国防部高级计划研究局支付。休斯直升机公司宣称，这是世界上声音最小的直升机。其改装工作主要包括：装5片桨叶旋翼、4片桨叶尾桨和排气消声器；整个动力装置包括发动机进气道都采用了隔音措施；改变了旋翼桨叶的桨尖形状。改装后的OH-6A只需用原OH-6A发动机需用功率及旋翼正常飞行转速的67%就可工作。"低噪声"OH-6A有效载荷增加272公斤，速度增大37公里/小时。

OH-6C为OH-6A的改型。改装一台298千瓦（406轴马力）艾利逊公司250-C20涡轮轴发动机。在美国爱德华兹空军基地试飞时，速度达到了322公里/小时。

OH-6D为OH-6C的改型。主要是为满足美国陆军先进侦察直升机的要求。其改装工作包括：采用4片桨叶的尾桨，把最大起飞重量增加到1315公斤。

★ 3.技术特点

（1）旋翼系统　4片桨叶全铰接式旋翼。桨毂由15块相互叠合的不锈钢片组成，外端用垂直铰与桨叶连接，中间固定在轴套上。尾桨有2片桨叶，由成型钢管玻璃钢蒙皮组成。无旋翼刹车装置。

第二章 美国陆军直升机

（2）**传动系统**　简单的伞齿轮传动，包括1对伞齿轮，3根传动轴和1个离合器。

（3）**机身**　铝合金半硬壳吊舱尾梁结构。机身后段有蚌壳式舱门，由此可接近发动机及其附件。机身外形呈雨滴状。机身顶部旋翼主轴后面设有大整流罩。

（4）**动力装置**　一台236千瓦艾利逊T63-A-5A涡轮轴发动机，起飞时降低使用功率188千瓦，最大连续功率为160千瓦。两个软油箱装在座舱后部地面下面，容量232升。

（5）**座舱**　两副并排的驾驶员座椅，后货舱的两副座椅折叠后可以容纳4名全副武装的士兵。机身每侧各有一个乘员舱门和货舱门。有14个货物系留点。

（6）**机载设备**　机上装有ARC-114甚高频／调频无线电台和ARC-116超高频无线电台、ARN-89自动测向仪、ASN-43陀螺罗盘、ID-1351方位航向指示器和ARC-6533机内通话器。

OH-6"小马"直升机

★ 4.结构特点

OH-6A的"蛋形"机身小巧、坚固而且紧凑，4片旋翼靠合成轻金属纤维制造的翼弦固定在旋翼毂上。这个四座（后座放到后可以搭乘6人）水滴形的"飞蛋"直升机小巧、轻盈、坚固、容易操作，而且在飞行过程中阻力非常低。

OH-6A装备一个285轴马力艾力逊T63-A-5A涡轮轴发动机。

★ 5.装备情况及型号演变

OH-6A是OH-6"小马"的早期型号。1988年的OH-6A"超级小马"将发动机升级为125轴马力的艾力逊250-C30涡轮轴发动机和新的航空电子设备。1972年初，美军在第7和第17空骑团的OH-6上加装了40毫米榴弹发射器、两个2.75英寸19管火箭发射器。但是加装的武器太重了，以至于一部分OH-6C不能起飞。

MD-500MD"防御者"保留了最初MD500的机头，机头装有M65"陶"瞄准具。并装有4枚"陶"式反坦克空地导弹。机内为射手设有瞄准控制装置和扶手，以及驾驶员用的操纵指示器。可装艾利逊公司250-C20、250-C20R或250-C30发动机。以色列空军购买30架，肯尼亚购买15架，韩国购买50架。MD-500MD"陶"反坦克型在MD型的基础上，加装了旋翼轴瞄准具。

MD-500MD反潜"防御者"是反潜与水面搜索型。载两名机组人员，机头上设有搜索雷达、AN/ASQ-81拖曳式磁异探测器、烟雾弹发射器、拉降装置、应急漂浮装置、两枚Mk44或Mk46寻的鱼雷。磁异探测设备的控制盒安装在仪表板和中央操纵台上。特殊仪表有一个15.24厘米的姿态指示器和雷达高度表。最大起飞重量为1610公斤。在执行典型反潜任务、航程为40～160公里时，能在空中停留1小时48分钟。1979年5月开始交付给中国台湾海军12架。

MD-500E/MD-500MG/"防御者"Ⅱ于1980年夏开始研制。该型装有标准的5片桨叶旋翼，也可选装4片桨叶的"低噪声"尾桨，其转速比标准的2片桨叶尾桨慢25%，据说噪声可减少47%。选装设备包括：旋翼轴瞄准具、装4枚"陶"式反坦克导弹的2个双联吊舱、"黑洞"红外抑制器、装2枚"毒刺"或其他空-空导弹的吊舱、飞行员用前视红外夜视系统、直升机被雷达制导的武器跟踪时会报警的AN/APR-39（V-1）设备、副油箱和先进的航空电子设备与任务设备组件。旋翼轴瞄准具可将视频信号输给飞行员的电视显示器。旋翼轴瞄准具备有激光测距仪。为了不被敌人发现，"防御者"Ⅱ直升机可借助旋翼轴瞄准具在树木或地形后面进行隐蔽悬停，而且还能观察战场远处的情况。只要稍加改装，就可安装为OH-6A研制的标准轻型航空电子设备。

MD-530MG"防御者"的研制始于1982年末，休斯直升机公司根据武装直升机驾驶员的反馈，以民用型MD530F的机体和动力装置为基础研制MD530MG"防御者"。该型装有一台313千瓦（426轴马力）艾利逊公司250-C20B涡轮轴发动机。1986年2月，麦克唐纳·道格拉斯公司向哥伦比亚空军交付了6架，1990年8月交付给菲律宾空军22架。1985年7月

OH-6"小马"直升机

推出一种便宜的准军用MG"防御者"型，主要用于治安、边境巡逻、救援、反毒品。驾驶舱非常先进，缩短了驾驶员做关键性决定和直升机管理任务所需的时间，减轻了工作负荷。综合驾驶舱装有一个紧凑的多功能显示器，扩大了座舱的视野。飞行员在整个飞行时间内都可以握杆对直升机实施操纵。可选装一个79.5升的内部辅助油箱。MD-530MG主要用于攻击点目标和反坦克。设备有用于全天候和贴地飞行的RAMS3000综合控制与显示系统。这种系统可以与MIL-STD-1553B接口匹配，由处理机接口装置（PIU）、控制显示装置（CDU）和双套与1553B数据总线联接的数据传输装置（DTD）构成。多功能显示器有一个高分辨率单色阴极射线管。使用控制显示装置键盘上的专用键能完成各种功能。选装的航空电子设备包括："陶"式导弹旋翼轴瞄准系统、前视红外装置、雷达告警接收机、敌我识别器和激光测距仪。武器包括"陶"式反坦克导弹，装两挺7.62毫米或一挺12.7毫米机枪的FN武器吊舱和70毫米火箭的7管或12管发射巢。还可以使用4枚"毒刺"空空导弹和一挺7.62毫米链式自动机枪。MG型可使用金属箔条和红外诱饵曳光弹。

AH/MH-6J是从MD-530MG衍生出来的型号，配备给美国陆军执行特种行动。

EH-6是H-6系列中指挥控制和通信中继型号，但目前已退役。EH-6曾一度采用无尾桨系统，尾桨被一个尾部喷口取代。但由于无尾桨系统要耗费更多的发动

OH-6"小马"直升机

机功率，性能表现不好。因此无尾桨系统后来仅为民用型号采用。

2002年4月，加拿大航空电子设备公司与美国陆军签订协议，向其特种部队提供航空训练与演习系统（ASTARS）。首份交货单价值约5000万美元，CAE将设计出第一个AH/MH-6轻型突击/攻击可再组合作战任务模拟器（CMS），用以训练相应直升机飞行人员。模拟器直径约7米，为半球形，将用于美陆军第160特种部队航空大队（SOAR）。该大队就是正在攻打阿富汗中扮演重要角色的"夜间潜行者"（Night Stalkers）。

AH/MH-6模拟器将同现行美国特种作战司令部任务演习以及数据库生成系统互相配合工作，以确保联合军事行动和任务训练有素、行之有效。

附：OH-6"小马"直升机技术参数

旋翼直径	8.03米	尾桨直径	1.30米	旋翼桨叶弦长	0.171米
旋翼尾桨中心距	4.58米	机长	9.24米	机身长	7.01米
机高	2.48米	滑橇间距	2.06米	座舱长度	2.44米
座舱最大宽度	1.37米	座舱最大高度	1.31米	空重	557公斤
设计总重	1090公斤	最大允许速度	241公里/小时	巡航速度	216公里/小时
最大爬升率	9.33米/秒	实用升限	4815米	悬停高度	3595米
正常航程	611公里	转程航程	2510公里		

第九节
"食蚜蝇"——美国陆军 R-4直升机

R-4是第一种大批量制造的直升机，第二次世界大战期间便制造了几百架。在设计上，它的特性与皮塞克基的PV-2类似——同样是使用一个大型主旋翼和一个小型垂直尾翼（只是其中一个）——所产生的导向力也与绝大多数现代直升机毫无差异。R-4问世的重要意义在于让直升机的应用成为一种可能。在这里，我们感谢伊格尔·西科斯基这位来到美国的俄罗斯移民。

R-4"食蚜蝇"直升机

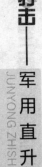

1941年，西科斯基公司制造出VS-300直升机，该机装有3个尾桨，相比以前的试验机，操纵系统也进行了重大改进，整个直升机的飞行性能、操纵性能都有了很大的改善。该机创造了当时1小时32分钟的留空时间世界纪录。1942年4月，西科斯基公司根据VS-300试验研制与改进经验，推出VS-300的改进型VS-316，并进行了公开表演。凭借该机良好性能，西科斯基公司很快拿到美国陆军的大批订单。其军队编号为R-4。

第一架生产型直升机R-4于1942年首飞，第一架R-4于1942年5月交付美国陆军使用，1943年大量生产。是第二次世界大战中，同盟军用于前线的唯一一种直升机。1943年开始研制改进版本。型号为H-5。

附：R-4"食蚜蝇"直升机技术参数

旋翼直径	11.5米	总长	10.8米	机高	3.78米
空重	916公斤	最大起飞重	1170公斤	最大速度	131公里/小时
巡航速度	104公里/小时	使用升限	2440米	航程	370公里

第十节
"阿帕奇"——美国陆军 AH-64武装直升机

★ 1.简介

AH-64"阿帕奇"是自AH-1退役后，美国陆军仅有的一种专门用于攻击的直升机，它的改型命名为AH-64D"长弓阿帕奇"，现今仍然是美国正规陆军、国民警卫队和预备役中的一个强有力的武器。

★ 2.研发背景

AH-56"夏安"计划取消以后美国陆军获准展开AH-56的替代计划，这项计划就是所谓的"先进攻击直升机计划"。
"先进攻击直升机计划"的目的是要为美国陆军提供一种全天候全能型攻击直升机，并可用来对付敌人的装甲与其他强化过的目标。美国陆军挑选两个主要的国防承包公司参与这项计划，一个是贝尔直升机公司的YAH-63，另一个是休斯直升机公司的YAH-64。1975年9月和11月，由休斯直升机公司研制的两架

美国AH-64"阿帕奇"武装直升机

YAH-64试飞原型机分别进行了首次试飞，与此同时一架地面试验机也完成了试验任务。1976年5月开始，两种原型机进行对比试飞，美国陆军认为休斯直升机公司设计的机型在飞行表现、驾驶舱配置和系统整合上都比较优秀，最后正式宣布休斯YAH-64方案获胜。后休斯直升机公司并入麦道公司，而麦道后又并入波音公司。1981年正式命名为"阿帕奇"（Apache），音译为阿帕奇，是北美印第安人的一个部落，叫阿帕奇族，在美国的西南部。相传阿帕奇是一个武士，他英勇善战，且战无不胜，被印第安人奉为勇敢和胜利的代表，因此后人便用他的名字为印第安部落命名，而阿帕奇族在印第安史上也以强悍著称。1984年1月第一架生产型AH-64A正式交付部队使用。

★ 3.技术特点

"阿帕奇"武装直升机总体布局四桨叶全铰接式旋翼系统，采用钢带叠层式接头组件和弹性体摆振阻尼器。尾桨由2副2片桨叶的旋翼装在同一叉形接头上。机身装悬臂式小展弦比短翼，可拆卸，每侧短翼下有2个挂点。后三点式轮式起落架，起落架支柱可向后折叠，尾轮为全向转向自动定心尾轮。动力装置2台通用电气公司的T700-GE-701涡轴发动机，单台功率1265千瓦，应急功率1285千瓦，从第100架AH-64A起装T700-GE-701C发动机，单台应急功率1417千瓦。装备休斯直升机公司的XM-230-E1型30毫米机炮，备弹量1200发，正常射速652发/分，可携带16枚"地狱火导弹"，可选装70毫米火箭弹，每个挂点可挂一个19管火箭发射巢，最多可挂4个发射巢，共76枚火箭弹。

"阿帕奇"机头圆筒状物体是目标截获/标识系统（TADS）和飞行员夜视系统（PNVS）等。包括一台高分辨率电视、一台"直视光学装置"望远系统、自动跟踪器和激光光点跟踪装置。PNVS与目标截获/标识系统相类似，它使飞行员在各种速度和高度条件下都具有夜视能力，实现贴地飞行。PNVS安装在机头上方，它可以使飞行员（正或副驾驶员/炮手）在夜间能通过头盔显示瞄准系统看到机外1：1（原大）的景物图像，景物图像显示在飞行员头盔的单镜片上，而且在这种景物图像上可以叠印直升机的空速、飞行高度、方位等简单飞行数据。TADS位于PNVS下方，它可以在白天或黑夜为飞行员提供放大了的目标图像（放大图像有利于识别和攻击），不同的是这种放大图像在前舱是显示在副驾驶员/炮手的头盔镜片上，在后舱则显示在正驾驶员前面的显示屏幕上，飞行员能看到机外原大景物和放大的目标图像。

美军新型直升机从设计之初就有抑制红外线讯号的装置。红外线导弹是低空飞机的最主要威胁，敌人发射的红外线导弹弹头上的寻标器，主要是寻找燃气涡轮发动机的热排气管。想要减少这种导弹寻标器的功效，方法之一是把直升机发动机排出的热气和大量的冷空气混和，把它们排除到机身外，同时隔绝排气管，如此，导弹才不会"看到"热金属。AH-64A阿帕奇的"黑洞"红外线抑制器在这方面的功能很强。

AH-64生存能力非常强，其旋翼采用了玻璃钢增强的多梁式不锈钢前段和敷

美国AH-64"阿帕奇"武装直升机

以玻璃钢蒙皮的蜂窝夹芯后段设计，经实弹射击证明，这种旋翼桨叶任何一点被12.7毫米枪炮击中后，一般不会造成结构性破坏，完全可以继续执行任务。机身采用传统的蒙皮-隔框-长衍结构，其95%表面的任何部位被一发23毫米炮弹击中后，仍可保证继续飞行30分钟。前后座舱均有装甲，可抵御23毫米炮弹的攻击。两台发动机的关键部位也有装甲保护，而且中间有机身隔开，两者相距较远，如果有一台发动机被击中损坏，也还有一台可以继续工作，保证飞行安全。提高直升机的生存能力，等于是提高了直升机的作战效率和部队的战斗力。

★ 4. 型号

AH-64A也有不少缺点：首先是光学和红外观瞄系统在恶劣气象或烟尘中受到极大影响；其次发射地狱火导弹时必须露出机头并进行制导，容易被敌人击中；三是操作复杂，开关多达1250个，尽管在陆军中率先装上了1553B数据链，但整合得不够好。因此麦道公司推出了一个"阿帕奇"的多阶段改进计划（MSIP），先后出现了AH-64B和AH-64C两种型号。

AH-64B是根据1991年海湾战争的使用经验提出的改型，与AH-64A相比主要加大了左前方的电子设备舱，具有发射AIM-92"毒刺"空对空导弹的能力，加装了卫星全球定位系统（GPS）和自动目标移交系统（ATHS），具有目标交接能力，并改善了直升机的可靠性、适用性和维护性（RAM）。原计划将254架AH-64A改为AH-64B，但该项目已于1992年取消。AH-64C，是AH-64A的改型；AH-64D"长弓阿帕奇"，装有"长弓"雷达，可携带射频导引头的"地狱火导弹"；计划改装更大功率的通用动力公司的T700-GE-701C发动机，新的配电系统，双倍于70千伏安的大型发电机及AN/ASN-157多普勒导航系统。

为彻底解决上述问题，20世纪80年代初美国陆军就提出改进AH-64A在恶劣气象条件下的作战能力。1985年马丁-玛丽埃塔和威斯汀豪斯公司获得研制直升机机载恶劣条件下的火控和截获雷达（Hawfcar）的合同，即开始研制机载"长弓"雷达，当时称机载恶劣天气武器系统（AAWWS）。同时还将研制恶劣气象条件下使用的地狱火导弹改进型。

随后出现了AH-64C型和D型。C型1994年1月首飞，计划用美国陆军现役的AH-64A改装540架（有的资料为584架），1995年中期开始交付使用。更先进的

AH-64D "长弓阿帕奇"也已经服役，主要改进是旋翼最顶端装有一具"长弓"毫米波搜索雷达（圆鼓状），可以控制与其匹配的毫米波制导地狱火导弹。C型相当于没有装长弓雷达的D型。由于这两种机型除雷达外基本相同，执行任务的直升机可通过自动目标移交系统共享战术情报信息，因此没有"长弓"雷达的AH-64C也可以发射AGM-114"长弓地狱火"导弹，因为它是主动雷达制导的，发射后可以不管。此外，AH-64D又增加了两个外接点，可带4枚"毒刺"、4枚"西北

美国AH-64 "阿帕奇" 武装直升机

风"或2枚"响尾蛇"红外格斗导弹，从而提高了该机的空战能力。

AH-64D的起飞重量增加500多公斤，因此采用了两台功率更大的T700-GE-701C型涡轮轴发动机。这种发动机虽然是T700-GE-700的一种改型，但单台功率增加了144千瓦，最大功率达到1409千瓦。

2001年7月，波音公司和洛克希德·马丁公司提出在AH-64D上安装中波（MW）大型凝视前视红外（FLIR）系统，以极大增加飞行员的可视范围。洛克希德·马丁公司为AH-64D设计了"箭头"（Arrowhead）的先进目标获取指定/飞行员夜视系统（M-TADS/PNVS），而MWFLIR将安装到该系统中。"箭头"系统被陆军选中，以替换TADS/PNVS系统。该系统将扩展可视范围，使机组人员的可视范围比安装M-TADS增大2倍，几乎是老式TADS/PNVS系统的4倍。这将使机组人员可以通过目视来鉴别目标，距离可以超过"地狱火"导弹的最大射程（超过6.4公里）。中波FILR技术能适应恶劣气象下的观瞄要求。

2002年8月，美国陆军开始研究升级其AH-64D的可行性。升级主要针对软件系统、传感器系统和通讯设施，同时还将更换火控雷达系统、发动机传动系统。升级后的AH-64D将能够更好地与无人机协同作战，具备更好的跟踪移动目标的能力。美国陆军还表示，以后新购买的AH-64D都将是升级后的新型号。

2003年6月，波音公司为AH-64D最新设计的主旋翼桨叶折叠系统进行了一系列验证。此前，美国陆军要求波音公司研制出一种能显著减少"阿帕奇"装入运输机、远程运送之后重新组装的时间，要求AH-64D从运输机拖出后应立即可以起飞。波音梅萨工厂为此研制了AH-64D的桨叶折叠系统，使得主旋翼能沿机身方向折叠，不需像以往那样拆卸桨叶方能装机。而且"长弓"雷达在运输途中也不用拆卸。此外，经过这一改进后，一架C-5飞机可装载6架"阿帕奇"、飞机空勤人员、重新组装技术人员和使用工具。而在过去，桨叶和雷达部分在运输过程中需要另外占据了运输机的空间，因此运送直升机组装设备和人员就得再派一架运输机。目前该系统在拉克兰（Lackland）空军基地得到了验证，一支波音小组训练并协助陆军部队完成了6架"阿帕奇"直升机运送的整个过程。

立体打击——军用直升飞机
JUNYONG ZHISHENGFEIJI

2003年6月，通用动力英国公司获得英国国防部总值超过4200万美元、为英国陆军"阿帕奇"直升机提供双向地空数据连接的合同。这个名为"阿帕奇"BOWMAN连接或ABC的修正项目，无需进行飞机改造，就可在BOWMAN网络和有关地面设施间建立双路数据连接。这个重要的地空网络，可以对旋翼飞机提供有效的指挥控制，并通过广泛传播所搜集的信息提高态势感知能力。2004年4

美国AH-64"阿帕奇"武装直升机

月，英国陆军开始使用WAH-64"阿帕奇"AHMk1进行舰载使用试验。2004年10月，英国陆军宣布WAH-64已获得初始作战能力。

2005年9月，按照美国陆军实施的现代化目标截获指示瞄准具/导航夜视传感器（MTADS/PNVS）项目计划要求，从2003年12月开始在波音公司位于亚利桑那州梅萨的生产阿帕奇-长弓攻击直升机的工厂，进行头8套箭头瞄准/导航系统的装机综合工作。2005年6月23日开始，装备箭头前视红外瞄准/导航系统的阿帕奇-长弓攻击直升机飞抵胡德堡开始为期两个星期的训练和飞行，首先进行的训练包括对33个箭头外场可更换模块的使用和维修，然后进行飞行员飞行训练。现在，美国陆军正在对该红外瞄准/导航系统的维修人员进行培训。该系统在阿帕奇-长弓攻击直升机上规定使用寿命长达23年。

附：美国AH-64"阿帕奇"武装直升机技术参数

旋翼直径	14.63米	尾桨直径	2.77米	机长	17.76米
机高	3.52米	短翼翼展	5.23米	空重	5092公斤
最大起飞重量	9525公斤	最大外挂载荷	771公斤	最大允许速度	365公里/小时
最大平飞速度	293公里/小时	巡航速度	293公里/小时	最大爬升率	4.32米/秒
实用升限	6400米	航程	482公里	续航时间	1小时50分钟
最大续航时间	3小时9分钟				

第十一节
"科曼奇"——美国陆军 RAH-66直升机

★ 1.简介

RAH-66"科曼奇"直升机，是波音公司为美军研制的下一代攻击侦察直升机，原计划取代AH-1战斗直升机和OH-56侦察直升机，并部分替代AH-64战斗直升机。目前该机研制装备计划已经被取消。

★ 2.研发背景

1982年，美国陆军提出LHX（实验轻型直升机计划），原计划需要5000架LHX来取代UH-1、AH-1、OH-58和OH-6直升机，1990年计划购买量减少到1292架。1988年6月，美国陆军发出LHX的招标，与波音、西科斯基公司组成的第一竞争小组和贝尔、麦道公司组成的超级小组签订了23个月的论证与验证合同。1991年4月8日，美国陆军宣布波音、西科斯基公司小组获胜，LHX随之进入原型机研制阶段。1990年初，美国陆军把LHX代码中表示试验性的字母X去掉成为LH，1991年4月，正式编号为RAH-66。其中R表示侦察，A表示攻击，H表示直升机，并用北美印第安人的名字命名为"科曼奇"（Comanche）。

★ 3.技术特点

RAH-66"科曼奇"直升机

RAH-66最突出的优点是它采用了直升机中前所未有的全面隐身设计。以往的各种直升机也采用了隐身措施，例如AH-64的发动机排气管就采用了绰号"黑洞"的红外辐射抑制装置。而RAH-66则用整体的隐身设计：机身采用了类似F-117的多面体圆滑边角设计，减少直角反射面，并采用吸波材料；发动机进气口经过精巧设计，开口呈缝隙状，气道曲折，避免雷达波照射到涡轮风扇上产生大的回波；排气管采用了复杂的降温、遮掩设计，排气辐射量极小；采用了美国直升机设计中少有的涵道风扇尾桨设计，雷达反射回波比传统尾桨要少。

（1）对雷达探测的隐身 RAH-66直升机的雷达反射截面积比目前其他任何直升机的都小，仅为他们的1%。这么好的隐身性能主要是它采用了可隐身的外形，广泛使用了复合材料和雷达干扰设备才具有的。

RAH-66减小雷达反射截面积的另一项外形设计措施是，采用内藏式导弹和收放式起落架。RAH-66最多可携带14枚导弹，其中6枚挂装在具有整体挂梁的可关闭舱门上，平时舱门关闭，发射时打开。20毫米口径的加特林转管炮能形成较大的雷达反射截面积，所以它被设计成能在水平面内转动180度，并向后收藏在炮塔的整流罩内。悬挂武器或副油箱用的短翼可拆卸，在执行武装侦察等只需携带少量武器而要求高隐身的任务才可拆掉短翼。后三点式起落架是可收放的，收起后有起落架舱门关闭遮挡，可减小雷达反射截面积。

为减小雷达反射截面积，RAH-66还广泛采用了复合材料，其所用复合材料占整个直升机结构重量的51%。而美国军用直升机UH-60"黑鹰"所用的复合材料才占9%，RAH-66是目前世界上使用复合材料最多的实用直升机。在机体结构中使用复合材料的有蒙皮、舱门、桁条、隔框、中央龙骨盒梁结构、炮塔整流罩、涵道尾桨护罩、垂直尾翼和水平安定面。在旋翼系统中使用复合材料的有挠性梁、桨叶、扭力管、扭力臂、旋转倾斜盘、套管轴和旋翼整流罩。传动系统使用复合材料的有传动轴和主减速器箱。所用复合材料有韧化环氧树脂、双马来酰亚胺树脂、石墨纤维、玻璃纤维和凯芙拉纤维等。

"科曼奇"的独特尾翼

RAH-66机头光电传感器转塔为带角平面边缘形状，有消散雷达波的作用；机身侧面由两半球面转角构成，这就避免了圆柱体和半球体机身那种强烈的全向散发雷达波的弊病；尾梁两侧有圈置的"托架"，可偏转反射掉雷达波，使其不能返回探测雷达；尾部的涵道后桨向左侧倾斜，尾桨上的垂直尾翼向右侧倾斜，其上安装水平安定面。这种结构不会在金属表面之间形成90°夹角的、能强烈反射雷达信号的角反射器，那样是较强的雷达反射体；而RAH-66的两台发动机包藏在机身内，进气道在机身两侧上方悬埋入式，且呈菱形，不会对雷达波形成强反射；旋翼桨壳和桨叶根部都加装了整流罩，形成平稳过渡的融合体，也可减少对雷达波的反射；桨的形状经过精心选择，不易被雷达探测到。

（2）对红外探测的隐身 RAH-66直升机是把红外抑制技术综合运用到机体中的第一种直升机。红外抑制器装在尾梁中，其独特的长条形排气口设计，有足够曲长度使发动机排出的热气和冷却空气完全有效地混合。冷却空气通过尾梁上方的第二个进气口吸入，与发动机排气混合，然后经尾梁两侧向下的缝隙排出，再由旋翼下洗流吹散，使排气温度明显降低，从而保护直升机不受热寻的导弹的攻击。

（3）对目视隐身 RAH-66采用双座纵列式座舱，机身细长，武器内藏，起落架可收起，这些不仅使直升机返回的雷达反射面积减小，而且如果距离不够时，用肉眼也不容易发现。座舱采用平板玻璃，能有效减少阳光的漫反射。全机表面采用暗色的无反光涂料，以减少直升机的反光强度。这些也有利于对目视隐身。

RAH-66采用5片桨叶的旋翼，也是与减少目视探测有关：因为旋翼旋转时的视亮度与闪烁频率有关，即与旋翼桨叶的通过率有关。如果稳定光源有一半时间受到遮挡，在闪烁频率为9.5赫兹时，实际显示的视亮度是稳定光源的2倍。9.5赫兹约为2片桨叶的闪烁频率，此频率越高，视亮度越低。旋翼为5片桨叶时，直升机被目视探测到的可能性比

美国RAH-66"科曼奇"直升机

2片桨叶直升机可减少85％左右。这种现象称为：布鲁克效应，实验也证实了这一点。

（4）对音响探测隐身　　在用肉眼看到直升机之前，通过直升机的响声也可探测和识别直升机。为此，RAH-66采用了以下几点有效减少噪声的措施：旋翼桨尖采用后掠式，可使噪声减少2～3分贝；采用涵道尾梁，由于消除了旋翼与尾流之间的相互作用，也可减少噪声；排气口的设计，除了减少红外特征，也对降低发动机排气的消声有效。

（5）操作性能　　该机采用先进无轴承的旋翼操纵性好，使飞行员有明显的操纵战斗机那样的感觉。8片桨叶涵道尾桨，能使RAH-66做急速转弯，使其能在3～4.5秒钟之内以前飞速度做90度和180度转弯。这远远优于普通直升机，在空战中容易抓住战机。尾桨桨叶在涵道内转动，不会碰到树枝等障碍物，在地面开车时也不易打着工作人员。高置的水平安定面可向下折叠，有利于用运输机空运整架直升机。机身是复合材料制造的，中间为盆式龙骨梁，是主要的承载结构。蒙皮不承载，一半以上的蒙皮可打开，便于维护。武器舱门打开后可用作维护工作使用的平台。机头罩是铰接的，可向左打开，便于接近传感器和弹药舱进行工作。机体结构能承受3.5g的过载，并能承受7.62毫米、12.7毫米和23毫米口径的枪弹或炮弹的射击。两台T800涡轮轴发动机装在机身曲肩部，有发动机数字控制装置。单台功率为895千瓦。油箱燃油容量为1018升。燃油系统是耐坠毁的，且有惰性气体发生系统，可防止直升机坠毁后燃油着火。

美国RAH-66"科曼奇"直升机

RAH-66直升机还可加装雷达干扰机，可迷惑探测雷达。它能将入射雷达波变为脉冲信号，同时测出直升机在该条件下的反射数据，并发射出假回波，从而达到使探测雷达失灵目的。RAH-66的雷达反射特征信号低，使用低功率干扰机即可，这就减轻了干扰机的重量及费用。不像AH-64那样，需要较高功率的干扰机。不难看出，隐身技术是使雷达系统失效，使其探测不到飞行器的技术。实际上，隐身技术有4个方面，除了对雷达探测隐身外，还有对红外探测、音响探测和目视的隐身。

"科曼奇"执行任务时，主要应用被动式侦察手段，例如热成像仪或电视、微光电视等；当然也可以使用尖锥形的桅顶毫米波雷达（AH-64D上的是圆盘形）。据波音公司宣称，其对目标观察的有效距离是现役侦察直升机的2倍。最为突出的是侦察任务是用计算机辅助计划的，并且能够尽快将机上设备所发现的目标资料数据与原来储存的资料数据进行对比分析，去伪存真，发现新目标新动态，将最终得出的目标数据与战场态势在座舱荧光屏上显示出来，并根据指令近乎"实时"的传送给地面部队有关指挥官。过去用光学侦察飞机，从发现战场目标到指挥下个攻击力量出击差不多需要1～2小时，现在只要10分钟左右。如果当时战场已有攻击飞机，就可以立即命令这些飞机发起攻击。

RAH-66大型显示器，显示的热成像图像非常清晰。该机的"战场录像"可以立即传送给空中有相应接收设备的其他武装直升机，例如"阿帕奇"。所以今后陆军在战场上考虑的"反应"时间将以分钟计算，迟缓将意味着"挨打"。美陆军计划在预定的上千架"科曼奇"直升机中，指定约430架安装新型雷达，功能类似于"长弓阿帕奇"的"长弓"雷达，但其天线直径只有560毫米，且天线罩的形状像蘑菇，以减小雷达反射截面。

在用肉眼看到直升机之前，通过直升机的响声也可探测和识别直升机。为此，RAH-66采用了以下有效减小噪声的措施。旋翼桨尖采用后掠式，可使噪声声压减少2～3分贝，这样5片桨叶旋翼的噪声与2片桨叶旋翼的噪声就难以分辨。所采用的涵道尾桨，由于消除了旋翼与尾桨尾流之间的相互作用，也可减少噪声。RAH-66尾梁两侧向下的狭长缝隙式排气口，不仅能减少发动机排气的红外辐射特征，而且还能消除发动机排气的噪声。RAH-66降低噪声的另一种方法是，桨叶的叶型和弯曲度从桨根到桨尖，这能使前行桨叶外段达到尖高速而后行桨叶不致失速，这样，直升机在低速（167公里/小时）飞行时便可降低旋翼转速，这就降低了旋翼噪声。

在光学目视侦察能力方面，飞行员还有头盔瞄准具，可利用机头红外或微光夜视仪将图像传送到头盔的夜视镜上。该夜视镜的机场角可达35度到52度。而"阿帕奇"的只有30度到40度。机头红外观察仪使用的波长为8～12微米，夜间在8～10公里远发现坦克是完全可能的。

（6）电子通信性能 过去美国陆海空军的通信及信息传输各有自己一套规范，互不相同。"科曼奇"直升机首次解决了这个问题。其数字化通信、信息交联设备完全能兼容美陆军的188-220标准，空军的AFAPD标准，海军陆战队的战术通信标准和近年发展的"三军战术信息联合分配系统"（JTIDS），所以它侦察到的信息能立即传送三军，为三军所用。并且它能随时与E-3空中预警机、RC-135侦察机、E-8JSTARS联合监视目标攻击雷达系统、RC-12电子侦察机以及卫星等联络上。这是美军在现代战争中"系统对系统"概念的一个具体例子。

2003年1月罗克韦尔·克林斯公司已经向RAH-66交付了第一套工程制造发展型（EMD）飞机保留组件（ARU）头盔综合显示瞄准系统（HIDSS）。凯塞电子公司（现属罗克韦尔·克林斯公司）负责为"科曼奇"计划设计、研制头盔综合显示瞄准系统。头盔显示器向驾驶员显示精确武器和飞行字符，使驾驶员能够24小时全天候实现抬头操作飞行。这种头盔显示器采用了重量轻的固体轻质活动矩阵液晶显示器（AMLCD）技术。该系统采用两组件结构设计，在飞机保留组件中使用含有35度×52度大视角双目镜双物镜光学系统、高分辨率（SXGA级——

美国RAH-66"科曼奇"直升机

1280×1024像素）、电磁跟踪传感器及其驱动电子组件的模块。飞机保留组件储存在飞机里，作为武器和电光系统的一部分。光学系统是可折叠式的，可以只用单目镜、单物镜，或者使用双目镜、双物镜。该系统的驾驶员头戴组件重量为1770克，它还有一个可选的40度微光（低亮度）电视模块，重量为2000克。

（7）生存性能　武装直升机的生存力包括两方面：一是作战生存力，例如受到对方武器打击时的抗损能力等；一是平时训练飞行或使用过程的"正常抗坠毁"能力。

"科曼奇"直升机的作战生存力设计标准是：尾旋翼能承受12.7毫米机枪弹丸打击，并且在一片旋翼被打掉后仍然能飞行30分钟。机体结构可承受23毫米炮弹直接命中产生的伤害。另外作战时座舱有防化学、生物武器的能力。

为提高直升机的作战生存力，美陆军强调要双发动机布局。现在采用的动力装置为2台轻型直升机涡轴发动机公司研制的T800-LHT-800型涡轮轴发动机，每台最大功率为1149千瓦。两台发动机基本上独立工作，当一台发动机作战损伤时，不会影响到另一台的工作。只要有1台发动机工作，直升机就可以保证返航。抗坠毁方面的标准是：当以12.8米/秒的垂直速度坠地时，飞行员座椅可保证其生命安全，概率为95%。

附：美国RAH-66"科曼奇"直升机技术参数

机长	14.48米	机高	3.39米	旋翼直径	11.9米
空重	3605公斤	最大起飞重量	4990公斤	最大速度	324公里/小时
巡航速度	305公里/小时	升限	2900米	最大爬升率	7.2米/秒

立体打击——军用直升机

JUNYONG ZHISHENGFEIJI

第十二节
"双倍"——美国陆军X2直升机

★ 1.简介

2008年年底，美国西科斯基公司推出新一代高速攻击直升机X2。它超凡的设计、特殊的隐身性能和强大的火力，立刻吸引了世界各国的关注。一些军事专家预言：不久的将来，既轻又狠的X2高速攻击直升机将取代"阿帕奇"，成为美军战场上又一张新的"王牌"。

★ 2.技术特点

西科斯基公司是"黑鹰"、"科曼奇"等直升机的制造商。作为美国著名的直升机制造厂家，西科斯基公司再次重拳出击，推出新一代高速攻击直升机X2。

该公司之所以将这款直升机定名为X2，主要是通过采用现代先进技术，将主旋翼、推进尾桨和发动机进行综合一体化设计，使这种新型共轴双旋翼直升机的性能水平达到传统设计的"双倍"。

美国X2直升机

（1）**螺旋桨推进技术** 是在直升机机身的水平中心轴上分别安装一个纵向和横向的螺旋桨旋转系统，当两个螺旋桨旋转系统同时工作后，就会大大提高直升机的水平飞行速度。目前，世界各国所使用的巡航速度最快的直升机，最高速度一般在250～350公里/小时的范围内；而此次X2直升机最高速度达到了463公里/小时，是美国"黑鹰"直升机速度的2倍，"阿帕奇"直升机速度的1.5倍。

（2）**智能隐身光电一体** X2直升机运用了大量先进技术，不仅大大提高直升机零部件的使用寿命，降低结构重量，减少维修工作量和使用成本，而且可以提高X2的机动和攻击能力。

（3）**智能旋翼** X2直升机的双重复合旋翼设计吸取了当今最先进的直升机旋翼工艺，是一种智能旋翼，即可在任意方向上随飞行状态变化而变化。这种智能变形旋翼使直升机能随时保持最佳的气动外形，对改善直升机的性能具有不可估量的价值。

（4）**智能化驾驶舱** X2直升机在进行侦察时，驾驶员一旦把开关置于"自动侦察"位置，智能化的作战系统就能自动进行全方位搜索和探测并自动显示、记录、报告目标位置。当有导弹来袭时，安全系统就会立即报警，同时显示威胁的性质、方位、距离和所采取的对抗方式；故障显示系统则可自动诊断电子系统和机械系统的故障，甚至能预报即将发生的故障，并显示出应采取的防范措施。

（5）**隐身设计** X2直升机无论是外形还是武器外挂点的设计，都将隐身性作为其设计的重中之重。从第四代战斗机开始，隐身设计已经是美军武器设计中必不可少的一环。

美国X2直升机

（6）**光传操纵** X2直升机将采用新一代综合化、数字化航空电子系统，使其飞行控制、通信导航、火力控制、电子对抗等方面的性能得以提高，从而使直升机的信息战能力成倍提高。

（7）**身体轻盈动力强劲** X2直升机重2406公斤（5300磅），发动机功率为1400马力。另有一个推进螺旋桨，它在飞机后方为飞机提供推动力。

★ 3.近况

在2010年8月于美国佛罗里达州进行的一次试飞过程中，X2高速直升机的时速达到259英里（约合每小时417公里）。此次试飞打破了自1986年以来便牢不可破的直升机速度纪录，当时一架Westland"山猫"直升机的飞行速度达到每小时249英里（约合每小时400公里）。西科斯基X2扮演的是一个"技术验证者"角色，旨在帮助研制巡航速度能够轻松达到传统直升机两倍的高速直升机。X2采用双旋翼设计，装有一个螺旋桨推进器同时在空气动力学性能方面进行大量改进。西科斯基表示这种类型的设计能够让直升机轻松拥有更快的巡航速度。

在达到时速259英里这一创纪录速度之后，X2项目负责人吉姆·卡格迪斯表示这架直升机的表现超出预期。他说："振动级和飞机性能均实现或超出我们的预期，我们可以很高兴地给出报告，飞机所有系统均表现出色，能够在这一年晚些时候达到250节（约合每小时463公里）的巡航速度。"

美国X2直升机

通常情况下，直升机受到旋翼叶片转动时形成的复杂空气动力学现象限制，会在旋翼叶片相对于飞行方向向后旋转时失去浮力。X2尾部的螺旋推进器允许直升机飞行员在以更快速度飞行的同时将与高速飞行以及主旋翼有关的问题降至最少。

西科斯基认为高速直升机能够在军用和民用领域占据一席之地。两个市场均对速度更快的医疗直升机充满兴趣，以减少从偏远地区运送伤员所需的时间。西科斯基尚没有公布有关X2生产版计划的具体细节，但同时也指出他们将利用这项技术研制未来机型。

第四章

美国海军
直升机

"海妖"——美国海军 SH-2直升机

★ 1.简介

"海妖"是卡曼公司为美国海军研制的全天候多用途舰载直升机，可用于执行搜索求援、观察和通用任务，现在主要是支援美国舰队在地中海、大西洋和太平洋执行反潜和反舰导弹防御任务。美海军编号为SH-2，公司绰号是"海妖"。

"海妖"原有多种型号，到1993年底，仅有SH-2F、SH-2G还在服役。SH-2F是SH-2D改进型，主要执行反潜和反舰导弹防御任务，其次是搜索和救生以及观察等多种任务。1973年9月11日在太平洋上使用。SH-2G"超海妖"是SH-2F的改进型，从1987年开始改装。由SH-2F改装的原型机YSH-2G于1985年4月首次飞行。1991年开始交付。该机服役到2010年。

★ 2.型号

"海妖"有多种型号，目前仅有SH-2F、SH-2G还在服役。现将所有型号介绍如下。

（1）UH-2A 最初的生产型，原海军编号为HU2K-1，后改为UH-2A。装一台932千瓦（1267轴马力）的T58-GE-8B涡轮轴发动机，1962年12月开始交付。总共生产88架。

（2）UH-2B 按目视飞行规则由UH-2A改装而来，原海军编号为HU2K-1U，后改为UH-2B。1963年8月开始服役。总共生产102架。

（3）UH-2C双发型"海妖" 由于单发型"海妖"只能完成救生任务的30％，因此，美国海军在1965年11月与公司签订了改装两架UH-2C的合同。UH-2C装两台932千瓦（1267轴马力）的T58-GE-8B涡轮轴发动机，该机的高温高原性能比单发型"海妖"好。这两架UH-2C分别于1966年3月14日和5月20日首次试飞。1966年8月，美国海军又决定改装40架UH-2C。UH-2C于1967年8月开始交付使用。1967年海军还决定把所有的UH-2A和UH-2B都逐渐改装成UH-2C型。根据美国海军"轻型空中多用途系统"计划的要求进行了进一步改进，把UH-2C改成SH-2，以便为舰只提供执行反潜、反舰监视和目标监视（ASST）、搜索营救和通用任务的能力。后来全部SH-2又改装成SH-2F，换装T58-GE-8F发动机，改进了旋翼系统，加固了起落架装置。

（4）NUH-2C 是唯一由UH-2C改装成的能发射"麻雀"Ⅲ和"响尾蛇"导弹的"海妖"。改装的目的在于评定直升机作为导弹发射平台和执行反舰NHH-

2D环量控制旋翼（CCR）计划的试验机。

（5）HH-2C标准的UH-2C的武装和装甲型　执行搜索和救生任务。它与UH-2C的区别在于：机头下方装有7.62毫米"米尼冈"机枪，射速为4000发/分；机身中部装有两挺7.62毫米M60机枪；座舱周围及其他关键部位采用大面积装甲；两个甚高频电台；自封油箱；一根61米长的救生钢索；加大了传动系统功率；主起落架装双机轮；采用4片桨叶尾桨。总重增加到5670公斤。该机装两台1007千瓦的T58-GE-8F涡轮轴发动机。1970年，6架由单发型"海妖"改装的HH-2C交付美国海军在东南亚的导弹舰上执行战斗搜索和救生任务。所有HH-2C后来都改装成SH-2型。

SH-2"海妖"直升机

HH-2D为HH-2C的非武装装甲型。它与HH-2C的区别仅在于没有武器和装甲，其他都一样。大约改装了70架HH-2D，1970年2月开始交付美国海军。1971年，根据美国海军的DV-98计划，用两架HH-2D在机头下方加装了APS-115雷达，在美国西海岸的舰上进行反舰导弹防御试验。用另外两架HH-2D改装后的东海岸的舰上进行反潜试验。1975年又把HH-2D改装成SH-2F型。1978年初有3架非"轻型空中多用途系统"型HH-2D，用于海岸和大地测量。SH-2D为HH-2D的LAMPS型，用于反潜、反舰导弹防御和其他用途。1970年10月，美国海军用200万美元把10架HH-2D改装成SH-2D。1971年3月，美国海军又决定把115架"海妖"改装成SH-2D型。1971年3月16日第一架SH-2D首次试飞，1971年12月7日开始舰上服役。到1979年1月共部署了8个中队，总共145架SH-2D/F直升机。SH-2D的改装工作包括：机头下方安装加拿大马可尼公司的LN-66HP大功率水面搜索雷达；机身右侧支架上的ASQ-81磁异探测器；机身左侧由小燃爆装置发射的15个AN/SSQ-41被动声纳浮标或AN/SSQ-47主动声纳浮标；烟标；两条Mk46寻的鱼雷；AN/APN-182多普勒雷达；AN/APN-171雷达高度表；AN/ARR-52A声纳浮标接收机和AN/AKT-22数据传输线路；ALR-54电子对抗设备；AN/ARN-21或-52塔康，AN/APX-72敌我识别器；AN/ARA-25测向器和双套AN/ARC-159甚高频通信设备。

（6）YSH-2E　HH-2D的LAMPSMkⅢ型，作试验机用。原计划要改装20架YSH-2E，其海军编号为SH-2E，但后来取消了该计划，直接进行了LAMPSMkⅢ计划。

（7）SH-2F　SH-2D改进型，也称LAMPSMkⅠ，主要执行反潜和反舰导弹防御任务，其次是搜索和救生以及观察等多种任务。1973年初着手改装工作，

SH-2"海妖"直升机

1973年5月开始交付使用，1973年9月11日在太平洋上使用。截至1982年共交付88架，1982～1986年共订购54架新的SH-2F（分别是18架、18架、6架、6架和6架），到1989年12月交付完毕。1987年又订购了6架由SH-2F改进的SH-2G"超海妖"。SH-2F加强了起落架；尾轮前移，缩短了后主轮距；装两台单台功率1007千瓦（1369轴马力）T58-GE-8F发动机。最近又改进了LN-66HP雷达，采用战术导航系统，电子支援设备，声纳浮标系统，数据传输线路和其他航空电子设备。1985年11月开始交付的SH-2F的最大总重均达6123公斤。

★ 3.技术特点

旋翼桨毂由钛合金制成，旋翼桨叶为全复合材料，桨叶与桨毂固定连接，具有挥舞伺服操纵装置，通过桨叶后缘的调节来进行变距。这种旋翼系统改善了机动性，提高了有效载荷，增加了航程和续航时间。此外，该系统振动小，可靠性高，维护简单，操纵零件减少三分之一。旋翼桨叶4片，可人工折叠。旋翼转速298转/分。尾桨桨叶为4片。机身全金属半硬壳式结构。机身能防水。能漂浮的机腹内有主油箱。机头整流罩可以从中线分开向后折叠到两侧，以便减小直升机存放时所需要的机库空间。尾斜梁上装有固定的水平安定面。着陆装置为后三点式起落架。主起落架为双机轮，可向前收起，有油-气弹簧减震器；后起落架为单机轮，不可收放，有油-气减震器。后起落架机轮在直升机滑行时可完全转向，起飞和着陆时在纵向位置锁定。主机轮为8层无内胎轮胎，尾轮为10层无内胎轮胎。

动力装置为两台通用电气公司的T700-GE-401涡轮轴发动机，并列安装在旋翼塔座两侧。单台功率为1285千瓦（1723轴马力）。基本燃油量为1802升，其中包括两个外部燃油量共为757升的副油箱。有舰对空直升机空中加油装置。

座舱可容纳3名机组人员，由驾驶员、副驾驶员/战术协调员和探测设备操作员组成。座舱还可容纳一名乘客和LAMPS设备；拆除声纳浮标发射器后可容纳4名乘客和2副担架。机舱内还可装运货物或外挂货物。另外还有可安装若干名士兵座位的空间。

系统有两套30千伏安电气系统及T-62燃气涡轮辅助动力装置。

机载设备为LAMPSMkⅠ任务设备。包括：加拿大马可尼公司LN-66HP监视雷达，通用仪表公司AN/ALR-66A（V）1雷达告警/电子支援设备，特里达因公司AN/ASN-150战术管理系统，两台柯林斯公司AN/ARC-159（V）1超高频无线电通信电台，得克萨斯仪表公司AN/ASQ-81（V）2磁异探测器，AN/UYS-503音响处理机，AN/ARR-84声纳浮标接收机和AN/ARN-146飞临目标上空指示器，AN/AKT-22（V）6声纳数据传输线路，15个DIFAR

SH-2"海妖"直升机

和DICASS声纳浮标，AN/ALE-39金属箔条撒布器，AN/ASQ-188鱼雷预调器。美国海军在SH-2G上可选装自我防卫设备，包括休斯公司AN/AAQ-16前视红外探测系统，桑德斯公司AN/ALQ-144红外干扰机，罗兰公司AN/AAR-47导弹报警设备和柯林斯公司AN/ARC-182甚高频/特高频保密电台。机身两侧有鱼雷或油箱挂架，右侧有挂磁异探测器的外伸梁。有承载能力为1814公斤的外部货物，以及承载能力为272公斤的外部安装的可折叠救援绞车。

武器一枚或两枚Mk46或Mk50鱼雷，8个Mk25海上烟标。每侧舱门外可安装一挺7.62毫米机枪。

附：SH-2"海妖"直升机技术参数

旋翼直径	13.41米	尾桨直径	2.46米	机长	12.34米
机高	4.62米	机宽	3.74米	旋翼桨盘面积	141.31米²
水平尾翼翼展	2.97米	主轮距	3.30米	后主轮距	5.13米
尾桨桨盘面积	4.77米²	空重	4173公斤	最大起飞重量	6124公斤
最大桨盘载荷	0.42千牛/米²	最大平飞速度	256公里/小时	正常巡航速度	222公里/小时
最大爬升率	12.7米/秒	实用升限	7285米	悬停高度	6340米
最大航程	885公里	最大续航时间	5小时	活动半径	333公里
转场航程	695公里				

第二节
"海王"——美国海军 SH-3直升机

★ 1.简介

SH-3"海王"直升机（公司编号S-61）是双引擎反潜直升机，服役于美国海军和其他多国，并授权给意大利、日本、英国自行制造，民用版是西科斯基S-61。

1957年，西科斯基公司获得合约打造全天候两栖直升机，同时有侦查与猎杀潜艇功能。1959年3月11日原型机首飞，1961年6月HSS-2交付海军评估。1962年改装成SH-3A，SH-3A可以反潜也能反舰和将救援、运输、通讯、做行政专机和空中预警机等多功能于一体。

★ 2.设计构造

设计基于船舰操作，所以五个主翼和尾翼都可拆卸或折叠，更换两栖套件后还能降落于水上，但这有一定风险所以只用于紧急状况，而机体就算掉入水中也

美国海军航母用UH-3H

能防水一段时间，两短翼还能配备气囊浮起，就像飞机用的救生衣。

"海王"的任务装备非常广泛，典型的有四枚鱼雷，四个水雷或两枚海鹰反舰导弹以保护航空母舰编队群，反潜装备有声纳吊舱和磁性探测器与资料链软件。担任救援任务时可以搭载22名生还者或9具担架和2位医护员，用兵时可以搭载22名武装人员。

★ 3.服役情况

航空母舰通常使用"海王"担任第一架起飞和最后一架降落的护航机，用于弥补固定翼机反潜不足之处，第一个用于准航母的SH-3A，是1971年2月14日担任纽奥良号两栖攻击舰的救援任务机。

20世纪90年代美国海军逐渐用UH-60"黑鹰"直升机取代诸多海王反潜角色，但是其他角色上还是可以看到"海王"。所有美国海军的"海王"都已经转用于后勤、支援、搜索救援、测试、做专机等。最后用于战斗的"海王"是战斗支援第二分队（HC-2）于2006年1月27日在弗吉尼亚州诺福克最后飞行后退役。一架编制于海军陆战队的"海王"当作美国总统专机使用，称为"陆战队一号"。

★ 4.衍生型号

（1）美军使用型 CH-3A为美国空军运输版（3架从SH-3A改装来后来又改装成CH-3B）。

NH-3A为实验机，改装机翼和引擎（1架由SH-3A改装）。

RH-3A为美国海军扫雷机（9架由SH-3A改装来）。

VH-3A为美国陆军和海军陆战队行政专机 [8架，加上2架SH-3A（STAKE）从受损的直升机维修改装来，1架是YHSS-2，1架是SH-3A]。

丹麦空军 S-61A

立体打击——

JUNYONG ZHISHENGFEIJI
军用直升飞机

CH-3B为美国空军运输版，SH-3D为（S-61B）（HSS-2A）为美国海军反潜机（73架，还有2架从SH-3A改装来），外销伊朗。SH-3D（S-61B）反潜机，外销西班牙（6架）。

SH-3D-TS反潜机为VH-3D美国海军陆战队行政专机。

SH-3G为美国海军货机（105架从SH-3A和SH-3D改装来）。

SH-3H（HSS-2B）为美国海军反潜机（从旧机型改装来）。

SH-3H AEW为空中预警机，外销西班牙。UH-3H为美国海军货机。

（2）西科斯基公司型号　S-61为公司设计版，S-61A为外销丹麦版。

S-61A-4 Nuri用于运输和侦搜救援，外销马来西亚海军，可载31兵员（38架）。

S-61A/AH用于侦查侦搜救援。南极用S-61B反潜机，外销日本自卫队。

S-61D-3外销巴西海军。

S-61D-4外销阿根廷海军。

S-61NR用于侦搜救援，外销阿根廷空军。

S-61L/N为民用版。

S-61R服役于美国空军，改型号为CH-3C/E Sea King和HH-3E Jolly Green Giant，也用于美国海岸防卫队与意大利空军的HH-3F Sea King（昵称"Pelican"）。

S-61V为公司设计版，即VH-3A（1架印尼专用）。

（3）加拿大型　CH-124：加拿大反潜型。加拿大于1963购买41架海王，购型为CHSS-2 Sea King。CHSS-2零件向西科斯基公司购买，但是于蒙特利尔加拿大工厂装配（现为Pratt & Whitney Canada公司），西科斯基子公司联合技术公司，于1968年把CHSS-2重新改装为CH-124型。

（4）韦斯特兰公司型号　韦斯特兰"海王"式直升机是英国韦斯特兰飞机公司获得美方授权生产的SH-3。针对英国皇家海军特别设计，装备2具劳斯莱斯制涡轮引擎及英国航电系统与反潜装备。首飞于1969年，1970年服役，除了英国以外也外销至其他国家。

（5）奥古斯塔公司型号　AS-61公司版为H-3 Sea King基于售权意大利生产执照。

AS-61A-1意大利外销马来西亚版。

AS-61A-4售权生产版。

运输与救援型AS-61N-1 Silver：售权生产版S-61N，但机舱较小。

AS-61VIP售权生产版，为行政专机型。

ASH-3A（SH-3G）：售权生产版。

运输型ASH-3D售权生产版，反潜型，用于意大利、巴西、秘鲁、阿根廷。

ASH-3TS售权生产版，ASH-3D/TS行政专机型，ASH-3H售权生产版，反潜型。

美制SH-3型"海王"舰载直升机

（6）三菱公司型号 S-61A，自卫队用型。授权制造版S-61A，用于海上自卫队搜索和救援（18架）。

HSS-2授权制造版S-61B，用于反潜攻击（55架）。

HSS-2A授权制造版S-61B（SH-3D），用于反潜攻击（28架）。

HSS-2B授权制造版S-61B（SH-3H），用于反潜攻击（23架）。

附：SH-3"海王"直升机技术参数

长度	16.7米	旋翼直径	19米	高度	5.13米
空重	5382公斤	载重	8449公斤	最大起飞重量	10000公斤
最高速度	267公里/小时	航程	1000公里	实用升限	4481米
爬升率	400～670米/分				

第三节
"海骑士"——美国海军 CH-46直升机

立体打击——军用直升飞机

JUNYONG ZHISHENGFEIJI

78

★ 1.简介

CH-46"海骑士"（SeaKnight）运输直升机，由美国波音公司制造，首飞于1958年，正式服役于美国海军则在1960年，担任运输物资人员等任务。虽然并非是特种作战飞机却经常执行一些特种行动。

CH-46直升机是美国海军陆战队最主要的战斗攻击直升机之一，这种直升机外形有点像公共汽车，双螺旋桨，海军陆战队主要用它把部队从舰上运到岸上，或把部队从营地运到作战前沿位置。而美国海军则用这种直升机把装备运到舰上或执行搜索与救援任务。

在越南战争期间，这种直升机发挥了极大的作用。CH-46初次服役是在越南战争时期，一开始用于从海军舰只上向陆上运送部队和货物，或者从陆上送到舰上，另外还执行了成千上万次救护受伤陆战队员的任务。自从越战以来，CH-46几乎参加了所有美军大型的军事行动，包括2001年的阿富汗战争以及对伊战争。

★ 2.任务

CH-46直升机的任务是将作战部队、支援设备和补给品迅速由两栖攻击登陆舰和已建成的机场运送到前方基地，这些基地是简易的，维修和后勤支援能力均有限。美国海军也采用CH-46D型直升机遂行垂直补给、战斗群内部后勤、医疗后送以及搜索营救等任务。

美国海军陆战队的10个运输机中队（9个现役中队、1个后备役中队）的120架CH-46E运输直升机和海军的21个运输机分队（拥有两种运输机）的42架CH/HH-46D运输直升机执行了支援"沙漠盾牌"和"沙漠风暴"行动的任务。这些直升机被用于执行运输海军陆战队队员、海军士兵、货物、邮件、弹药以及医疗后送和搜索营救等任务。

★ 3.设计特点

（1）旋翼系统 两副三片桨叶纵列式反向旋转旋翼的波音107Ⅱ型的桨叶，采用口型钢梁，胶接铝肋玻璃钢（刻铝）蒙皮后缘盒形结构，后缘为不锈钢条，桨叶装有内部监测系统，该系统在桨叶大梁破坏前15小时可指出大梁存在裂纹。桨叶翻修寿命为5000小时。桨毂装有摆振阻尼器。桨毂翻修寿命为2000小时。旋翼转速为264转/分。CH/UH-46有动力操纵桨时折叠系统，其中包括：一组指示灯，用以指示折叠前桨叶应有迎角；一个和后传动系统相连接的液压马达，用以将旋翼转动到应有的方位角，然后锁定旋翼；一组安装在折叠铰链内的电动机，其减速器可以以16000：1的减速比折叠桨叶。折叠系统采用了轴承，无需润滑，折叠时间约60秒。该系统在试验台上进行5000次折叠试验，没有出现过任何损坏事故。

（2）传动系统 每台发动机的功率各通过离合器输入减速器分别传动前、后减速器和驱动两副旋翼。发动机旋翼转速比：CH-46A为73.722：1，CH-113为73.770：1。

（3）机体 矩形截面半硬壳式结构，主要用包铝合金和非包铝的高强度铝合金制成。横向隔板和加强框是传动系统、发动机和起落架的承力件。在多用途型和军用型上由后跳板组成向上倾斜的后机身下表面。客机机身后部由行李舱代替了装卸跳板。机身是密封的，可以在水上起降，甚至还可以在中等浪高情况

CH-46"海骑士"直升机

CH-46 "海骑士"直升机

下作业；漂浮系统由9个密封隔舱组成，其中任何一个密封隔舱失效后仍可保持直升机在水上的浮力和稳定性。

（4）着陆装置　不可收放的前三点式起落架。每个起落架有两个无内胎机轮，采用盘式刹车机构。空气减振支柱内有两个阻尼孔。当压缩速度小于0.305米/秒时，较大的阻尼孔由弹簧和菌状活门堵死，油液通过小阻尼孔，从而保证了直升机有良好的地面共振特性，当压缩速度大于0.305米/秒时，活门打开，保证支柱有良好的减振作用。

（5）座舱

① 107 II 型。标准座舱布局为两名驾驶员、一名机上服务员和25名乘客。座舱共有8排座位，左侧每排2副座位，右侧是单座，最后一排有4个座位，中间是过道。舱内有行李架和一个置于后机身下部的可装680公斤货物的带滚轮的行李舱。后跳板在地面或空中都可用动力操纵，装载超长货物时，可将后跳板拆掉也可以完全打开。

② CH/UH-46。30名乘员，包括25名士兵和1名指挥官。舱门的上半部通过滑轨收到机身上部。下半部铰接在机身底部，向外开，里面附有登机梯。装货跳板和后机身舱门在飞行中或水上都可以打开。地板中央部分的承载能力为1464.6公斤/米^2，其两侧各有一排滚轮用于运输标准的军用货运平板或铁丝筐。地板外侧为车道，可承受454公斤轮胎载荷。起吊货物和人员的绞车系统可由一个人操纵，它有一个变速绞车，能以每分钟9米的速度起吊907公斤货物或以每分钟30米的速度起吊272公斤的人员及其他物品。地板有一外吊挂钩，可以吊挂4535公斤货物。

（6）系统　CH/UH-46座舱加温器为燃烧式。飞行操纵助力器所用液压系统压力为105公斤/厘米^2，其他系统的压力为210公斤/厘米^2。电气系统包括两台40千伏安交流发电机和一台200安培直流发电机。装有Solar公司的辅助动力装置用于启动发动机和检查系统。

（7）桨叶　采用了200伏特20千伏安电除冰系统，沿桨叶前缘展向用火焰喷镀法铺设有6根导体，每根导体的厚度和宽度随桨叶展向对加热要求的不同而变化。这些导体周期加热除冰。除冰系统由放射性冰厚计控制。当旋翼上冰层厚度到达4.77毫米时，开始通电除冰，每副旋翼的三片桨叶同时通电，以保证不会引起过大的振动。两副旋翼不同时除冰。CH-46上装有复式增稳系统、自动配平系统。早期的CH-46曾发生过后行桨叶突然失速颤振现象，造成上操纵件应力过大，因而必须严格限制直升机许用总重、重心范围、速度和高度。为此，在直升机上安装了能指示旋翼操纵件应力水平的巡航指示器，从而放宽了限制，减少了驾驶员驾驶时的工作负荷。

附：CH-46"海骑士"直升机技术参数

机长	13.7米	旋翼直径	15.31米	起飞重量	11032.2公斤
最大速度	268.25公里/小时	航程	176公里（单程）	续航时间	2小时
爬升率	434米/分	实用升限	3960米	巡航时速	232公里

"海上种马"——美国海军 CH-53直升机

★ 1.简介

　　CH-53"海上种马"中型运输直升机是根据美国海军提出的空中运输直升机要求研制的，主要用于突击运输、舰上垂直补给和运输。CH-53主要装备美国海军和海军陆战队。1962年8月开始研制，1964年10月首次试飞，1966年6月开始交付。其机身是S-61的放大型，但旋翼、传动系统及某些动部件是继承S-64直升机的。1966年11月服役。CH-53是美海军直升机部队的重要组成部分，承担大量的两栖运输任务。CH-53常被布置在海军的两栖攻击舰上，是美海军陆战队由舰到陆的主要突击力量之一。

★ 2.研发过程

　　该机采用两台通用电气公司的T64-GE-413涡轴发动机，单台推力3925马力。单主旋翼加尾桨的普通布局，机舱呈长立方体形状，剖面为方形，有多个侧门和一个大型放倒尾门方便装卸工作。CH-53是美军少数能在低能见度条件下借助机上设备在标准军用基地自行起降的直升机之一。CH-53D已经由CH-53E型替代，所有D型则转移到夏威夷陆战队基地做后备用途。CH-53和纵列双旋翼的CH-46在今后的几年内将逐步由MV-22"鱼鹰"倾斜旋翼机替代。

　　1968年研制开发的HH-53突击运输直升机是CH-53的改型，越战中被广泛应用于突击救援任务。它改装了两台单台推力3435马力的T64-GE-7涡轴发动机。HH-53的机组成员为两名飞行员和一名随机工程师，机上可运载38名士兵。HH-53配备了用于自卫的7.62毫米"米尼冈"

CH-53"海上种马"直升机

第四章
美国海军直升机

81

加特林机枪和若干12.7毫米机枪。

MH-53E"海龙"是H-53系列中的一种改进型，主要用于空基反水雷任务（AMCM），另外也用于运输任务。该机1983年服役，1984年替换了最后一架CH-53E。MH-53E由CH-53E改进而来，机体重量增大，载油量也大大增加，改用三台通用电气公司的T64-GE-416涡轴发动机，单台推力4380马力。MH-53以航母、两栖攻击舰或其他战舰为基地执行运输任务。可以携带有多种探雷设备和扫雷器械，包括MK105扫雷滑水撬、ASQ-14侧向扫描声纳、MK103机械扫雷系统。使用直升机执行反水雷任务可以减少扫雷人员可能遇到的危险。

更先进的MH-53J"铺路Ⅲ"由HH-53改进而来的。HH-53曾是越南战争中主要的特种作战运输直升机，在航天计划中也曾经用于将宇航员从返回舱中运送到舰艇上。美空军为提高特种作战战斗力执行了"铺路Ⅲ"计划，9架MH-53H和32架HH-53被改进成了适合全天候作战的MH-53J。

MH-53J是H-53系列中的最新改型，用于执行低空远程全天候突击任务，主要为特种部队渗透作战提供机动和后勤保障。MH-53J是美军目前重量和功率最大的直升机，并被认为是目前世界上技术最先进的直升机之一。发动机改用两台通用电气T64-GE-100发动机，单台推力4330马力。为适应低空全天候渗透任务，MH-53J装备了地形跟踪回避雷达和前视红外夜视系统（机头鼓起处，不透明半球状为雷达，下部带有橙色镜头的是红外夜视转塔），并装有任务地图显示系统。MH-53J除上述系统外，还装备了惯性全球定位系统、多普勒导航系统、任务计算机。借助这些设备，MH-53J能准确地自行导航和进入目标区域。

CH-53"海上种马"直升机

该机装备有必要的自卫武器，包括反坦克武器、7.62毫米"米尼冈"加特林机枪或12.7毫米机枪吊舱。MH-53J能一次运送38名士兵或14名躺卧伤病员，此外其外挂吊钩能挂9000公斤货物。MH-53J采用两个涡轴发动机，主旋翼和尾桨均为全金属自润滑结构。其外观上与以往的H-53系列飞机不同之处是平尾位于右边，面积更大，呈上反海鸥翼型。机组成员为两名飞行员和两名机枪射手。

在海湾战争期间MH-53J执行了多种任务，而且是最早进入伊拉克领空的盟军作战机种之一：在"沙漠风暴"大空袭开始之前，MH-53J运送特种部队士兵和AH-64协同潜入伊拉克，一举摧毁了伊军早期预警雷达，在敌防空网中为盟军打开了一条空袭通道。作为特种作战的辅助力量，MH-53J为盟军的各国地面部队执行了大量搜索、救援任务。MH-53J是"沙漠风暴"中第一种成功完成救援被击落飞行员任务的机种。MH-53J还参与了救援库尔德人的人道救援行动、巴拿马危机救援行动和前南联盟地区救援行动。

★ 3.机型现状

目前MH-53已改进到了M型。为提高MH-53M的自卫能力，2002年美空军考虑将诺-格公司研制的定向红外干扰器（DIRCM）装备MH-53M。DIRCM系统由一个定向干扰头和一个高能光源组成。为提高干扰能力，还可用一个多频段激光器取代干扰头。目前已经装备DIRCM系统的美国空军特种作战飞机有MC-130和AC-130。当前MH-53M仍装备老式的ALQ-157红外干扰系统，为英国BAE系统公司产品。美空军于2003年同诺-格公司签订为期5年、价值2.2亿美元的合同，提供37套与DIRCM系统配套使用的机载航空电子设备，对现有MH-53M进行改装。

★ 4.设计特点

（1）总体布局　3发、单旋翼、带尾桨布局，尾桨装在尾斜梁左侧。机身采用水密半硬壳式结构。机身两侧装有短翼，翼梢装有浮筒。机身能承受垂直方向的20000千牛和横向10000千牛的坠毁力。尾斜梁用液压动力向左折叠。升降机上的CH-53直升机，它的旋翼已经折叠向后，尾斜梁也已经折叠。CH-53E"海上种马"直升机可以降落到两栖攻击舰上，可以折叠起旋翼。

（2）旋翼系统　全铰接式7桨叶旋翼。桨叶扭转角14度。每片桨叶有钛合金大梁，采用Nomex蜂窝芯和玻璃纤维环氧树脂复合材料蒙皮，桨毂由钛合金和钢制成。旋翼桨叶用液压动力折叠。铝合金4桨叶尾桨安装在向左倾斜20度的尾斜梁上。主减速器安装在座舱上方的整流罩内，起飞额定功率为10067千瓦。采用旋翼刹车装置。

（3）尾部装置　采用海鸥翼式水平安定面，高置于尾斜梁右侧，有撑杆支撑。水平安定面和尾斜梁用凯芙拉复合材料制成。

（4）座舱　驾驶舱可容纳3名机组人员。座舱内沿舱壁和座舱中间布置的折叠帆布椅可坐55名士兵。座舱右前侧有主舱门。后部跳板式舱门用液压操纵。典型的货运载荷包括7个标准的102厘米×122厘米货盘。中央吊钩可吊运16330公斤货物。

（5）动力装置　3台通用电气公司T64-GE-416涡轮轴发动机，10分钟最大功率3×3266千瓦，最大连续功率3×2756千瓦。在两个翼梢浮筒前部各有一个自封软油箱，容量为1192公升，还有一个附加双室油箱，容量1465升，还可选装吊挂在短翼梢浮筒外侧的可抛副油箱。总载油量4922升，机上还装备可伸缩的空中加油探管。还能悬停在舰船上方用吊起的软管由舰船为其加油。

（6）电子设备　改进的CH-53E装奥米加导航系统、近地报警系统、飞行员夜视系统等。

★ 5.气动布局

采用带尾桨的单旋翼构型。由于该机装备2台（CH-53E为3台）T64型

高功率涡轮轴发动机，所以有一个大直径6叶旋翼进行匹配，全机总功率在5700～13320轴马力之间（从CH-53A到CH-53E），发动机短舱横向悬挂在机身上部两侧。机身为矩形截面，呈箱形外观，有利于装载大型物资，机头是驾驶舱，机尾是跳板式大型舱门，用来装卸货物。

机身中段两侧下方，有两个鼓包，可改入主起落架，也可作为水上浮筒，鼓包向外伸展出二枚短翼，可吊挂两个巨型流线形副油箱。机头有前伸的空中受油杆。可空中加注燃料，也可悬停在舰船上空，用吊车吊起舰上的油管给自己加油。CH-53的尾梁较细，居机身上方，最后是后掠垂尾、尾桨和只装在右侧的海鸥式平尾。

附：CH-53"海上种马"直升机技术参数

机长	26.9米	机高	7.6米	主旋翼直径	（6片）22.02米
空重	10653公斤	最大起飞重量	19050公斤	最大速度	315公里/小时
最大初始爬升率	664米/分钟	使用升限	6220米	旋停高度	4080米

第五节
"基奥瓦"——美国海军 OH-58D 直升机

★ 1.简介

20世纪60年代初，贝尔公司研究出了基奥瓦系列的原型机206型直升机以满足美国军方关于轻型侦察直升机的要求，军方代号为YOH-4，而YOH-4在竞争中失败了。但是206的改进型206A被海军选中作为教练机，于1966年10月首飞。1968年，206A作为第二代轻型侦察直升机被海军看中，军方代号为OH-58A，并且于1969年向美国军方交付了2200架，随后，OH-58基奥瓦直升机立即被部署到了越南战场上，主要用作轻型侦察直升机和情报支援。

OH-58D "基奥瓦" 直升机

★ 2.结构特点

旋翼系统OH-58D改用4叶复合材料主旋翼，机动性有所增强，振动减小，可操控性提高。尾桨也得到了改进，这使得OH-58D在35节阵风下，仍能保持良好的纵向操纵性能。动力装置换装艾力森公司的250-C30R涡轮轴发动机，功率650匹马力，主变速箱持续输出功率455

匹马力。在紧急状态下，主变速箱可以在没有润滑油的情况下正常工作。

由于OH-58D的桅顶瞄准具安装在整架直升机的最高点，因此能提供非常好的视野。同时OH-58D也可以躲在隐蔽物后方，伸出桅顶瞄准具观测，这样大大降低了被对方发现的概率，提高了生存力。

★ 3.武器控制与电子系统

（1）桅顶瞄准具 由麦道公司和诺斯罗普公司电子机械部合作研制。桅顶瞄准具系统包括1具电视摄影机，1具热像仪，1具激光测距/目标照射器；其中电视摄影机视野可达2度×8度；热像仪由120个成像单元所组成，视野3度×10度；激光测距/目标照射器可制导"地狱火"反坦克导弹及"铜斑蛇"制导炮弹。桅顶瞄准具由机上中央计算机控制，该计算机还控制1具电视目标追踪器，可根据目标和背景影像对比变化，自动使瞄准线跟踪目标，减轻飞行员的负担。桅顶瞄准具各系统安装在1个由复合材料制成的73公斤的球体内，整个球体则置于主旋翼桅顶之上。1根直径23毫米的电缆穿过主旋翼驱动轴与机身内的中央计算机相连接。桅顶瞄准具有稳定装置。

（2）电子系统 为了加装更多的电子系统，OH-58的后排座位在D型上被取消了。这一空间安装了90组存储装置。OH-58D的电子系统在20世纪80年代中期是世界军用直升机中最先进、功能最齐全的。该系统主要包括两个主控制器/处理器单元，1553B数据总线，与其他主要次系统相连接，如姿态方向参考系统，ASN-137多普勒速率测量系统，桅顶瞄准具，自动目标信息数据链系统（ATH）。ATH能将目标信息以数字方式传递给地面炮兵或攻击直升机。与主控制器/处理器单元相接的次系统，除APR-39雷达预警系统和各种频率的通讯系统外，就是座舱内的控制与显示系统，以两具单色多功能显示器为主，显示水平垂直飞行状况、通讯控制以及桅顶瞄准具的影像等资料。这套系统可以有效减轻飞行员负荷，增加执行任务的效率。

★ 4.技术特点分析与述评

虽然OH-58A早在20世纪60年代已经开始服役，但经过多次改进，美军计划让D型服役到2020年。OH-58D的原型是贝尔直升机公司的406型轻型多用途直升机，原本是民用机种。后被美陆军选中用于改进成侦察直升机，并命名为OH-58D（"基奥瓦勇士"）。OH-58D可以单独执行战术侦察任务，也可协同专用武装直升机作战，或为地面炮兵提供侦察、校炮的工作。

OH-58D在1982年11月通过了美陆军的设计评估，5架原型机中的首架在1983年10月首飞。第2架和第5架原型机用作

OH-58D "基奥瓦" 直升机

飞行性能测试；第3架配备了完整的任务装备，测试了电子系统；第4架原型机用于电子系统电磁协调性测试。整个试飞在1984年6月完成，同年7月交付美国陆军，次年2月正式服役。D型沿用了A型号的机身，加强了机体结构，以延长其服役寿命。电子设备、动力装置和旋翼系统也得到了不同程度的改进。

美国陆军原打算将已有的592架OH-58A/B改装成OH-58D，但后来因预算限制，到1992年6月只改装253架。

海湾战争后，贝尔直升机公司正计划深入改进"基奥瓦"，首要目标是提高隐身性能。改进后的直升机称为"隐身基奥瓦勇士"，机体将改用特殊材料，机首、旋翼及风挡等容易反射雷达波的部分将用特殊涂料覆盖，排气口加装红外线抑制装置，机头也改变了形状。

贝尔直升机公司还为"基奥瓦"加装麦道公司的前视红外线系统。除此之外，贝尔直升机公司还为"基奥瓦"设计了一种237升的油箱，安装在座舱后方的机身两侧。这使得基奥瓦的最大航程达到891公里。如果只加装1个，也能使"基奥瓦"续航时间达到4小时。"基奥瓦"还有可能加装惯性导航系统，全球定位系统GPS，数字地图等。通信系统也将有所改进，改进后"基奥瓦"将可以直接向坦克或步兵战车传送目标信息。

★ 5.型号演变

OH-58总共有A、B、C、D等型号，1969年向美国军方交付了2200架。

2005年2月，DRS技术公司收到一份总额1.53亿美元的新合同，以支援美国陆军OH-58D直升机上的红外瞄准系统。DRS将提供维修站修理、零备件和使用保障等服务，并为该机的"旋翼主轴安装的瞄准系统（毫米S）"制造新的热成像系统。该"热成像系统改进计划（TISU）"将增强OH-58D的目标探测和测距性能，用于替换现役的热成像系统。毫米S综合的瞄准系统技术将提供改进的目标截获性能、更大的防区外距离和侦察能力。毫米S将使OH-58D仅需在攻击时的几秒钟暴露自己，而其他时间都保持隐蔽，提高了该机的生存力。

★ 6.作战使用

OH-58A"基奥瓦"主要用作侦察、情报支援和火力支援。它在越南战场上没有给人留下深刻的印象，真正发挥威力的时期始于20世纪80年代中。自1987年起，"基奥瓦"系列直升机参与了美军多次作战行动，从美军部队反馈的信息表明，这种轻型武装侦察直升机很受欢迎。

OH-58D"基奥瓦勇士"主要的任务包括野战炮兵观测，同时为"铜斑蛇"激光制导炮弹提供目标照射。OH-58D可以利用自身的观瞄装置进行目标坐标计算和测距，再经由ATH传输目标信息，使地面炮兵能实时精确的发起攻击；OH-58D也可为其他飞机提供类似支援，如和武装直升机组成"猎-歼小组"，互补不足，完成地面支援任务。必要的时候，OH-58D也可用自身携带的武器发起攻击，如携带4枚"地狱火"反坦克导弹。OH-58D可使用的其他武器包括7管70毫米"九

头蛇"火箭发射器、各种航炮或者机枪吊舱等。

⭐ 7.实战表现

在两伊战争中，海军的OH-58D PRIME CHANE型曾与海军SH-60B直升机配合作战，由SH-60B的搜索雷达发现伊朗的高速炮艇，然后OH-58D发起攻击，摧毁目标。在海湾战争中，美军共派出了130架OH-58D前往波斯湾，多次摧毁了伊拉克沿海目标，如钻油平台、快艇、海防工事等。

1991年2月20日，美军对伊拉克的军事行动即将大规模展开之际，2架"基奥瓦"指挥武装直升机袭击了离前线不远的一处伊拉克人综合掩体。"基奥瓦"直升机负责用激光指引目标，武装直升机则发射"地狱火"导弹。袭击之后，通过扩音器喊话，400多人跑出来投降。这次多种直升机联合攻击行动的成功，使得"基奥瓦"被广泛用于袭击掩体内的伊拉克军队，给萨达姆的军队造成重大损失。

"基奥瓦"直升机在伊拉克战争中起到了关键作用，对于美军的蛙跳推进和进攻巴格达都立了大功。由于"基奥瓦"武装侦察直升机的出色性能和表现，在美国陆军中进行了大量配置，仅第101空中突击师就配备了109架，数量超过赫赫有名的AH—64"阿帕奇"攻击直升机。2003年3月6日成立的美军"经验小组"（成员来自参联会和联合部队司令部，均是拥有联合作战经验的军官，他们负责全时段、全方位跟踪总结伊拉克战争的经验教训）在6月份的一份总结报告中就根据美军前线指挥官的经验指出："基奥瓦"在占领巴格达的战斗中发挥重要作用，两种直升机出动率高达90%以上。

附：OH-58D "基奥瓦" 直升机技术参数

机身长	9.8米	机高	2.59米	机宽	1.97米
翼展	10.8米	空重	1281公斤	最大起飞重	2041公斤
巡航速度	222公里	最大时速	237公里	航程	556公里
爬升率	7.8米/秒	实用升限	3660米	有地效悬停升限	3660米

第六节
"喷气游骑兵"——美国海军 贝尔206直升机

⭐ 1.简介

贝尔206直升机是美国贝尔公司在OH-4A轻型观察直升机的基础上发展的轻型多用途直升机。该机于1966年1月首次试飞，1966年10月取得美国联邦

航空局适航证。这种直升机可用于载客、运兵、运货、救援、救护、测绘、农田作业、开发油田，以及行政勤务等任务。直升机用户称它为最安全、最可靠的直升机。

★ 2.主要型号

贝尔206"喷气游骑兵"直升机

贝尔206发展了多种改型：贝尔206A，在OH-4A的基础上发展的基本民用型，装一台317轴马力的艾利逊250-C18A涡轮轴发动机；TH-57A"海上突击队员"，美国海军的轻型初级教练型；OH-58A"基奥瓦"，美国陆军的轻型观察型；贝尔206B"喷气突击队员"Ⅱ，贝尔206A的改型，改装一台400轴马力的艾利逊250-C20涡轮轴发动机，从1971年春开始交付使用，共交付了1,619架；贝尔206L"得克萨斯突击队员"，206B基础上发展的武装型，装一台艾利逊250-C30涡轮轴发动机，该型为适应第三世界国家需要而发展的武装直升机，可装4枚"陶"式反坦克导弹，或14枚无控火箭弹，或其他武器。

此外还有贝尔206B"喷气突击队员"Ⅲ，改装一台艾利逊250-C20B涡轮轴发动机，进一步提高了高温高原性能；贝尔206L"远程喷气突击队员"，贝尔206B基础上发展的7座轻型通用直升机；贝尔206L-1"远程喷气突击队员"Ⅱ，改装艾利逊250C-28B涡轮轴发动机，发动机功率大约增加了20%，进一步改善了高温高原性能；贝尔206LM，4片桨叶旋翼系统试验机等。贝尔206旋翼系统采用两片桨叶的半刚性跷跷板式旋翼，尾桨桨叶为铝合金结构。座舱前面有两个并排驾驶员座椅，驾驶员座位后面为可供3人用的长椅。座椅两侧各有前开的舱门。座椅后面有可以装113公斤货物的行李舱。机身左侧有一个小舱门。

附：贝尔206"喷气游骑兵"直升机技术参数

贝尔206A	旋翼直径	10.16米	机身长	9.50米	机高	2.91米
	空重	660公斤	最大起飞重量	1451公斤	最大平飞速度	225公里/小时
	最大允许速度	225公里/小时	最大巡航速度	214公里/小时	最大爬升率	384米/分
	实用升限	6100米	悬停升限	3870米	航程	624公里
贝尔206C	旋翼直径	11.28米	机身长	10.13米	机高	2.91米
	空重	944公斤	最大起飞重量	1814公斤	最大平飞速度	241公里/小时
	最大允许速度	225公里/小时	最大巡航速度	214公里/小时	最大爬升率	384米/分
	实用升限	6100米	悬停升限	3870米	航程	624公里

第七节
"回收者"——美国海军
HUP/H-25直升机

应美国海军1945年对舰载直升机的
要求而研制的HUP结构非常紧凑,可在很
多舰船上使用,同时还能执行垂直补给、
人员撤离、救援和飞机救护任务。以串
列旋翼设计而闻名的皮亚斯基公司在HUP
上沿用其擅长的设计,于1948年获得了
32架HUP-1的订单后投入批量生产。

可容纳5名乘客或3副担架的HUP-1
于1949年开始交付美国海军,皮亚斯基

皮亚斯基HUP/H-25"回收者"直升机

公司后来又改进出装有斯佩里自动导航仪的HUP-2,共生产165架。美国陆军也
对这种直升机产生了兴趣,购买了70架,并命名为H-25A,装有自动驾驶仪和
强化结构舱门。皮亚斯基公司此时还向美国海军交付了最后一批订购的HUP-3。
HUP-2/3后来在1962年被重新编号为UH-25B/C,随后很快退役。

附:皮亚斯基HUP/H-25"回收者"直升机技术参数

机长	9.7米	主旋翼直径	10.67米	机高	4.01米
空重	1782公斤	最大起飞重	2767公斤	最大速度	174公里/小时
航程	547公里				

第八节
"肖尼人"——美国海军
H-21直升机

1945年弗兰克·比亚赛奇为美国海军设计了一种串列双旋翼的搜救用直升
机,因其又长又弯的怪异身材获得了"飞行香蕉"诨名。这种独一无二的"香
蕉"采用帆布蒙皮的机身,和一台Pratt & Whitney R-1840-AN-1活塞引擎。主
要装备海军和海岸警卫队。1948年6月,比亚赛奇设计再次博得海军的兴趣,新
型的PV-17被相中,5架样机在海军完成所有测试后,该型机成为海军的HRP-2
搜救直升机。与HRP-1不同的是HRP-2采用了全金属蒙皮的机身,驾驶室更加宽

第四章 美国海军直升机

89

皮亚斯基/伏托尔H-21"肖尼人"直升机

敌,视野也更加开阔,旋翼桨尖也进行了改进。在HRP-2基础上研制的PD-22最终发展成为CH-21,不过此时比亚赛奇公司已经被波音公司兼并,成为波音王国中的一个部门(Boeing Vetrol),专门研制旋翼飞行器。

纵列双悬翼式直升机H-21是20世纪50年代波音公司为美国陆军研制的运输直升机,用于充实一线运输直升机数量。

H-21 Shawnee是比亚赛奇公司设计的第四种纵列旋翼式直升机(其中就有两种被美国海军采用成为搜救直升机,分别为PV-3/HRP-1、PV-17/HRP-2,另一种是PD-22),是一种多用途直升机,两具全铰接三叶反转旋翼,动力为一台1150马力的柯蒂斯怀特R1820-103"旋风"。根据不同任务可装备机轮、滑橇或浮桶。其出色的低温性能使其还能够胜任极地营救工作。

CH-21还在美国空军、法国海军、皇家加拿大空军和德国空军中服役,其中法国人在阿尔及利亚使用了一种武装型CH-21,在舱口和起落架滑橇上安装了机枪和无控火箭弹,就是这种改装的产品,标志了武装直升机的诞生。

CH-21B突击直升机在原型的基础上将发动机升级为1425轴马力的引擎,最大速度也提升到每小时128英里,可运载22名全副武装的士兵,或在担任救护任务时搭载12副担架加2名医护人员。CH-21B最初出现在越南是在1961年12月,装备美国陆军第8和第57运输连,用于支援陆军作战。CH-21B/CH-21C Shawnee可以配置7.62毫米或12.7毫米舱门机枪。其中一些Shawnees还在机鼻下安装了可伸缩的机枪。在美国本土还试验了一种有趣的型号,一种机鼻下安装了"超级空中堡垒"Boeing B-29 Superfortress的半球形遥控炮塔的Shawnee。

CH-21的速度相对较慢,它的电缆和输油管线也比较容易被小口径武器打坏。在越南甚至有谣传说,曾有一架CH-21C被越南人的矛枪击落。Shawnee由

立体打击——

军用直升飞机

JUNYONG ZHISHENGFEIJI

90

皮亚斯基/伏托尔H-21"肖尼人"直升机

于其在越南的优良表现被称作"驮马"，他们一直在越南服役直到1964年被"休伊"UH-1取代。军队的大部分Shawnee都在随后的几年中被CH-47 Chinook取代。

附：皮亚斯基/伏托尔H-21"肖尼人"直升机技术参数

机长	15.98米	主旋翼直径	13.56米	机高	4.6米
空重	3946公斤	最大起飞重量	6124公斤	最大速度	209公里/小时
航程	482公里				

第九节
美国海军HO5S直升机

　　HO5S直升机由西科斯基公司S-52发展而来，后者是美国第一架金属旋翼直升机。美国海军订购HO5S用于取代海军陆战队装备HO3S。S-52原型机于1947年2月首飞。

　　最初设计S-52为双人座舱，动力装置为一台178轴马力的富兰克林发动机。美国海军购买了这种飞机后，西科斯基公司将其改为4人座舱，发动机也换成一台245轴马力的富兰克林O-245-1发动机。其首飞距S-52的原型机已有数年。

　　首批HO5S于1952年3月开始装备美国海军陆战队，大量参与了朝鲜战争用于执行侦察和观测任务。与HO3S相同，HO5S也在撤离一线伤员的任务中发挥了巨大作用。从1952年9月起，美国海军装备的79架HO5S中有8架交付给美国海岸警卫队。美国空军和陆军后来也评估了S-52，编号为YH-18。美国海军陆战队的HO5S最后于1958年全部退役。

附：HO5S直升机技术参数

机长	8.38	主旋翼直径	10.05	机高	3.16米
空重	907公斤	最大起飞重	1256公斤	最大速度	168公里/小时
航程	304公里				

第十节
"旋风"——美国海军
S-55直升机

　　西科斯基S-55在直升机发展史上取得的巨大进步几乎没有哪种型号可以与之相比。其生产数量在此之前也是前所未闻的。美国、英国、日本共生产超过了1700架，装备这三个国家的军队和美国海岸警卫队。

首批生产型HO4S-1于1950年12月开始交付美国海军。美国空军装备的H-19B型尾撑和安定翼上有一些细微的改进，并用功率更大的莱特"龙卷风"发动机取代了HO4S-1使用的"黄蜂"发动机。美国陆军和美国海军陆战队装备的型号分别命名为H-19D"契克索"和HO4R-3/HRS-3，是S-55的主要生产型号。

S-55 "旋风" 直升机

英国的韦斯特兰直升机公司第一架引进生产的S-55于1952年出厂，命名为"旋风"。随后10年中，韦斯特兰向英国空军和英国海军航空兵交付了多个型号的"旋风"，总产量超过400架。其中性能最为优异的是采用涡轴发动机的HAR-9/10，一直服役到20世纪70年代。

附：S-55 "旋风" 直升机技术参数

机长	12.88米	主旋翼直径	16.16米	机高	4.07米
空重	2381公斤	最大起飞重	3583公斤	最大速度	180公里/小时
航程	578公里				

第十一节
"威塞克斯"——美国海军 S-58直升机

★ 1.简介

　　S-58是西科斯基公司应美国海军1951年要求研制的。西科斯基公司在S-55的基础上改进生产的直升机，最初按反潜直升机进行设计。美军编号H-34。1954年3月首次飞行，1955年8月，首个型号HSS-1"海蝙蝠"开始装备美国海军。此时美国海军陆战队也选择了S-58作为新型人员运输机，命名为HUS-1"乔克托"。HUS-1开始生产603架。于1957年2月开始交付美国陆军使用。至1965年12月停产，又生产1766架。后来根据所谓的军援计划又投产，到1970年1月再次停产时，共交付了1821架。英国韦斯特兰公

S-58 "威塞克斯" 直升机

司和法国南方航空公司均特许生产该机，其中英国生产的称为"威塞克斯"。

★ 2.主要型号

CH-34A "乔克托人"：美国陆军的运输和通用型。

CH-34C "乔克托人"：和CH-34A类似，装有机载搜索设备。

SH-34G "海蝙蝠"（Seabat）：美国海军的反潜型。

LH-34D：SH-34G的冬季型。

SH-34J "海蝙蝠"：SH-34G的发展型。装有自动稳定设备，可昼、夜仪表飞行。

UH-34D "海马"（Seahorse）：海军陆战队的通用型。

VH-34D：UH-34D的专机型。

UH-34E "海马"：装有浮筒，可在水面应急起落。

S-58B、S-58C、S-58D：均为商用型。

S-58T：用PT6T "双派克" 涡轮轴发动机代替了原来的活塞式发动机，因此，提高了安全性和可靠性，增加了速度和有效载荷，改善了高原高温性能。

附：S-58 "威塞克斯" 直升机技术参数

旋翼直径	17.1米	机身长	17.3米	机高	4.9米
空重	3754公斤	最大起飞重量	6350公斤	最大平飞速度	198公里/小时
巡航速度	158公里/小时	实用升限	2900米	航程	450公里

第十二节
"海上卫士"——美国海军 S-62直升机

★ 1.简介

S-62直升机是西科斯基公司研制的单发两栖运输直升机。S-62是公司编号，美国海岸警卫队编号为HH-52A。

S-62是专门为两栖使用设计的，机身腹部是船底形，水密结构做了加强，可以在水上或雪地上降落。在水面上飞行时，可以不装其他漂浮装置。但在机身前部两侧向外伸出一对浮筒，用来防止着水与水面停泊时的俯仰和横滚。该

S-62 "海上卫士" 直升机

型采用了S-55直升机的许多部件，包括旋翼桨叶、旋翼桨毂和尾桨桨毂、中间减速器、尾减速器、传动轴、液压系统的一些部件。

S-62于1957年开始设计，1958年5月14日第一架原型机首次试飞，1960年6月30日获得美国联邦航空局适航证，同年7月开始交付，S-62各型早已停产。但到1987年仍有67架军用型S-62和16架民用型S-62直升机在美国、日本、澳大利亚、南非、菲律宾和中国台湾等国家和地区服役。估计这些飞机将使用到21世纪初。

★ 2.主要型号

S-62B：基本类似于S-62A，但该型采用了西科斯基公司以前研制的S-58直升机的旋翼，旋翼直径比S-62A的小。

S-62C：HH-52A的民用型和军用出口型。

HH-52A：美国海岸警卫队型。替换HH-34两栖直升机完成搜索和救援任务。1963年1月首次交付3架。该型装有自动增稳设备、拖曳设备和1.22米长的救生平台。救生平台可以从舱门处拆下并伸展到水面上，以便直升机降落到水面后机上人员可以出去帮助被救人员上机。该机经海岸警卫队鉴定表明，能在2.5～3米的浪高中正常使用。

附：S-62"海上卫士"直升机技术参数

旋翼直径	18.44米	机长	13.60米	机高	4.88米
空重	2035公斤	最大起飞重	3674公斤	最大速度	174公里/小时
航程	758公里				

第五章

美国海、陆、空、民用直升机

第一节
"鱼鹰"——美国海陆空
V-22直升机

★ 1.简介

V-22"鱼鹰"直升机

V-22鱼鹰直升机是由达信贝尔直升机公司与波音公司联合研制的双发倾转旋翼机，是在贝尔301/XV-15的基础上发展而来的。早在1981年底，美国便提出了"多军种先进垂直起落飞机"（JVX）计划，并于1985年1月将这种飞机命名为V-22"鱼鹰"。首架原型机于1988年5月出厂，1989年3月首飞，同年9月又进行了从直升机飞行方式转换成定翼机飞行方式的首飞。

★ 2.研制过程

20世纪50～60年代，美国、加拿大和欧洲一些公司掀起了一股研制集直升机和固定翼飞机优点于一身的倾斜旋翼机的热潮。最初，许多航空专家对于研制这种飞机寄予厚望。但是，由于这种飞机的设计结构复杂，尤其是在对机翼旋转结构和旋转式短舱结构的研制方面长期难以取得突破性进展，再加上试飞时机毁人亡的事故接连发生，因此，许多国家放弃了研制。

美国贝尔直升机公司研制的X-22A、XC-124A、CL-84验证机尽管均遭不测，但经过不懈努力，终于在1977年5月将XV-15验证机送上了蓝天，为V-22"鱼鹰"的研制迈出了坚实的一步。

1982年，贝尔公司和波音公司根据美国国防部提出的JVX计划（多用途垂直起降飞机研制计划），开始在XV-15的基础上联合研制倾斜旋翼机，当时由美国陆军负责。但是，没过一年陆军便决定放弃研制计划，而与此同时，美国海军陆战队却对该机产生了浓厚的兴趣，并最终成为该机的主要客户。

根据任务分工，贝尔公司主要负责研制机翼、发动机短舱、螺旋桨-旋翼装置和传动系统及发动机一体化。波音公司负责机体、尾翼、起落架、综合电子设备。V-22"鱼鹰"于1989年完成首次试飞。1990年12月4～7日，在美海军"大黄蜂"号航空母舰上进行了海上试飞，年底前完成了一系列试飞。尽管如此，但美国国会和国防部对这种独一无二的飞行器态度依然极为冷淡。1990财年和1991财年，停止为该机研制计划拨款。一年后，虽然开始恢复拨款，但数

立体打击——军用直升飞机
JUNYONG ZHISHENGFEIJI

96

额十分有限，仅局限于科研设计和试验。在以后的发展中，V-22更是历尽艰辛。按最初计划，美国防部应采购913架四种型号"鱼鹰"倾斜旋翼机，它们是海军陆战队使用的MV-22，海军使用的HV-22，空军的CV-22及SV-22A。但由于美国防部对研制计划消极抵触，结果研制SV-22A的计划全部被取消，整个的采购数量减少到657架。减少采购数量的原因一

V-22"鱼鹰"直升机

是研制经费过高，如果按照1997年的价格计算，每架的研制经费高达4200万美元；二是安全性差，1993年之前，5架验证机中就有2架在试飞时因机载电子设备故障和发动机故障坠地夭折。而即使到了2000年，V-22已经发展得相对成熟的时候，也坠毁了两架MV-22型。

值得庆幸的是，V-22最终还是赢得了美国国防部的认同。根据计划，从1998年6月开始生产5架V-22"鱼鹰"，于1999年交付美海军陆战队使用。2000～2002年，分三批再向海军陆战队交付20架。美国防部计划共采购523架，其中海军陆战队采购425架MV-22，将作为运输和机降飞机，全部取代海军陆战队使用的CH-46和CH-53直升机；海军采购48架HV-22，作为航母和大型作战舰只使用的搜索救援机、电子干扰机；空军采购50架CV-22，作为特种作战飞机，以取代AC-130H和MC-130E/H型特种飞机以及MH-53J直升机，于2003年和2005年分两批交付。

★ 3.倾转旋翼的特性

倾转旋翼，简单地说，就是指飞机依靠旋翼倾转来调节飞行技术状态。具体方案是在机翼两端分别安上发动机短舱，内装涡轮发动机用以驱动旋翼系统。该型机的关键是发动机短舱可以绕机翼轴进行由朝上到朝前及由朝前到朝上的直角转动，并且要求这两套动作完整连续，一般在十几秒钟内完成。这样就可以改变旋翼的推力方向。当发动机短舱呈水平状态时，旋翼就变成了螺旋桨，加上原有的一段机翼，飞机就变成了涡桨固定翼飞机了。反之，则变成一架双旋翼或多旋翼的直升机。

倾转旋翼就是将直升机和固定翼飞机的特点和长处集于一体，实现了二者的完美结合。其结构可任意变换固定翼和旋翼的两种形态，航速是直升机的2倍多，各种指标是任何直升机无法比拟的。飞机上有3套驾驶操纵系统，飞机转换形态时，驾驶系统也自动转换。2台发动机由变速控制器相连，当一台发动机转速下降到熄火时，另一台发动机便通过变速控制器转换成带动2副螺旋桨的工作状态；发动机舱内采取增压措施，能有效地阻止海上潮湿空气侵蚀；机身下方两侧的主起落架舱较大，起飞后自动封闭，紧急情况下在海上迫降时有一定的浮力，可使飞机不致沉没。

★ 4.性能

　　V-22是悬臂式上单翼飞机。在机翼两端翼尖各安装了一部旋转式短舱，两个短舱内各装有一台美国艾利逊公司研制的T406-AD-400涡轮轴发动机（6235轴马力）。两个短舱头部各装有一副由三片桨叶组成的逆时针旋转的旋翼，桨叶由石墨/玻璃纤维制成，平面形状为梯形，桨叶采用不同于一般直升机的设计，有利于提高前飞和悬停效率。当旋转短舱垂直向上时，便可像直升机一样垂直起飞。当达到一定飞行高度和飞行速度后，旋转式短舱向前转动90度到水平位置，该机便像普通固定翼螺旋桨飞机一样向前飞行。在以直升机方式飞行时，操纵系统可改变旋翼上升力的大小和旋翼拉力倾斜的方向，以便使飞机保持或改变飞行状态。在以巡航方式飞行时，上单翼后缘的两对副翼可保证飞机的横向操纵。铰接在端板式垂尾上的方向舵和平尾上的升降舵可以依靠舵机改变飞行方向和飞行高度。

　　V-22及其改进型均备有空中加油系统，其机组由三人组成。为提高飞行可靠性，该机采用了三余度电传操纵系统，机体结构59%为复合材料。根据美国海军陆战队的作战使用要求，V-22将主要以航母和其他大型舰只为基地。为减少飞机在甲板上的占地空间，采用了折叠式桨叶，其机翼也采用了旋转式，必要时可与机身平行。机上安装了塔康导航系统。塔康系统工作频段为962～1213兆赫，共有252个波道。利用该导航系统可以保障飞机沿预定航线飞行、机群的空中集合和会合以及在复杂气象条件下引导飞机归航和进场着陆。塔康导航系统由美国在20世纪50年代率先装备使用，后成为北约标准军用导航系统。另外还安装了AN/APQ-174地形跟踪多功能雷达，并安装有五台多功能显示器，其中第五台显示器专门用于显示地形图。机载设备可以确保V-22之间及飞机与基地和E-3A空中预警指挥机之间的联络。为提高夜战能力，在海军陆战队使用的V-22上将安装飞行员夜视镜，在空军和海军使用的V-22改进型上将安装AN/AAQ-16前视红外搜索雷达。此外，还安装了甚高频和特高频话音保密通信装置、敌我识别器、AN/AAR-47导弹告警系统。

　　美国"鱼鹰"多用途飞机V-22的机载武器可根据执行任务的性质进行选择。通常在货舱内安装了若干挺7.62毫米或12.7毫米机枪，在机身的头部下方安装了旋转式炮架，机身两侧安装了鱼雷和导弹挂架。波音公司选择通用公司全资子公司——通用动力武器系统公司为V-22"鱼鹰"飞机开发炮架系统。合同有效期2001～2005年，波音公司将为3套V-22炮塔系统的工程设计、开发、制造和测试支付4500万美元。而整个项目的潜在价值达2.5亿美元。

　　通用动力武器系统公司总裁哈德森表示："很荣幸有这个机会与贝尔·波音公司合作，向美国海军陆战队的通用型飞机提供武器系统一体化专业知识。"通用动力武器系统公司提供的V-22炮塔火炮系统将包括1门GAU-19 12.7毫米加特林机枪、1个轻型炮塔与1个线形复合弹舱和供弹系统。该炮塔能左右各旋转75度、上仰20度、下俯70度，位于机头正下方，供弹系统则位于驾驶舱下方。该

系统将为V-22"鱼鹰"飞机提供压制火力，提高战机生存能力。但在2001年初，V-22计划办公室重新考虑了V-22是否需要装备枪塔。由于研制中发现该系统的费用比预期要高，促使海军陆战队领导和计划管理部门重新作考虑。到2002年12月，美国海军航空系统司令部招标征

V-22"鱼鹰"直升机

求一种新型12.7毫米机枪，用于V-22和其他海军飞机。

对该武器的要求包括：安装有12.7毫米机枪的枢轴，机枪采用开闩待击以防止枪弹自燃；射速超过1000发/分；枪管寿命为10000发；40000发子弹之内无须送往武器维修基地进行保养；配有容量分别为100发、300发和600发子弹的弹箱；可以发射北约所有的制式12.7毫米枪弹，包括脱壳弹药。

★ 5.改进型号

美国V-22"鱼鹰"多用途飞机由于V-22本身性能的优越性，美国军方和英国军方已着手研制多种改型，简单介绍如下。

（1）MV-22 是V-22系列第一种变型，为海军陆战队使用，部署在海军两栖攻击舰上。计划取代CH-46和CH-53A/D直升机，计划产量425架。MV-22的主翼可以以主翼轴心为圆心做大范围的折叠。该型载3名机组人员和24名全副武装的海军陆战队队员或者等量的货物。MV-22有一种小改型：陆军救护型，未获得正式订单。

（2）CV-22 美空军计划采用50架CV-22取代自身装备的所有MH-53J、MH-60G直升机和MC-130E"攻击爪"运输机。性能先进的CV-22比上述飞机飞得更快、更远，将使美空军和陆军的战术突击空运能力大大增强。而在以往，上述的多种直升机因为航程有限，必须由运输机先行运送到目标区域附近，然后再自行出动，CV-22就省却了这些麻烦，突然性和可靠性大大增强。例如，CV-22能在接受任务后的一天时间内抵达亚非大陆的任何地点执行任务，而且不需要其他机种辅助。

为了更好地完成上述任务，CV-22特别装备了大型的副油箱，容量达7950升。电子设备方面将加装雷声公司的AN/APQ-174D地形回避/跟踪雷达、两台能实时接受卫星通信的Rockwell Collins公司的AN/ARC-210电台、改进的电子战系统、一个GPS定位装置、数字化地图和Motorola公司的单兵通信装置。另外还加装了三个铰绳速降装置、三个快速收绳装置和一个救生吊篮。

（3）EV-22 美陆军计划用V-22的电子战改型EV-22取代EH-1、EH-60、RV-1、RC-12和OV-10等几种机型。

（4）HV-22 是计划中的美海军特种部队突击空运机型。用于海军战斗搜索与救援，可执行特种作战任务和后勤支援任务。

（5）SV-22 是美海军计划取代S-3"海盗"（Viking）反潜机的舰载通用

机型。其最大作战半径达1205公里。SV-22将装备悬挂声纳、磁异常探测器、声纳浮标和Mk-50反潜鱼雷。

（6）WV-22 是美海军和英国皇家海军计划中的预警型。将用于取代E-2"鹰眼"（Hawkeye）预警机。它将采用先进的嵌入机身和机翼的相控阵雷达，即所谓的"智能蒙皮"。

★ 6.装备情况

V-22"鱼鹰"直升机

鱼鹰"可满足30余种任务需求，主要执行突击作战、突击支援、战术空运以及战斗搜索与救援任务，特别适于执行特种作战、缉毒和反恐怖主义行动。MV-22"鱼鹰"将取代现役的CH-46和CH-53D直升机。美国海军陆战队计划到2014年购买360架MV-22，用以装备18个正规中队和4个预备中队，每个中队12架。空军购买的50架CV-22和海军购买的48架HV-22也将陆续装备部队。届时，美军真正具备了"全球自部署能力"，作战能力也将大为增强。

★ 7.频发事故

这种被美国海军陆战队奉为"未来之星"的V-22"鱼鹰"一直事故频频，其中光是7架原型机就坠毁了4架。1991年6月11日，一架"鱼鹰"在试飞中突然坠毁，造成两名人员受伤。1992年7月20日，又一架实验型的"鱼鹰"准备在加利福尼亚匡蒂科海航站降落时坠入波多马克河，造成3名陆战队员和4名平民丧生。8年后，即2000年4月8日，一架"鱼鹰"在进行作战评定飞行中突然坠毁，造成19人丧生。时隔8个月，即12月11日晚，又一架美海军陆战队的MV-22"鱼鹰"在北加利福尼亚州进行训练时坠毁，4名机组人员全部遇难。次日，美国国防部就下令推迟这种创新的倾转旋翼飞机的大规模生产。自此以来，"鱼鹰"计划面临搁浅的危险。

"鱼鹰"几度恢复飞行试验后，美国海军的使用试验与评估部队终于确认V-22"鱼鹰"倾转旋翼飞机达到了作战效能和作战适用性要求，海军陆战队也认为该项目基本上接近了可以大批量生产的阶段。于是，经过20年研发历程的"鱼鹰"，终于得到了海军陆战队的认可。

附：V-22"鱼鹰"直升机技术参数

旋翼直径	11.58米	翼展	15.52米	机长	19.09米
机高	6.90米	巡航速度	185公里/小时	实用升限	7925米
航程	2225公里	空重	14463公斤	最大起飞重量	27442公斤

第二节
"摩杰吾"——美国海、陆军 CH-37直升机

★ 1.简介

CH-37"摩哈维人"重型运输直升机是西科斯基公司为美国陆军研制的，海军和海军陆战队赋予编号CH-37，美国陆军赋予绰号"摩杰吾"（Mojave）。其尺寸和道格拉斯DC-3运输机相当，是当时最大的直升机。

该机于1956年服役，共生产94架，参加过越南战争运输，机组3人，机鼻有大型蛤蜊壳门，机舱能容纳3辆吉普车或24名担架伤员或1门105毫米榴弹炮，能运载26名全副武装的美国陆军士兵。1953年12月18日原型机XCH-37C首次试飞。1955年10月25日第一架生产型CH-37C首次试飞。1956年CH-37C的速度达到261.8公里/小时，可载重6000公斤爬升至2135米高度。1960年5月停产。

★ 2.主要型号

该直升机主要发展了以下几种型号。

（1）CH-37A（以前编号H-37A）是美国陆军中型运输直升机。主要用于运输货物和士兵。机内可容纳正、副驾驶员，设备操纵员和23名乘客或24副担架，或装53.8米^{3}的货物。该型共生产了154架。

（2）CH-37B 是西科斯基公司为使美国陆军现代化而生产的90架直升机的编号，该型机加装了自动增稳系统、重新设计了座舱门和货舱门，经此项改进后悬停时亦可装卸货物。1961年6月开始每月交付5架。

CH-37"摩杰吾"直升机

（3）CH-37C（以前编号HR2S-1）这种直升机是供美国海军陆战队使用的基本紧急运输型，可载运20名乘客，或24副担架。

★ 3.设计特点

机身旋翼为5片桨叶的旋翼和4片桨叶的尾桨，均为全金属结构。旋翼桨叶可折叠。装有2台普拉特•惠特尼公司的R-2800活塞式发动机，发动机装在机身两侧短翼上的短舱内。发动机转速为2700转/分时，5分钟连续功率为544千瓦

（2100马力）；转速为2600转/分时，额定输出功率为397千瓦（1900马力）。但在其上，额定功率被限制在268千瓦（1725马力），巡航功率被限制在941千瓦（1280马力）。正常燃油量为515升。加标准外挂油箱时，总油量为3800升。CH-37B的标准油箱为抗坠毁油箱。

着陆装置为可收放的后三点式起落架。

机身座舱前部装有液压操纵的蛤蜊壳式机头舱门。利用一台907公斤的绞盘吊车装卸货物，舱内设有轨道，以便移动货物。5吨以上的大体积货物可利用自动吊挂设备挂在机身下面。

系统装有夜间飞行设备，助力操纵系统。机上还装有自动增稳系统，因此可全天候飞行。

附：CH-37"摩杰吾"直升机技术参数

机长	19.76米	机高	6.71米	旋翼直径	21.95米
尾桨直径	4.57米	空重	9556公斤	航程	233公里
最大起飞重	4061公斤	实用升限	2650米	巡航时速	196公里/小时
最大时速	209公里/小时				

第三节
"苏族人"——美国军民两用贝尔-47直升机

★ 1.简介

贝尔-47是贝尔直升机公司于20世纪40年代研制的单发轻型直升机。该直升机于1941年开始研制，1943年开始试飞，当时编号为贝尔-30，后于1945年改为贝尔-47。1946年3月8日获得当时美国民航管理局（CAA）适航证。这是美国第一架也是世界上第一架取得适航证的民用直升机。随后投入生产。1947年1月，开始交付第一架生产型。由于军民用订货量很大，型号和编号很多。

★ 2.型号

该机生产数量很大，到1957年年底已经生产2000架，在美国本土一直连续生产25年，现已停产。该机改型基本情况如下。

1947年生产的47A、47B、47B-3，发动机功率均为132.7千瓦（178马力）。

1948年生产的47D，发动机功率132.7千瓦（178马力）。

1949年生产的47D-1，发动功率193.9千瓦（260马力）。

1953年生产的47G，发动机功率149千瓦（200马力）。

1954年在第一架贝尔-47的军用型上试装阿都斯特-1型涡轮轴发动机，发动机功率为164千瓦（220轴马力）。该机编号为XH-13F，这是该公司也是美国第一架安装涡轮轴发动机的直升机。

1955年生产47H型，钢架焊接尾梁用蒙皮覆盖，发动机功率为149千瓦（200轴马力）；同年还生产了47G-2，发动机功率为186.4千瓦（250轴马力）；47J，层梁用蒙皮覆盖，发动机功率为186.4千瓦（250轴马力）；47K尾梁用蒙皮覆盖，海军教练机，发动机功率为186.4千瓦（250轴马力）。

1960年生产了47J-2，尾梁用蒙皮覆盖，发动机功率为227千瓦（305轴马力）；47G-3，发动机装有涡轮增压器，功率为167.8千瓦（225轴马力），为海军生产的通用直升机HUL-1M，装T63型涡轮轴发动机，功率186.4千瓦（250轴马力）。

1961年生产的47G-2A和47G-3B，前者用VO-435发动机，额定功率为208.8千瓦（280马力）。

1965年生产47G-5，发动机功率为197.6千瓦（265马力），农业专用机47Ag-5，有喷撒装置，功率为297.6千瓦（265马力）。

新的改型有以下几种。

贝尔-47G-3B-1二座直升机，在较大的温度范围内有突出的高空性能。该直升机装有一台莱康明公司的TVO-435-B1A增压式活塞发动机，额定功率为193.9千瓦（260马力）。与47G-3相比，燃油容量增大，座舱加宽20厘米，总重增加45公斤，旋翼桨叶增加4.5公斤的重量，以改善旋翼自转性能和可操纵性。该直升机于1963年1月25日获得美国联邦航空局适航证。

贝尔-47"苏族人"直升机

贝尔-47G-2B-2与贝尔-47G-3B-1相似，将莱康明TVO-435-B1A增压活塞发动机功率提高到208.8千瓦（280马力）。该机于1968年1月17日获得美国联邦航空局适航证。

贝尔-47G-4A基本的三座通用直升机，装有227千瓦（305马力），降低使用功率为208.8千瓦（280马力）的莱康明VO-540-131B3活塞发动机。周期变距和总距操纵装置有液压助力器。机体大修间隔时间为1200小时。座舱和中心框架均可与贝尔-47G-3B-2互换。该机于1965年12月开始交付。

贝尔-47G-5廉价型。为了减少成本，取消了不太重要的结构和部件，最大有效载重提高到540公斤。该直升机装有一台197.6千瓦（265马力）的莱康明VO-435-B1A活塞发动机。其标准设备有：有机玻璃座舱盖、舱门、大容量电瓶、70安培12伏特的交流发电机、同步运动的水平安定面、两个108升的燃油箱、旋转信标、着陆灯。旋翼系统装有稳定杆和液压助力操纵系统。还有自动电气系统和紧凑低矮的仪表台。双座农用型（Ag-5）装有特兰斯兰德飞机公司制造的化学药剂喷洒系统，重90.7公斤。喷洒系统装有两个容量为227升的玻璃钢容器。两个人在25分钟内就能将该系统装上直升机。喷洒杆长度可调，最长有120个喷嘴，喷洒宽度为6～60米。当直升机飞行速度为96公里／小时时，每分钟可喷洒58亩。

贝尔-47G-5A与贝尔-47G-5相似，但座舱几乎加宽了0.3米。

贝尔-47J-2A，4座直升机，具有通用座舱设备。座舱宽度为1.52米，舱内前部正中有驾驶员座椅，后面的横条椅可坐3名乘客。尾梁前端有一个容纳113公斤的行李舱。乘客座椅可拆卸，以便在平行四边形框架内安装两副担架，用于陆军野战救护，此外还有一个医务人员的活动座椅。用于救援工作时，可使用承载能力182公斤的内部电动绞车。乘客座椅可向后折叠腾出空间装货。该直升机不用工具，可在几分钟之内改装成任何座舱布局。

贝尔-47J-2A的最后一种型号装有227千瓦（305马力）、降低使用功率为193.9千瓦（260马力）的莱康明VO-540-B1B活塞发动机，大惯性的旋翼系统和液压助力操纵系统。燃油箱安装在旋翼传动轴两侧及机身整流罩上部，总燃油量为182升。可选择的座舱设备包括：甚高频无线电台、夜航设备、旋转信标、旋翼刹车装置、浮筒式起落架、座舱加温除霜器。

附：贝尔-47"苏族人"直升机技术参数

机长	9.90米	机高	2.82米	空重	814公斤
旋翼直径	11.32米	航程	402公里	最大起飞重	1338公斤
尾桨直径	1.59米	爬升率	5.4米／秒	实用升限	5365米
有地效悬停升限	5060米	巡航时速	133公里／小时	无地效悬停升限	4480米
最大时速	169公里／小时				

第四节
"哈斯基"——美国海、空军 K-600（H-43）直升机

★ 1.简介

K-600型是美国卡曼公司20世纪50年代为美国军队设计的双旋翼横向交叉布置的通用直升机。美国海军、海军陆战队编号为HOK（后改为UH-43D和UH-43C），美国空军编号为H-43。旋翼系统采用两副反向旋转和相互交叉的旋翼系统，每副旋翼有两片桨叶。只有摆振铰、没有变距铰和有关的轴承。两旋翼桨叶可前后对齐，以便于存放。

★ 2.主要型号

美国K-600直升机主要型号如下。

（1）HOK-1　标准生产型，是美国海军1950年订购的海军型，1953年4月28日第一次交付使用。HUK-1与HOK-1相似，是为美国海军生产的海军型。座舱内有4或5副座椅。用于救护时除坐一名驾驶员以外，还能容纳两副担架和一名坐着的伤员，担架从机头进入。

（2）HH-43A　HOK-1的发展型，是为美国空军生产的空军型，用于营救坠机驾驶员。该型可容纳1名驾驶员、3名执行营救任务的人员和灭火设备，共生产18架。

以上型号均装一台600马力的普·惠公司的R-1340-48型活塞式发动机。

（3）HH-43B　与HH-43A相似，装一台860轴马力、降低使用功率825轴马力的莱康明公司T53-L-1B涡轮轴发动机。正常燃油量为755升。该机于1956年9月27日首次飞行。第一架生产型于1958年12月飞行。由于发动机安装在机身上方，座舱内可利用空间增加一倍。可容纳1名驾驶员和7名乘客。最大速度超过213公里/小时。

K-600"哈斯基"直升机

HH-43B在当时曾创造过4项直升机纪录：1961年10月18日无装载时飞行高度达10009.6米；1961年5月5日装载1000公斤时飞行高度达8037.27米；1961年10月24日用14分30.7秒时间爬升到9000米高度；1962年7月5日直线航程达1429.82公里。

（4）HH-43F　HH-43B的发展型，为满足军方高温地带使用要求，改装莱康明T53-L-11A涡轮轴发动机，以代替原来的T53-L-1B发动机，T53-L-11A的功率为1150轴马力，降低使用功率825轴马力。正常燃油量为1325升。为美国空军生产了40架，为伊朗生产了17架。其装载量和装载空间都比早期的HH-43A增加了一倍。

（5）QH-43G　为美国海军研制的HH-43F靶机型。

（6）K-600　HOK-1的民用型，1956年6月由卡曼公司首次提供民航使用。

（7）K-600-3　HH-43B的民用型。K-600-4：HOK-1的发展型，装有一台600轴马力的涡轮轴发动机。

★ 3.技术特点

K-600"哈斯基"直升机采用了紧凑的发动机并且是布置在机身上部而不是内部，因此其座舱空间更大更舒适。同时，在机身后部还安装蚌壳货门。这些特征使得"哈斯基"非常适合执行坠机救援事故任务，在美国空军各个基地都可见

105

第五章　美国海、陆、空、民用直升机

到它的身影。美国空军和海军所有"哈斯基"都在20世纪70年代中期退出了现役。

附：K-600"哈斯基"直升机技术参数

旋翼直径	14.33米	机身长	7.67米	机高	4.733米
空重	2026公斤	最大起飞重量	3990公斤	最大平飞速度	193公里/小时
巡航速度	156公里/小时	实用升限	7010米	悬停高度	3660米
航程	354公里				

第五节
"蜻蜓"——美国陆、海军 S-51/韦斯特兰直升机

在R-4证明了直升机的灵活多用型后，西科斯基公司决定研制一种更适合美国陆军航空军和美国海军实际需要的直升机。新飞机设计代号为VS-337，美国陆军航空军编号为R-5。

S-51/韦斯特兰"蜻蜓"直升机

原型机于1943年8月18日完成首飞，美国陆军航空军随即订购了65架用于评估和服役测试。和R-4不同，R-5采用了全金属结构机身，通过换用功率更大发动机提高了飞行性能。有一批R-5还安装担架设备，交付美国陆军航空军的空中救援部队使用。

1946年，西科斯基公司测试了一种为民用市场开发的四座型R-5，编号S-51。结果S-51比R-5更受军方欢迎。在总共生产的379架中有66架配备了美国陆军航空军，编号为H-5。美国海军在1947～1948年间也购买了88架。此外，韦斯特兰公司还引进了这种直升机生产许可证，命名为"蜻蜓"，共为英国空军和英国海军航空兵生产了165架。

附：S-51/韦斯特兰"蜻蜓"直升机技术参数

机长	12.45米	主旋翼直径	14.94米	机高	3.69米
空重	1993公斤	最大起飞重	1495公斤	最大速度	165公里/小时
航程	480公里				

立体打击——军用直升飞机 JUNYONG ZHISHENGFEIJI

第六章

俄罗斯（前苏联）米里设计局设计军用直升机

俄罗斯（前苏联）军用
米-4直升机

米-4直升机

⭐ 1.简介

　　米-4直升机是前苏联军队的第一代军用直升机，由米里设计局研发的一种多用途直升机。1951年斯大林召见航空设计师，要求研制一种12座的运输直升机供部队使用。米里设计局接到任务后，领导设计师们日夜奋战，仅用一年的时间就研制出部队急需的米-4直升机。1952年8月试飞，1953年投产，1969年停产，共生产约3500架。

⭐ 2.性能

　　米-4直升机采用1台活塞-7气冷星形14缸发动机，功率1770马力。主螺旋桨直径21米，长为16.8米，高为4.4米。起落架为固定四点式，前起落架横向轮距1.53米，主起落架轮距3.82米、前主轮距3.79米。机舱体积达16立方米，一个侧舱门，一个后舱门。一次可运载11名士兵。发动机舱位于机头，通过传动轴驱动机舱顶部的主旋翼和尾部的尾桨。驾驶舱位于机头前上部，两人机组，两人均可独立完成飞行操纵。可装载1.5吨货物，吊运时可运载1.35吨。

　　1965年春，装有两速增压器和全金属旋翼桨叶的米-4进行了一系列高空试飞，当直升机在4650米高空启用两速增压器时，高度上升到8000米。

⭐ 3.型号

　　米-4基本军用型：可载14名士兵或1600公斤货物，如吉普车或76毫米反坦克炮等。该型在机身下面有领航员吊舱。机身后部有两扇蛤蜊壳式货舱门。

　　米-4近距支援型：在吊舱前方装有机炮和空地火箭。

　　米-4反潜型：在机头下装有搜索雷达，机身后部装有拖曳式磁异探测器。机身两侧，主起落架前装有照明灯、声纳浮标。

　　米-4电子对抗型：座舱前后两侧装有许多通信干扰天线。

　　米-4旅客型：座舱可容纳8～11名旅客和100公斤行李。舱内有通风、加温、隔音设备。客舱门位于机身左侧后部。座舱后部有厕所、存衣室和行李舱。

米-4n：采用方形舷窗，而米-4其他型则采用圆形舷窗。机身下部设有吊舱，机轮带有整流罩。米-4n用于伤病员救护时，座舱内可载8副担架和1名医务人员。

米-4C农用型：座舱内装有可容纳1000公斤药粉或1600升药液的化学容器。机身部有喷洒农药的装置。喷洒范围：在前飞速度为60公里／小时时，宽度为48～80米，喷洒速度为18升／秒（药液）或20公斤／秒（药粉）。

附：米-4直升机技术参数

机长	20.02米	机高	4.40米	旋翼直径	21.00米
尾桨直径	3.6米	空重	5.121吨	最大起飞重	7.600吨
巡航时速	160公里／小时	最大时速	210公里／小时	转场航程	520公里
实用升限	2500米	最大爬升率	4.3米／秒		

第二节
"吊钩"——俄罗斯（前苏联）军用米-6直升机

★ 1. 简介

米-6/米-22是前苏联米里设计局设计的单旋翼带尾桨式重型运输直升机，北大西洋公约组织给其绰号为"吊钩"（Hook），大概生产了800多架，1991年停产。该机于1954年开始研制，1957年试飞，同年秋季公开展出。当时米-6是世界上最大的直升机。

★ 2. 型号

米-6"吊钩"A：基本运输型。

米-6"吊钩"B：指挥支援型，装背部绳状天线。

米-22"吊钩"C：改进的指挥支援型，尾梁前装有大型背部刀形天线。

★ 3. 性能

米-6直升机机身后部有蛤蜊壳式舱门和液压收放的折叠式踏板，便于装卸导弹和大炮等重型军事设备。在执行起重任务时，可用位于重心处的吊钩在外部吊挂大型货物，例如重型建筑设备、石油钻探机械部件等。当执行救火任务时，可运载灭火器材和消防人员到着火地区。当执行伤病员救护任务时，可装载41副担架和两名医护人员。作为旅客机使用时，可运送65名旅客及随身携带的货物和行李。

米-6直升机

米-6直升机在所创造的14项国际航空协会承认的E1级纪录中,包括起重20117公斤载荷的纪录。一直维持到1983年年中的纪录有:1964年8月26日鲍利斯·卡里斯基驾驶米-6创造约100公里闭合航线的340.15公里/小时的速度纪录;1962年9月15日,由同一驾驶员和机组人员创造的携带1000公斤和2000公斤载荷,以330.377公里/小时速度飞行1000公里航线的速度纪录;1962年9月11日,由瓦西里·克洛琴柯和4名机组人员创造的携带5000公斤载荷,以284.354公里/小时平均速度飞行1000公里闭合航线的纪录。

★ 4.生产装备情况

米-6直升机最初生产了5架,用于试验,接着生产了30架,以后大约又生产了800架,广泛用于军用和民用。1970年公布该机的生产速率为每月8架。目前,在俄罗斯地面部队使用的有450架,阿尔及利亚、伊拉克、秘鲁和越南等国空军均装备有这种直升机。米-6直升机1991年停产。

★ 5.技术特点

旋翼有5片桨叶,每片桨叶由变截面和钢管梁及金属的翼型剖面的分段件铰接而成。桨叶具有水平铰、垂直铰及固定调整片。旋翼轴前倾5度(相对铅垂线)。操纵系统有液压阻力机构,通过一个大的焊接的倾斜器操纵旋翼。旋翼桨叶都装有电加热防冰系统。

尾桨有4片金属桨叶,位于尾斜梁右侧。尾斜梁起垂直尾面的作用。平尾位于尾梁后部,其安装角可调。

短翼机身上装有悬臂式短翼,位于主起落架撑杆上方。前飞时,短翼可使旋翼卸载达总升力的20%。在执行消防和起重任务时,短翼可以拆除。

机身为普通全金属半硬壳式短舱和尾梁式结构。

着陆装置为不可收放前三点式起落架,一个可转向的双轮前起落架,两个主起落架为单轮式。主起落架装有双腔(高压腔和低压腔)油-气减震支柱。两个减震支柱的高压腔通过带有弹簧阻尼器的系统相互连通,以吸收起落架的振动,从而消除地面共振。主机轮尺寸为1325毫米×480毫米,前机轮尺寸为720毫米×310毫米。主机轮有刹车装置,尾梁末端的下面装有小的尾撑,以防尾部触地。

动力装置为两台4101千瓦(5576轴马力)的Д-25B(TB-2BM)涡轮轴发动机,并排装在机身顶棚上部旋翼轴前。有11个内部油箱,其总载油量为6315公斤;机身两侧有两个外挂油箱,其总载油量为3490公斤;必要时,在座舱内可以增设两上辅助油箱,其载油量为3490公斤。备有自动油量控制系统,必要时

立体打击

军用直升飞机

JUNYONG ZHISHENGFEIJI

也可以由驾驶员手动控制。

米–6直升机

为便于维护，发动机整流罩的侧壁板可以通过液压作动筒打开或关闭。打开时可以作为检查和维护发动机及旋翼桨毂的工作台。

座舱机组乘员由正、副驾驶员，领航员，随机机械师和无线电报务员5人组成。驾驶员座舱有4个可抛舱门。2个客舱门分别位于左侧主起落架的前、后，机身后部蛤蜊壳式货舱门和折叠式踏板用于装卸货物和车辆，货舱门和踏板可使用液压作动筒打开或关闭。货舱地板的承载能力为19.6千牛／米^2（2000公斤／米^2），地板上装有系留环。地板上有中央舱口，以便外挂大型货物。为便于装卸货物和车辆，座舱两侧的座椅是可折叠的，在座舱内装有承载能力为800公斤的电动绞车和滑轮组。驾驶舱和领航员均装有电热防冰系统。

用作客运时，在座舱中央增设附加座椅，可运载65～90名旅客，携带的货物及行李放置在座舱的走道上。用作救护时，可运载41副担架和两名医护人员，医护人员坐在可折叠的座椅上，其中一个位置备有与驾驶员通话的机内通话装置。机上备有轻便的氧气设备供伤病员使用。用作消防时，座舱内部装有盛灭火溶液的容器。灭火液通过喷雾器喷出或从机身腹部放出。

系统有主液压系统、备用液压系统和辅助液压系统。每套系统在主减速器上装有各自独立的液压泵，工作压力为$(118～152)×10^5$帕（120～155公斤／厘米^2）。27伏直流主电气系统由两台12千瓦启动／发电机供电，并有能供电30分钟的蓄电池供应急时使用。桨叶防冰系统和部分无线电设备由两台90千瓦发电机发出的36伏400赫三相交流电系统供电。机上载有装在推车上的辅助动力装置，由75千瓦（102马力）的AN-8燃气涡轮发动机和20千瓦（27马力）的发电机组成。

机载设备：标准设备包括甚高频和高频无线电通信电台、机内通话装置、无线电高度表、无线电罗盘、三通道自动驾驶仪、信标机、航向陀螺和整套全天候航行仪表。

武器：一些军用型米-6直升机在机头处装有一挺口径为12.7毫米的机枪。

附：米-6直升机技术参数

旋翼直径	35.0米	尾桨直径	6.30米	机长	41.74米
机高	9.86米	短翼翼展	15.30米	主轮距	7.50米
前主轮距	9.09米	空重	27240公斤	最大内部载荷	12000公斤
最大外挂载荷	8000公斤	舱内燃油重量	6315公斤	总燃油重量	9805公斤
最大平飞速度	300公里/小时	最大巡航速度	250公里/小时	实用升限	4500米
航程	620公里	转场航程	1450公里		

第三节
"河马"——俄罗斯（前苏联）军用米-8直升机

★ 1.简介

米-8直升机

米-8直升机，绰号"河马"（Hip-popotamus），与米-17系列一起，是米里设计局设计的世界经典通用直升机，也是世界上产量最大的直升机（12500架以上），而且生产数量还在不断上升，号称直升机王国中的"卡拉什尼科夫"。无论作为军用直升机还是州长的私人班机，它都游刃有余地切换着它的角色。这款性能优异的直升机，绝对是航空史上的经典，创造了世界航空史的传奇！

★ 2.研制背景

在此机设计之时，世界直升机已经由一代直升机向二代直升机发展，世界各国直升机制造公司纷纷用涡轴发动机替换活塞式发动机，由钢木混合或全金属桨叶替换木质桨叶，使桨叶寿命提高到12000飞行小时。桨叶翼型为非对称，桨叶简单尖削与后掠，旋翼效能有所提高，达到0.6，旋翼升阻比达3.7。机体结构为全金属薄壁结构，空重与总重之比降低到0.5附近，已采用减震的吸能起落架和减震座椅。机体外形已开始考虑流线化设计，以减小气动阻力。直升机座舱开始采用纵列式布局，使机身变窄。性能明显改善，最大航速达200～250公里/小时，振动水平降到0.15g左右，噪声水平为100分贝，乘坐舒适性能有所改善。这时的代表直升机有美国的S-61、UH-1，法国的SA321，前苏联的米-6。

1958年，前苏联政府通过了研制装有单涡轴发动机的V-8（俄文为B-8）直升机的决定。同年，米里设计局制定出V-8直升机的设计方案并获得了前苏联空军的支持，此后开始全面设计。1960年5月，前苏联政府又做出在研制单发V-8直升机的同时，还要研制双发的V-8A（俄文为B-8A）的决定。

最初的单发V-8原型机的机身与主要零部件在前苏联第23厂生产，然后在第329厂总装。1961年夏，第一架V-8原型机完成了总装，与同年6月24日首飞，并在同年12月开始进行国家级试验。第二架该原型机只是作为地面试验机，没有进行试飞。北约情报部门发现该机后，给其起绰号为Hip-A。1962年9月17日，

立体打击——军用直升飞机
JUNYONG ZHISHENGFEIJI

装有4片桨叶旋翼系统的双发V-8A直升机试飞。1964年以后，V-8A直升机开始换装5片桨叶的旋翼系统，并于1965年8月2日开始进行试飞。北约给V-8A的绰号为Hip-B，正式投产的V-8A直升机正式改称为米-8。

★ 3. 技术特点

米-8采用了二代直升机所采用的一些新技术，使其寿命大大延长。本机机身结构为传统的全金属截面半硬壳短舱加尾梁式结构，分前机身、中机身、尾梁和带固定平尾的尾斜梁，主要材料为铝合金，尾部用一些钛合金和高强度钢。

机身前部为驾驶舱，驾驶舱可容纳正、副驾驶员和随机机械师。驾驶舱每侧都有可向后滑动的大舱门，驾驶室风挡装有电加温的硅酸盐玻璃。驾驶室后面是客、货舱，其左侧前部有可滑动并能抛投的舱门，座舱后部由大的货舱门和位于后部中间向下打开的旅客登机梯组成。

米-8直升机

米-8客运型座舱内设有28副可折叠座椅，每排座椅间距72～75厘米，中间过道宽32厘米，并设有存衣室和行李舱。在没有存衣室的情况下可装23个座椅。其通用型座舱内沿侧壁装有24个折叠座椅，地板上有系留环。座舱内装有承载能力为200公斤的绞车和滑轮组，以装卸货物和车辆。座舱外部装有吊挂系统，可以用来运输大型货物。机身两侧装有2个外挂油箱，右侧外挂油箱整流罩向前延伸，以放置座舱和空调设备。

米-8标准设备包括频率范围为118～135.9兆赫、发射距离为100公里的甚高频无线电台和频率范围为2～8兆赫、发射距离为1000公里的高频电台、机内通话设备、无线电话。用于全天候飞行的航行设备仪表包括：2个陀螺仪，2个空速指示器，转弯指示器，2个高度表，2个爬升功率指示器，磁罗盘，用于极低飞行的天文罗盘，自动无线电罗盘，带"危险高度"告警的无线电高度表。尾梁前上方装有红外干扰仪，后座舱窗户两侧上方装有3个曳光弹投放器。

直升机的飞行需要"心脏"，而心脏就是涡轴发动机。对于米-8直升机来说，其心脏就是TV2-117（俄文为ТВ2-117）涡轴发动机，它是前苏联第一代涡轴发动机。

在当时，前苏联政府下的设计双发V-8A的决定是正确的，因为双发直升机能保证1台发动机空中停车时能借助另一台发动机继续飞行，防止危险事故发生。而早在1960年，米里设计局开始为其V-8A直升机招标一种动力932千瓦的新型涡轮轴发动机。在竞标中，克里莫夫设计局（当时称伊索托夫设计局）的方案--自由涡轮式单转子涡轮轴发动机TV2-117获胜，于是该局开始为V-8研制发动机和变速器。

1962年夏，TV2-117发动机和VR-8减速器成功完成试验。1965年6月，TV2-

米-8直升机

117发动机在彼尔姆发动机制造厂开始批量生产，在日后不断改进中，TV2-117发动机性能在不断完善，总寿命达12000小时。而且前苏联在此基础上，研制了TV3-117（俄文为ТВ3-117）涡轴发动机，性能极佳，并形成了庞大的TV系列家族。

其传动系统主要包括主减速器、中间减速器、尾减速器、尾传动轴、旋翼刹车装置和主减速器到尾桨、风扇、交流电机、液压泵和转速表传感器的传动轴。

每台发动机均有1个独立的滑油系统，滑油系统由滑油箱、油气分离器、滑油散热器、导管和一个总放油开关组成，滑油总油量为60公斤。

该动力系统与传动系统工作原理是：2台发动机通过VR-8A齿轮箱与单独输出轴连接，减速器将来自发动机的动力传输给旋翼和尾。旋翼转速自动保持控制系统使旋翼速度与两台发动机的功率相协调。该系统与每台燃气发生器的控制系统分开。通过改变发动机功率的方法能自动将旋翼转速保持在需要的范围内，并使两台发动机能够很好地同步工作。并使1台发动机空中停车时能借助另一台发动机继续工作，同时增加另一台发动机的功率。在必要时，一台发动机功率可使直升机继续飞行。两台发动机可以在旋转排气管的情况下互换工作，其整流罩可以打开，以便检查与维修。发动机启动使用AI-9辅助动力装置为空气涡轮启动装置，可以为发动机启动、在应急状况下增加发动机功率提供动力。

米-8燃油系统由1个主油箱、2个外挂油箱、粗细油滤、燃油导管、杠杆浮子式油量表、防火断油开关组成。主油箱载油量为445升，左外挂油箱为745升，右外挂油箱为680升，总标准燃油量为1870升，必要时，在座舱内可增设1～2个辅助油箱，使总载油量达3700升。

米-8武装型可装各种武器。一般可携带炸弹，在两侧加挂火箭弹发射器，每个发射器内装57毫米火箭弹16枚，共128枚。也可在机头加装口径12.7毫米机枪，也可在挂架上加挂共192枚火箭和4枚"斯瓦特"红外制导反坦克导弹（AT-2），还可改装共65枚"萨格尔"反坦克导弹（AT-3）。

★ 4.发展历史

米-8在过去的近50年中，发展了多种型号，主要分为民用型、军用型、军民通用型以及实验验证型。

（1）民用型

米-8P：这是在V-8A的基础上研制的，也是米-8的基本客运型，其装有2台TV2-117A（俄文为ТВ2-117A）涡轴发动机，舱内有28个乘客座椅，装有方形窗户。

米-8S：为米-8豪华客运型，可载11名旅客，其左侧装有供8人乘坐的朝前的躺椅，右侧装有2个座椅和1个转椅，并配有1张台桌，装有空地无线电电话，配有可移动风扇。其前部有乘务间，吧台，机组人员衣帽间，而其后部进口处两侧设有卫生间和乘客衣帽间，也可布置9个座椅的结构。其类似型号还有米-8"要员专机型"，由喀山飞机制造厂生产，但装饰更为豪华、先进。

米-8AT：由乌兰乌德直升机厂生产的民用运输型，装有2台TV2-117AG涡轴发动机，可选装8A-813气象雷达，DISS-32-90型多普勒雷达和A-732远程无线电导航设备。

米-8ATS：农用型，机身两侧装有化学药剂箱，"翼"形喷洒杆。

米-8MT：飞机吊车型，后部蛤蜊壳形舱门位置处装有玻璃吊舱，供操作员乘坐。

米-8TM：在米-8T的基础上改进而成的运输型，装有气象雷达，旋翼桨毂综合系统。

远航程型：在米-8T和米-8AT基础上增加机内油箱，加挂外挂油箱，使航程增加到1100公里，转场航程达到1600公里。

（2）军用型

米-8PS：米-8的"军用要员型"，与米-8S相似，但性能更好。此型为俄总统专机，有7座，9座，11座3种座舱布局方案。

米-8TP：其军用勤务型，装有改进通信系统（R-823型无线电台、R-111无线电台），前机身和尾梁下面装有叶片式天线，座舱下面也有天线安装。

米-8直升机

米-8TV：米-8武装型，与米-8T类似，机身两侧装有6个挂架，挂4个UV-16-57火箭发射器，可携带64枚57毫米弹径S-5火箭弹，或者挂装炸弹等武器。

米-8ZT：向前线运送燃料的型号。

米-8TK：专用照相侦查型，其前部装有AFA-42/100或AFA-A87P照相机，进行侦查、照相。类似的有米-8R。

米-8K：侦查和火炮校射型，其蛤蜊壳货舱门后部有较大窗口，装有相机，进行火炮发射校正。

米-8AV：其布雷型。布雷时，地雷顺着舱内滑梯向下滑动，滑到蛤蜊壳形舱门下部，将地雷送到地面。

米-8BT：扫雷型，装有拖曳式扫雷耙，可拆装。

米-8VZPU：指挥型，用于战场指挥，装有2个倒置的U形天线。

米-9：中继通信型，装有"黄鹂"中继通信设备，装有较多天线，以便延长通信距离。

米-8SMV：其电子对抗型，装有R-949干扰天线，机身两侧、起落架支柱前后都装有小型干扰设备箱，可携带32个透支型短距干扰设备，用于边境监视。

米-8PPA：为主动通信干扰和通信情报截取直升机，北约称其为Hip-K。其装有SPS-63、66、68无线电干扰设备，座舱两侧装有矩形无线罩和6根十字磁极天线所组成的天线阵列，尾梁下未安装多普勒雷达，且机身下有热交换器，以便散出设备工作时产生的巨大热量。据报道，此种直升机大约有30架在俄军服役，2架在捷克空军，1架在斯洛伐克空军服役。

（3）军民通用型　米-8T：可分为民用运输型和军用运输型，由乌兰乌德直升机厂生产，装有TV2-117A涡轴发动机，客/货舱装有圆形窗户。其民用运输型可安装24个折叠座椅或26个传统座椅（都可拆卸）。救护时，可放12副担架。货运时，可将座椅拆掉，即可内部运输，又可外挂运输。军用运输型是为俄罗斯和独联体国家陆军支援部队研制的型号，可载24名全副武装的士兵；另外，还可布雷（类似米-8AV），可携带200枚反坦克或杀伤敌有生力量的地雷。

（4）实验验证型　米-8TG：可使用液化石油气作燃料的型号，装有2台TV2-117TG涡轴发动机，使用煤油或者液化石油气。液化石油气装在货舱两侧大型燃料箱内，在起飞和着陆时，以煤油作燃料；在飞行中以液化石油气作燃料。其好处是减轻了大气污染，且在维修中，不需专门设备，可将米-8改用液化石油气。改装后重量不变，但载重减小100～150公斤，对性能影响不大。改型于1987年首飞，曾使用液化石油气进行过60小时飞行试验，样机于1995年在莫斯科航展展示。

★ 5.后续改进和生产、服役、出口情况

现在，米-8AMT、MT、MTV出口型改称米-17，装有更大功率的TV3-117涡轴发动机，而俄军仍统称为米-8。在俄军服役的米-8，现在也在进行现代化改进，比如换装TV3-117涡轴发动机，先进的航电系统与其他设备，复合材料做成的桨叶，尾桨换成X形尾翼等。在俄罗斯，米-8系列直升机大部分在俄陆军航空兵和空军服役，少数在民航服役。其中，1/3生产于乌兰乌德直升机厂，2/3生产于喀山飞机制造厂。出口方面，自生产以来，已有逾1000架以上的米-8出口到世界各地，是世界上使用最广泛的军民通用直升机。

我国于20世纪70年代与米-6一起引进了米-8直升机，并缓解了一定的人员投送力量不足的问题，现与米-6一起退役。中苏关系正常化之后，我国开始大量购买米-8的改进型——米-171直升机。在1998年长江抗洪、2008年初南方雨雪冰冻灾害、2008年5月汶川地震、各军区模拟演习中发挥了重要作用。

附：米-8直升机技术参数

旋翼直径	21.29米	尾桨直径	3.91米	机长	25.33米
机身宽	2.50米	机高	5.54米	起落架横向轮距	4.51米
起落架纵向轮距	4.26米	空重	7149公斤	最大有效载重	4000公斤
正常起飞重量	11100公斤	最大平飞速度	250公里/小时	最大巡航速度	210公里/小时
实用升限	4500米	航程	570公里		

第四节
"哈克"——俄罗斯（前苏联）军用米-10直升机

★ 1.简介

米-10/米-10K是米里设计局研制的重型起重直升机，由米-6发展而来，北约绰号为"哈克"（Harke）。米-10有两种型号："哈克"A（米-10或V-10）和"哈克"B（米-10K）。

米-10（"哈克"A）于1958年2月开始研制，1960年首架原型机开始试飞，1961年第二架原型机在土希诺机场举行的航空节上首次公开展出。米-10和米-6在座舱窗口线上部几乎是相同的，但米-10机身的高度明显降低，尾梁下沉，使得变平的下表面一直延伸到尾部。米-10没有米-6那种固定短翼。

米-10与米-6之间可以互换的部件包括：动力装置、传动系统及其减速器、自动倾斜器、旋翼、尾桨、操纵系统和大部分设备等。在3000米高度和海平面标准大气压40摄氏度条件下，发动机功率保持不变。用一台发动机可保持水平飞行。全部导航设备和自动驾驶仪均可全天候工作。

★ 2.结构

米-10采用了高的长行程四点式起落架，主轮距有6米多，满载时机身下表面离地高度达3.75米，因而可以使直升机滑行至所携带的货物上面，便于运送庞大的货物，如建筑物的预制件。机身下面可装轮式载货平台，平台由液压夹具固定，液压夹具可在座舱内或用手提控制台操纵。如不用载货平台，用液压夹具可起吊长20米、宽10米、高3.1米的货物。座舱内可装载附加货物或旅客。

闭路电视系统带有可从机身后部下面向前扫描和通过吊挂舱口向下扫描的摄像机，可用来观察货物和起落架，以便参考接地。

米-10K（"哈克"B）和米-10类似，1966年3月26日在莫斯科首次公开展出。该型在设计方面做了一些改进，降低了起落架的高度，尾梁更细。该型仅适于吊挂货物。

米-10K只有2名驾驶员操纵。前机身下面有一个吊舱，内设整套的飞行控制装置和面向后的座椅。悬停时由吊舱中的1名驾驶员操纵直升机，同时，对装

米-10直升机

第六章　俄罗斯（前苏联）米里设计局设计军用直升机

117

载、卸载和起吊等视界不会受到限制。

米-10K的最大吊挂载荷初始时为11100公斤，但预计采用Д-25БΦ涡轮轴发动机后增加到约14000公斤，Д-25БΦ发动机的单台功率为4848千瓦（6590轴马力）。

据说米-10和米-10K大约共交付55架，1971年曾暂时停产，1977年又恢复短期小批量生产。现在大多数米-10已逐渐被新研制的米-26重型运输直升机取代。

旋翼系统除旋翼轴向前倾斜45度，此外，其他均与米-6的相同。

尾桨与米-6直升机的相同。尾斜梁起垂尾作用。平尾装在靠近尾斜梁处，安装角可调。

机身为传统的全金属铆接半硬壳式结构。

★ 3.设备

着陆装置：不可收放四点式长行程起落架，前、主起落架均为双机轮式。所有起落架均装有油-气减震器。主起落架支柱为套筒式，主机轮装有刹车装置，机轮尺寸1230毫米×260毫米。前起落架为摇臂式可转向起落架，机轮尺寸为950毫米×250毫米。所有起落架支柱都有整流罩，左前起落架整流罩上具有进入空勤人员舱门的跳板。这种起落架虽然很高，但仍能保证平衡着陆和以100公里/小时速度滑跑起飞。

动力装置：两台4101千瓦（5576轴马力）Д25Б型涡轮轴发动机，两台发动机并排安装在旋翼轴前，机身顶棚的上部。机身内部有一个内部燃油箱，机身两侧有两个外挂油箱，总载油量为9000升。必要时，可在座舱内附加两个辅助油箱。

发动机罩侧板打开时（用液压作动筒打开和关闭）可用作维护平台。

座舱：驾驶舱可容纳正、副驾驶员。两侧凸出的窗口用于改善向下的视界。舱内有通风、加温装置和氧气设备。舱门在右侧紧接驾驶舱之后。座舱内沿侧壁设有28副可折叠座椅，可坐旅客或折起装货。货物借助于支架和承载能力为200公斤的电动绞车经主起落架后部右侧的舱门装入座舱。除前述的载货平台外，米-10备有外部吊挂装置作为标准设备。外部吊挂装置可与由座舱内部的手提式

立体打击——军用直升机
JUNYONG ZHISHENGFEIJI

米-10直升机

控制台操纵的绞车一起使用。当直升机用于悬停救护或其他任务时，此绞车可经座舱地板舱口提起500公斤货物。机载设备基本上与米-6直升机的相同。

附：米-10直升机技术参数

旋翼直径	35米	尾桨直径	6.3米	旋翼尾桨中心距	21.24米
机长	41.89米	机高	7.8米	下表面离地距离	3.75米
主轮距	5米	前主轮距	8.74米	空重	24680公斤
最大燃油重量	8670公斤	大吊挂载重	8000公斤	最大平飞速度	200公里/小时
巡航速度	50公里/小时	实用升限	3000米	转场航程	795公里

第五节
"信鸽"——俄罗斯（前苏联）军用米-12直升机

★ 1.简介

前苏联在20世纪60年代制造的迄今为止最大的直升机Mil V-12，两翼分别带有一个螺旋桨，每个直径达到35米，当它们旋转起来，螺旋桨可触碰的死亡地带长达67米，这个宽度超过了波音-747。

它的最大起飞重量达到105吨。它的各项超级参数都被写进了国际航空协会的记录和吉尼斯世界纪录的书中。世界上只生产过2架V-12，因为它的身躯过于庞大，机动性很差，且操作不便，所以没有量产。目前，这两架的其中一架陈列在俄罗斯的Monino航空博物馆，另一架据说停在莫斯科的Mil工厂内。

米-12是米里设计局设计的重型运输直升机。北约绰号为"信鸽"（Homer）。1965年开始设计，当时预计生产数为100架，但后来只生产了4架，未投入批量生产。有2架原型机于1971年试飞。

最初按设计任务书要求采用纵列式旋翼布局，采用当时现有的动部件。后来采用了横列式旋翼布局。纵列式旋翼布局的后面旋翼在前面旋翼的扰动涡流区内工作，所以后面旋翼的工作条件差，旋翼的临界疲劳寿命低。横列式旋翼布局结构对称，两副旋翼在相同的气流条件下工作，有良好的稳定性、可靠性和疲劳寿命。

米-12创造了一些有效载重-高度纪

米-12直升机

录。1969年2月22日的飞行中，载31030公斤有效载重，以180米/分的爬升速度爬升到2951米高度，这一高度打破了最大载重下爬升到2000米高度的纪录，而且也打破了20000公斤、25000公斤和30000公斤有效载重的纪录。1969年8月6日，驾驶员瓦西里·科洛琴科驾驶米-12，在40204.5公斤载重下爬升到2255米高度，当时机上载6名机组人员，该机还创造了有效载重35000公斤和40000公斤的有效载重-高度纪录。

米-12能运载安-22运输机所能运载的火箭和其他重型货物。驾驶舱振动小，执行任务时不需专用地面设备。

1969年一架米-12原型机因发动机损坏而坠毁。米-12除作军用外，也用于民用，如油气田开发支援、吊运地球物理测量设备、车辆及重型货物。

★ 2.设计特点

（1）**旋翼系统**　两副与米-6或米-10相似的5片桨叶的全金属旋翼。两副旋翼并排安装在固定机翼的翼尖上。从仰视图上看，左侧旋翼顺时针方向旋转，右侧旋翼逆时针方向旋转。每片旋翼有后缘调整片。横向安装的两副旋翼通过协调轴保证同步，任何一侧发动机发生故障，能保持两副旋翼旋转。旋翼转速为每分钟112转。旋翼系统工作900小时后，进行中间检修。机翼支柱撑杆式上单翼结构，具有较大的上反角和反尖削比（即从翼根到翼尖弦长增加）。机翼为全金属结构。每侧机翼的后缘有两段（最初为三段）长翼展固定式、地面可调的襟翼。

（2）**着陆装置**　不可收放的前三点式起落架，每个起落架均有两个机轮，前机轮可操纵。主机轮轮胎尺寸为1750毫米×730毫米，前机轮轮胎尺寸为1200毫米×450毫米。

米-12直升机

（3）**动力装置**　4台A-25Bo轮轴发动机，单台功率为4770千瓦（6500轴马力），发动机成对安装在固定机翼翼尖下面的短舱内。每对发动机驱动一副旋翼并有协调轴。A-25Bo是A-25B发动机的改进型，改进了压气机，提高了工作温度，使功率由4040千瓦（5500轴马力）增加到4770千瓦（6500轴马力）。为便于维护动力装置和桨毂，每对发动机的整流罩侧板可向下打开，发动机下部整流罩可用手摇把放低1.8米，成为可容纳3人的维护平台。圆柱形的外部油箱安装在座舱两侧。

（4）**机身**　全金属半硬壳式结构，后部有蛤蜊壳式货舱门及装卸跳板。跳板下有两个减震垫。

（5）**尾部装置**　尾部采用全金属结构，包括中央主垂尾和方向舱，小的背鳍水平尾面，水平尾面，升降舵，端板式辅助垂直尾面。水平面有较大的上反角，辅助垂直尾面前缘向里偏斜。升降舵和方向舵有调整片。

（6）**座舱**　前部有驾驶舱，舱内并排安置正、副驾驶员座椅，正驾驶座位在左，副驾驶座位在右。正驾驶员后面为随机机械师，副驾驶员后面为电气技师。驾驶舱上面是领航舱，领航员和报务员前后排列。驾驶舱和领航员舱前面的风挡玻璃装有雨刷。舱内有橡皮叶片的冷却风扇，为机组人员起冷却作用。座舱内沿侧壁约有50副向上折叠的座椅供押运货物的人员和士兵乘坐。货舱内畅通无阻，装有电动平台式起重机，可沿货舱顶部的轨道移动。起重机有4个起吊点，每点可起吊2500公斤货物，4点同时起吊可吊起10000公斤货物。尾部蛤蜊壳式舱门之间形成主通道，尾舱门可向下向后打开，向下的可形成装载货物的跳板。左侧外挂油箱前面有向后滑动的舱门。两侧应急出口舱门位于座舱后部。驾驶员舱和领航员舱右侧有向下打开的应急出口舱门。

（7）**系统**　电气系统的容量为480千瓦。有标准的破损安全助力操纵系统和自动稳定系统，可用人工操纵着陆。

（8）**机载设备**　机头下部的泡形整流罩内装有地形显示雷达。AI-8V辅助动力装置用于启动发动机。

附：米-12直升机技术参数

机长	37米	机高	12.5米	空重	70000公斤
旋翼直径	35米	航程	500公里	最大起飞重	105000公斤
实用升限	3500米	巡航时速	240公里/小时	最大时速	260公里/小时

第六节
"烟雾"——俄罗斯（前苏联）军用米-14直升机

★ 1.简介

米-14"烟雾"直升机是米里设计局设计的单旋翼带尾桨岸基水陆两用直升机，北约绰号为"烟雾"（Haze）。该机于1969年9月首次试飞，接着就在前苏联海军以反潜直升机投入使用，用来取代米-4直升机。

米-14是在米-8直升机的基础上的改型。米-14发动机短舱比较短。在座舱的滑动舱门中点上方有进气口。该机装

米-14直升机

有两台比米-8的TV2-117发动机功率更大的TV3-117涡轮轴发动机。米-14的尺寸和动部件基本上与米-8相同，但米-14尾桨的位置与米-8不同，安装在垂直安定面的左侧。米-14有如下特征：机身下部为船体形，机身后部两侧有浮筒，尾梁下部有一个小的浮筒，从而使该机具有水陆两用的能力。起落装置由两个单轮前起落架和两个双轮主起落架组成，可完全收放。在尾梁前部下面有一个多普勒雷达盒。

米-14现还在继续生产，各型累计制造了至少230架。大部分由前苏联使用，此外还出口保加利亚10架，古巴14架，利比亚12架，波兰17架，罗马尼亚6架，德国8架和叙利亚12架，出口朝鲜和南斯拉夫的数字不详。飞机单价为700万美元。

★ 2. 改型

米-14直升机

米-14"烟雾"直升机有以下几种型号。

（1）米-14PL"烟雾"A　基本反潜型。该型由4名机组人员组成空勤组。反潜设备包括装在机头下方的一个较大的雷达天线罩，机身底部右后方一个可收放的声纳装置，机身前部两个OKA-2声纳浮标或单个照明弹降落伞，机身座舱正后方的APM-60拖曳式磁探仪。武器设备有：封闭在船体舱底部的鱼雷、炸弹和深水炸弹。

（2）米-14BT"烟雾"B　扫雷型。该型的座舱左侧有机身列板（即沿机身外部的两条纵向条板），取消了磁探仪。该机的尾梁中心的下面装有第二个设备盒。机身两侧各装一个多普勒雷达罩。除前苏联海军外，德国和波兰均使用该机。

（3）米-14PS"烟雾"C　搜索和救援型。这是在"烟雾"A基础上的改型。座舱左侧有机身列板和安装磁探仪的舱。左侧座舱的前面有一大宽度的滑动舱门，装一台救生绞车。机头两侧装有搜索灯。该型在俄罗斯和波兰使用。

★ 3. 配置

（1）旋翼系统　5片桨叶的旋翼。

（2）尾部装置　3片桨叶的尾桨，尾桨位于垂直安定面的左侧。

（3）机身　机身下部为船形，机身前部有两个声纳浮标或单个照明弹降落伞舱，后部两侧有浮筒，机身底部右后方有一个可收放的声纳装置。尾梁前部下面有一个多普勒雷达盒，尾梁下部有一个浮筒。

（4）着陆装置　可收放式起落架由两个单轮前起落架和两个双轮主起落架组成。

（5）动力装置　两台克里莫夫设计局TV3-117MT涡轮轴发动机，功率为 2×1454 千瓦（ 2×1977 轴马力）。

（6）机载设备 机头下方装有12-M型雷达。该机还装有R-842-M高频无线电收发机、R-860甚高频无线电收发机、SBU-7机内通话装置、RW3无线电高度表、ARK-9和ARK-U2自动测向仪、DISS-15多普勒雷达、AP34-B自动驾驶仪、自动悬停系统和SAU-14自动控制系统。

附：米-14直升机技术参数

旋翼直径	21.29米	机长	25.30米	机高	6.93米
最大起飞重量	14000公斤	最大平飞速度	230公里/小时	最大巡航速度	215公里/小时
正常巡航速度	205公里/小时	实用升限	3500米	航程	1135公里
续航时间	5小时56分				

第七节
"河马"——俄罗斯（前苏联）军用米-17直升机

★ 1.简介

米-17直升机是米里设计局研制的单旋翼带尾桨中型运输直升机，分别由喀山和乌兰乌德两家航空工厂生产。北约绰号为"河马"-H（Hip-H）。米-17于1981年在巴黎航空展览会上首次展出，1983年开始出口。该机采用米-8的机体和加大了功率的米-14的动力装置。在法国布尔歇展出的样机（SSSR-17718）是与米-26一起由莫斯科飞往巴黎的。

米-17直升机

★ 2.功能特点

米-17是在米-8的基础上发展的改进型，与米-8几乎相同，但米-17的尾翼在垂直安定面的左边，与米-14相同。从外表上看，米-17的发动机短舱较短，只是座舱前左侧舱门中点上方的进气口靠前了，重新设计了每侧喷管前的小喷嘴。米-17装两台TV3-117MT涡轮轴发动机单台起飞功率为1454千瓦（1977轴马力）。与米-8相比，性能有了很大的提高。两台发动机的输出是同步的，可自动保持旋翼的转速。若一台发动机功率有损失，则另一台发动机输出增加，自动补偿。若一台发动机停止工作时，另一台发动机功率输出增加到应急功率1640千瓦（2230轴马力），从而保持直升机继续飞行。辅助动力装置借压缩空气启动涡轮轴发动机。如果需要，发动机进气口可安装导流板，以避免在未预计的降落场地降落时吸入砂石、灰尘等外来物。座舱布局和有效载荷与米-8相比没有什么变化。米-17主要有客货运输型。可运输车辆、工程设施和各种货物，能载24名旅客或装12副担架。

★ 3.型号

米-17直升机

（1）米-17P"河马"K 通信干扰机，1990年在匈牙利军队中见到2架。机上的天线阵比米-8"河马"K的有很大提高。大型32元阵装在每侧主起落架之后垂直分开的壁板上。4元阵装在尾梁两侧。机舱两侧喷口之下有大型雷达罩。

（2）米-17-1VA"河马"H 在1989年法国巴黎航展首次展出。该型在俄罗斯作为航空医院使用。内部有3副担架，一个手术台，各种手术和医疗设备，配备1名外科医生和3名护理人员的位置。该型装两台功率更大的TV3-117VM涡轴发动机，单台功率为1678千瓦（2280轴马力），爬升率和悬停升限有所提高，但重量和性能没有什么变化。

★ 4.服役情况及配置

前苏联武装部队使用大量的米-8和米-17直升机。在阿富汗作战中也曾大量使用过。米-17于1983年向古巴交付了16架，随后，安哥拉、朝鲜、尼加拉瓜、波兰、印度和秘鲁等国也购买了该机。米-17目前仍在生产。民用出口型单价为550万美元。

旋翼系统：5片全金属矩形桨叶的旋翼和3片桨叶的尾桨。

机身：军用型驾驶舱两侧装有装甲平板。尾梁下面安装ASO-2人工雷达干扰箔条弹投放器，尾梁前端装"霍特·布里克"红外干扰器。

动力装置：两台克里莫夫设计局TV3-117MT涡轴发动机，起飞功率2×1454

千瓦（2×1977轴马力）。

　　武器系统：装23毫米的GSH-23机炮。

★ 5.引进中国

　　该机原型是前苏联于20世纪60年代研制的米-8直升机，经过多次改型设计，采用大功率发动机，于1981年推出正式定名为米-17，外形与米-8直升机十分相似（仅仅是尾桨位不同，米-8尾桨在左、米-17尾桨在右），至今西方将两机绰号都称为"河马"。该机经过多年发展技术比较成熟，在国际直升机市场上，因其性价比较高而具有很强的竞争力，吸引了大批第三世界国家的买主，大量向亚洲、南美、中东、东欧以及非洲等地区出口，总产量（含米-8直升机在内）达万架，俄罗斯本国军队装备约有3000架，其余大部分用于外销。1991年经过考察、谈判，我国签订了首批引进24架喀山直升机工厂生产的米-17直升机合同。经过试用，表明该机适合在我国平原地区使用、运输效率高。米-17的飞行性能比不上"黑鹰"，后经改进基本满足西藏高原地区使用，主要部件工作寿命较短，但该机技术成熟、性价比很高，经济实用性好，机舱空间大、运载能力强。引进后很快形成战斗力、多次参加各种军事演习和紧急出动执行任务。

★ 6.米-17"本地化"

　　为提高陆航装备综合作战能力，陆航对"米-17"直升机进行了挖潜增效改装，主要内容是：在直升机两侧装设武器挂架，左、右挂架上可各挂三组火箭发射器，挂点上也可挂载其他武器或武器吊舱，同时在机身右侧增开一个舱门，侧舱门加宽，便于空中使用各种武器对地射击，也便于机上突击队员快速离机出击；机身后部加强了货桥及后舱门，便于车辆进出和大型作战装备上下。

米-17直升机

　　通过加装武器，加强机降突袭对地火力压制能力和防卫能力，使该机由单一运输保障型改装为运输攻击相结合的战术运输型直升机，拓展了使用范围，使米-17直升机成为名副其实的战术运输直升机。在"和平使命-2005"中、俄联合军事演习中，出动的米-17机降突袭编队，进行低空突防，机降前直升机对地实施火力压制，发射出的猛烈火箭弹如一片火海，扑向敌方前沿，表现出强烈的震撼作用，取得了良好的军事演练效果。

　　米-17为单旋翼带常规尾桨的空气动力布局，旋翼的5片桨叶和尾桨的3片桨叶均为金属材料制成，机体为金属半硬壳结构，机身上部装有两台TB3—117MT涡轮轴发动机，单台起飞功率为1545千瓦，机头前上沿为两发动机防砂装置的进气孔，着陆装置为前三点式轮式起落架。

驾驶舱内有正、副驾驶员及一名随机机务人员座椅，机舱内沿侧壁布置有24副可折叠座椅。机舱左前方有一可抛放的滑动舱门，舱内有较大空间可架设担架，机身两侧下部装有外挂燃油箱，机舱尾部有一副能左、右打开的应急舱门，应急舱门打开后，可推出两条踏板，可供车辆或大型物资进出。

附：米-17直升机技术参数

旋翼直径	21.29米	尾桨直径	3.90米	旋翼尾桨中心距	12.661米
机长	25.352米	机宽	2.50米	机高	4.757米
主轮距	4.510米	前主轮距	4.281米	客舱容积	23米³
空重	7100公斤	正常起飞重量	11100公斤	最大起飞重量	13000公斤
最大平飞速度	250公里/小时	最大巡航速度	240公里/小时	实用升限	5000米
悬停高度	1760米	航程	495公里		

第八节
"母鹿"——俄罗斯（前苏联）军用米-24直升机

★ 1.简介

米-24直升机

米-24于20世纪60年代后期开始研制，1972年西方首次报道这种直升机的情况。1972年底试飞并投入批量生产。1973年装备部队，绰号是"母鹿"。

据统计，位于前苏联阿尔谢涅夫和罗斯托夫的两家直升机工厂已生产了2300多架各种型号的米-24直升机。保加利亚、捷克和斯洛伐克、匈牙利和波兰也都拥有前苏联提供的米-24直升机。米-24单价550万美元。

米-24还出口到阿富汗、阿尔及利亚、安哥拉、古巴、印度、伊拉克、利比亚、尼加拉瓜、越南、也门等国家。尽管米里设计局又推出了更新的米-28直升机，但由于米-24至今仍是俄陆军航空兵、东欧各国和世界许多国家空军的主力，米里设计局便继续以米-28的技术改良米-24，以达到现代化的标准。甚至一向使用西方武器的以色列，也为了争夺市场而推出米-24的改进型，从中不难看出米-24在武装直升机中的重要地位。

★ 2.设计特点

（1）单旋翼带尾桨布局 旋翼有5片玻璃钢桨叶，每片桨叶均装有调整片和电加热防冰装置。米-24机身采用全金属半硬壳式结构，驾驶舱上半部随任务不同而有所不同。驾驶舱后的机舱可容纳8名全副武装士兵，有一个大型可向后滑动的舱门。驾驶舱前部为平直防弹风挡玻璃，重要部位装有防护装甲。双发动机和双重的系统设计使米-24中弹后仍能安然返回基地，即使主齿轮箱油压降至零，直升机仍可再飞行15～20分钟，这足以使飞机脱离战场。

（2）旋翼系统 所有的动部件都是在米-8直升机动部件的基础上发展而来的。旋翼有5片桨叶，等弦长翼弦，翼型为NACA230。尾桨有3片桨叶。在最新的改进型上，尾桨均改装在尾斜梁的左侧。旋翼大梁为钛合金大梁，外面敷以玻璃钢蒙皮，中间填以蜂窝结构夹芯。旋翼桨毂为锻造后机械加工的钢制桨毂。旋翼为传统的全铰接式旋翼。桨叶大梁充有增压氮气，用以检查裂纹。每片桨叶都装有液压摆振阻尼器，平衡调整片和前缘防冰装置。标准的刹车装置。尾桨桨叶为铝合金桨叶。

（3）机身 机身采用普通的全金属半硬壳式短舱尾梁结构，地板以上的机身前部随任务不同而有所差异。

（4）短翼 全金属悬臂式短翼，平面为梯形，具有大约16度下反角和20度安装角。翼面为固定翼面。在巡航飞行时，短翼大约可卸载25%。

（5）尾部装置 垂尾偏置3度，兼作尾斜梁。水平安定面可调。

米-24直升机

（6）着陆装置 可收放前三点起落架。前起落架为双轮，主起落架为单轮，低压油-气减震支柱和低压轮胎。主起落架向后收在机身短舱后部。尾梁下面有管状的三角尾橇，其作用是在起飞和降落时保护尾桨。

（7）动力装置 两台单台最大功率为1640千瓦（2230轴马力）TV3-117涡轮轴发动机，并排安装在座舱上面。发动机功率借助输出轴、经并车减速器传递到旋翼轴上。发动机装有8毫米厚的淬火防护钢板。主油箱位于机舱后面的机身内，软油箱位于机舱底部。机舱中的1000公斤辅助油箱可使直升机的内部燃油量增加到1500公斤。也可带4个外挂油箱代替辅助油箱，每个外挂油箱容量为500升。4个外挂油箱装在旋翼下的两个内部支架上。为了防止吸入外来物和空气中的灰尘，可选用转向器和分离器。辅助动力装置横向装在旋翼桨毂整流罩尾部。

（8）座舱 驾驶舱为纵列式布局。驾驶员坐在后舱，射手坐在前舱。驾驶员和射手的座椅均为装甲座椅。座舱盖是分开的，铰接式，向右打开。后座椅比前座椅高，以改善驾驶员的视野。前后舱之间隔有防碎片屏蔽。主舱设有8个

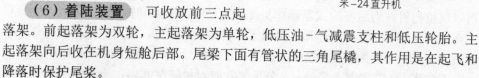

可折叠座椅，或4个长椅。主舱前面两侧各有一个舱门，水平分开成两部分，都是铰接的，可分别向上和向下打开。驾驶舱前部为平直防弹风挡玻璃。舱内备有加温和通风装置。

（9）系统　　包括3台发电机的双套电气系统和增稳系统。旋翼桨叶和尾桨桨叶均装有电加热防冰系统。

（10）机载设备　　包括甚高频和特高频无线电台、自动驾驶仪、雷达高度表、盲目飞行仪表设备，以及有地图显示器的无线电罗盘。

米-24机头下方装有一挺俯仰角和方位角变化范围增加了的12.7毫米四管"卡特林"机枪。短翼翼尖武器挂架可挂4枚AT-2"蝇拍"反坦克导弹。短翼翼下武器挂架可携带UV-32-57火箭发射器，每个火箭发射器可装32枚57毫米火箭弹，1500公斤化学或常规炸弹，以及其他武器。

★ 3.战术运用

米-24直升机

米-24的主要任务是为己方坦克部队开壁前进通道，清除防空火力和各种障碍，压制空降区敌人的先头部队。经过长期训练和使用，米-24直升机的使用战术发生很大变化。米-24直升机不仅可以当作有效的反坦克武器，而且还可以作为高速贴地飞行的坦克和用作空战中消灭对方直升机的有效手段。其次，米-24还可以担负为米-8和米-17机群护航的任务。

在战斗任务中，如果携带有火箭弹吊舱和炸弹，米-24飞行员会先发射火箭再以机枪扫射，为后座的武器操作员提供充裕时间瞄准和投弹。米-24在全负载下可以携带10枚100公斤炸弹，虽然无法精确轰炸目标，但对区域性目标却非常有效。米-24也可携带大型炸弹，包括4枚250公斤炸弹或2枚500公斤炸弹。

有些米-24以重型火箭弹从2公里外发射对付防空武器，不过这类重型火箭弹并未广泛使用，因为只有经验丰富的飞行员才会用它。这是因为火箭弹飞出去时产生的尾焰浓烟会包住机身，导致发动机吸入废气而停车。米-24还常用于空中巡逻，机上通常携带2具火箭吊舱、2枚反坦克导弹和500～700发机枪弹，2架直升机彼此距离500～800米，飞行于1500～1700米高度。

★ 4.作战历史

米-24饱经战火的洗礼，在当今世界的武装直升机中，米-24拥有最丰富的作战经验。在不到20年的时间里，曾参与3大洲超过30场战争和武装冲突。

米-24参加了阿富汗战争。阿富汗政府军在1979年4月接收首批米-24A，用来对付阿富汗游击队。同年5月1架米-24被击落，首开"母鹿"被击落的纪录。

受制于阿富汗多山高温的环境，米-24不但无法表现其高速的优点，反而在起飞降落时十分危险。高速的转弯，也易使米-24失速坠落。光是驻扎在库因都兹的部队，头一年就因此损失了6架。在这场战争中，直升机乘员的伤亡率高居所有飞行员之冠。造成"母鹿"最大损失的最初是高射机枪和小口径高炮，分占全部损失的42%和25%。

长达8年的两伊战争是"母鹿"生涯中的另一场大战。伊拉克空军以米-24A攻击伊朗的美制AH-1J武装直升机。在两伊战争中，曾经发生118场战机与直升机间的空战，56场直升机之间的空战。其中10场是伊拉克的米-24与伊朗的AH-1J之间的空战。两型直升机交手的结果是米-24以10：6的战绩胜出，伊拉克并宣称曾经击落伊朗的美制F-4"鬼怪"式战斗机。

此外，米-24还随利比亚军队进攻乍得，协助叙利亚在黎巴嫩对付以色列坦克，参与非洲安哥拉内战，协助印度对付斯里兰卡的分离主义者，并成为尼加拉瓜政府军对抗游击队的工具。甚至在20世纪90年代中期联合国维和行动中，也能看到"母鹿"的身影。

★ 5.发展型号

米-24共有7种型号，各种型号的机体构架，动力装置和传动系统都是一样的，只有武器、作战设备和尾桨位置有所不同，其详细情况按北约的绰号分叙如下。

（1）米-24"母鹿"A　驾驶舱可乘3名机组人员，其中包括驾驶员、副驾驶员兼射手和随机工程师。主舱可乘8名全副武装士兵。机身两侧装有短翼，短翼后掠角为20度，下反角为16度。每侧短翼各有4个武器挂架。短翼翼尖挂架有可挂4枚AT-2"绳拍"反坦克导弹的导轨。机头装有一挺12.7毫米"卡特林"机枪和瞄准系统。左侧内武器挂架的上部装有摄像机。原型机尾桨位于尾斜梁右侧，后来的改进型移至尾斜梁的左侧。

（2）米-24"母鹿"B　除短翼无上、下反角外，其他均与"母鹿"A相同。每侧短翼内侧有2个武器挂架。"母鹿"B优于"母鹿"A，但没有大量生产。

（3）米-24"母鹿"C　教练型，基本上与"母鹿"A的改进型相似，但机头没有装机枪，机头下方没有天线整流罩，短翼上没有导弹导轨。

（4）米-24"母鹿"D　基本上与后期的"母鹿"A相似，装TV3-117涡轮轴发动机，驾驶舱装甲增厚。尾桨改在尾斜梁左侧。为突出空中攻击和反坦克能力，前机身是重新设计的。驾驶舱座椅改为纵列式布局。飞行机械师兼射手坐在前舱，驾驶员坐在后舱。前舱有较宽视野（水平视野为270度，前下方视野为45度）。后舱视野较差（水平视野为20度，前下方视野为15度）。机头防弹玻璃右上方装有

米-24直升机

探测器，可以指示火箭弹最大散布面的最佳条件。机头下方改装一挺12.7毫米"卡特林"机枪炮塔，旁边是光-电瞄准具舱。机枪的方位角和俯仰角的变化范围都比以前的增大了。这种机型具有空-空和空-地攻击能力。机头下方装有一组探测器，包括一个雷达和激光电视。米-24"母鹿"D型的前起落架支柱加长，从而增加了机头下方探测器距地面的间距。起落架收起后，前起落架半裸露在外部。教练型不装炮塔。

（5）米-24E型　机头改装一门火力更强的双管23毫米机炮，短翼上改装性能更好的"螺旋"（AT-6）型激光制导反坦克导弹。

米-24直升机

（6）米-24R"母鹿"G1　1986年切尔诺贝利核电站发生事故后首次在切尔诺贝利出现，该型去掉了翼尖武器挂架，在翼下加长的武器挂架上采用"抓手"式机构，以适应核战争、生物战争、化学战争。该型单独部署在俄罗斯地面部队中。

（7）米-24K"母鹿"G2　同米-24R。但机舱中有大型照相机，右侧有镜头。用于侦察和高炮射击观测。

（8）米-35　米-24W出口型。

（9）米-35P　米-24P出口型。

附：米-24直升机技术参数

机长	18.80米	最大续航时间	4小时	旋翼直径	17.10米
尾桨直径	3.90米	机高	6.50米	水平安定面翼展	3.27米
主轮距	3.03米	短翼翼展	6.65米	空重	8200公斤
正常起飞重量	11200公斤	前主轮距	4.39米	最大平飞速度	330公里/小时
巡航速度	270公里/小时	最大起飞重量	11500公斤	实用升限	4500米
悬停高度	1500米	最大爬升率	12.5米/秒	航程	1000公里

第九节
"光环"——俄罗斯（前苏联）军用米-26直升机

★ 1.简介

　　米-26是米里设计局研制的双发多用途重型运输直升机，北约绰号为"光环"（Halo）。这种直升机是继米-6和米-10以后发展的重型运输直升机，也是当今世界上最重的直升机。

★ 2. 发展历史

由于前苏联在20世纪70年代初期研发米-12直升机的效果不理想,于是重新开始研制重型直升机,任务代号为"90计划",这就是后来的米-26直升机。这款新机型的设计方案要求飞机自身重量必须小于其起飞重量的一半,并由米里设计局创始人米哈伊尔·米尔的学生马纳特·迪歇切科主持设计。

米-26以军用和民用兼顾的重型直升机为设计思路,其目的是取代早期的米-6和米-12重型直升机。新设计的米-26机舱载荷是米-6的两倍,它将是世界最大和最快的重型直升机,并在生产方面实现量化。前苏联建造米-26的目的是为运送重达13吨(29000磅)的两栖装甲运兵车以及协同军用运输机(如安-22和伊尔-76)将弹道导弹运往偏远地区。

米-26直升机

1977年9月14日,米-26直升机进行了首飞。1980年10月4日,编号为"01-01"的首架飞机交付使用。在飞机制造期间,有一架即将交货的飞机在测试单引擎着陆时坠毁,但未造成人员伤亡。

1983年,米-26的研发工作结束。1985年,飞机开始进入前苏联的军队服役和商业运营。

米-26是第一架旋翼叶片达8片的重型直升机,有两台发动机并实施载荷共享,在其中一台失效的状态下,另一台发动机仍可以维持飞机的正常飞行。它的质量只比米-6略重一点,却能吊运20吨(44000磅)的货物,比米-6大7吨,是继米-12之后,世界第二大与第二重的直升机,但却是现今仍在服役的世界第一大和第一重直升机。2010年7月,俄罗斯宣布将与中国共同研发米-26的后续机型。

★ 3. 技术特点

米-26机身为全金属铆接,后舱门备有折叠式装卸跳板。机身下部为不可收放前三点轮式起落架,每个起落架有两个轮胎,前轮可操纵转向,主起落架的高度还可做液压调节。米-26货舱空间巨大,可装运两辆步兵装甲车和20吨的标准集装箱,如用于人员运输可容纳80名全副武装的士兵或60张担架床及4～5名医护人员。货舱顶部装有导轨并配有两个电动绞车,起吊质量为5吨。米-26飞行设备齐全,能满足全天候飞行需要,如:气象雷达、多普勒系统、地图显示器、水平位置指示器、自动悬停系统、通信导航系统等。它的机载闭路电视摄像仪可对货物装卸和飞行中的货物姿态进行监控。

米-26直升机具有极其明显的军事用途，这种直升机最大内载和外挂载荷为20吨，相当于美国洛克希德·马丁公司C-130"大力士"的载荷能力。米-26直升机主要用于没有道路和其他地面交通工具不能到达的边远地区，为石油钻井、油田开发和水电站建筑工地运送大型设备和人员。米-26往往需要远离基地到完全没有地勤和导航保障条件的地区独立作业，因此，要求直升机必须具备全天候飞行能力。

旋翼系统为传统的铰接式旋翼，桨毂是钛合金制成的，有挥舞铰和摆振铰，带有阻尼器，没有弹性轴承或轴向铰。这种旋翼由8片等弦长桨叶组成，是世界采用桨叶片数最多的单旋翼。每片桨叶由一根管状钢质桨叶大梁和26个玻璃钢翼型段件组成。段件

米-26直升机

内部用翼肋和加强构件加固，中间填以蜂窝填料，前缘有不可拆卸的钛合金防蚀条。桨叶具有中等程度的扭转角，桨叶厚度沿展向向桨尖方向变薄，后缘装有调整片，可在地面上按飞行状态的需要进行调整。尾桨由5片玻璃钢制桨叶组成，位于尾梁右侧，钛合金尾桨毂。为适应高寒地区使用，旋翼和尾桨桨叶均装有电加热防冰装置。旋翼转数为132转/分。传动系统包括V-26风扇冷却的主传动系统。主减速器传动功率为14710千瓦。单发工作时传动功率8500千瓦。尾传动轴位于座舱顶。

机身为传统的全金属铆接的半硬壳式吊舱尾梁结构。蛤蜊壳式后舱门，备有折叠式装卸跳板。尾梁下表面平直。为了防火发动机舱用钛合金制成。垂直尾面向左偏置。尾桨安装在垂直尾面右侧。水平尾面位于垂直尾面与尾梁的交接处。飞行中平尾固定不变，但可在地面上调整，以适应最佳巡航状态。

着陆装置为不可收放前三点轮式起落架，每个起落架有两个轮胎，主起落架轮胎尺寸为1120毫米×450毫米。前轮可操纵，轮胎尺寸为900毫米×300毫米。尾梁末端有可收放的尾橇。尾橇收起时，可自由接近后货舱门。为了通过后货舱门和在不同场地上着陆，主起落架可以进行液压调节。离地时，起落架上的传感器可以通过飞行工程师座位后方的仪表板显示出直升机的起飞重量。

动力装置为两台7460千瓦D-136涡轮轴发动机并排装在旋翼轴前驾驶舱上方。为适应严寒地区和未经修整的场地上作业，发动机进气道采用了双套防冰装

米-26直升机

置——电加热和热空气防冰系统。进气道前装有粒子分离器，可防止外来物侵袭发动机。发动机两个进气道的上方有第三个进气道，供滑油散热器冷却用。发动机装有功率输出同步和保持旋翼转速的恒定系统。如果一台发动机输出功率衰减，另一台发动机可自动输出最大功率。

驾驶舱内可容纳4人空勤组，驾驶员位于左座，副驾驶员和驾驶员并排坐在一起，在两位驾驶员中间有一折叠座，后面左侧是飞行工程师座，右侧是领航员座。驾驶舱后设有4个座位的旅客舱。

货舱可装运两辆步兵装甲车和20000公斤国际标准的集装箱。沿货舱两壁设有大约20个折叠座椅。军用型可容纳80名全副武装士兵。用于战场救护可容纳60名躺在担架上的伤员及4～5名医护人员。风挡有加温设备。驾驶舱有4个大型气泡状舷窗。前方的一对舷窗可以向外和向后打开。货舱前面右侧，主起落架后的货舱两侧各有一个可以向下打开的舱门，兼作登机梯。货舱可通过下面向下打开的舱门（另可当作装卸跳板）和两个向上打开的蛤蜊壳舱门（关闭时可形成货舱的后壁）装卸货物。各个舱门均可借助液压系统打开和关闭，紧急情况下也可借助于手摇泵。货舱顶上导轨装有两个电动绞车，每副绞车可沿货舱吊运2500公斤货物。有能装载500公斤货物的绞车，地板上有滚轮传送机和货物系紧点。

飞机的发动机为涡轮轴构造，安装在驾驶舱上方，由乌克兰扎波罗日"进步"机器制造设计局研发制造。发动机采用电加热和热空气兼备的双防冰装置，以适应严寒地区飞行。为防止单一发动机发生故障，飞机装备了保持旋翼转速的恒定系统，当一台发动机出现故障时，另一台则会输出更大的功率，以保持飞机仍可正常飞行。出于防火需要，飞机的发动机舱采用钛合金制造。机内共装有10个油箱，最大载油量为1.2万升，还可外挂4个副油箱。在机身内部的10个油箱中有两个在发动机上部，另8个在机舱底板下，均采用油泵为每台发动机独立供油。当供油发生故障时，飞机还可以靠重力自行给发动机供油。

机上装有两套压力为$207×10^5$帕的液压系统。电气系统包括：28伏的直流电，备有辅助动力装置。主尾桨叶前缘有电加热防冰装置。有驾驶舱增压装置。装有标准昼夜全天候飞行所需的一切设备，包括7A813气象雷达、地图显示器、水平位置指示器和自动悬停系统，并可选装GPS。综合飞行导航系统及自动飞行控制系统。闭路电视摄像仪可用来监视货物装卸和飞行中的货物状态。军用型还装有红外抑制器，红外干扰发射机，红外诱饵投放器等。

★ 4. 主要型号

目前，米-26有如下几种主要型号。

米-26军用运输型：该型与米-26基本型相似。

米-26A：带有PNK-90综合飞控和导航系统，可自动飞近并降落在指定点。

米-26T：基本的民用运输型，其中又包括消防型，内部燃油箱可用来装15000升灭火剂，或吊挂17260升水；地质勘探型，可携带10000公斤的测量设备，在55～100米高度以180～200公里/小时速度飞行时可飞行3小时以上；

米-26直升机

双人驾驶舱的米-26模型于1997年在莫斯科航展上展出。

米-26TS：类似于米-26T，1996年以来用于取得西方国家的适航证和开拓国外市场，在西方国家编号为米-26TC。

米-26MS：米-26T的医疗救护型，用于重伤员抢救可安排4名伤员和2名医生；用于手术抢救可安排1名伤员和3名医生；用于手术前抢救可安排2名伤员和2名医生；用于一般救护可安排5副担架，3个伤员座位和2个医护人员座位。

米-26P：民用运输型。可运载63名旅客，4人一排，驾驶舱后有厕所、厨房、衣帽间。

米-26TM：吊车型，在机身下主轮后装有指挥员吊舱。

米-26TZ：加油机，可装14040升燃油和1040升润滑油。

米-26M：正在研制的改进型，主桨叶全部为玻璃钢，并且采用新的气动力结构。采用新的D-127涡轮轴发动机，单台功率为10700千瓦。改进了飞行导航系统，并带有电子飞行仪表系统。实用升限、悬停高度有所增加，吊挂载荷达到22000公斤。据报道，已制造了2架原型机，编号为米-27。

★ 5.分布

俄罗斯陆军装备了35架，另外米-26还出口到20多个国家，其中包括印度（10架），乌克兰（20架），秘鲁（3架），哈萨克斯坦等国。

1982年2月，米-26创造了5项直升机有效载荷、高度世界纪录。单价1000万～1200万美元（米-26TS，1996年币值）。

2006年6月，俄罗斯联邦工业署副署长，参加"Eurosatori-2006"展览的俄罗斯代表团代表A.雷巴斯在展会上宣布，法国有意与俄罗斯联合生产重型运输直升机，并对重型运输直升机进行联合改进。目前，俄方已经与法国国防部和Eurokopter公司就联合改进和联合生产米-26直升机问题进行了一系列磋商，计划签署米-26直升机在法国进行展示飞行的合同。雷巴斯指出，俄罗斯方面认为，联合研制是与欧洲在陆军武器领域开展军事技术合作的最重要方向。作为军事技术合作的另一方向，是与欧洲联合研制用于支援陆军的无人驾驶飞行器。俄罗斯的"土星"科学生产联合体等公司将参与这一计划的联合工作，并且已经签署了为飞机和无人机研制新一代发动机的议定书。

★ 6.驾驶

米-26直升机体积庞大，驾驶复杂。较早时期生产的机型，完成飞行任务需要5人协同配合，因此，它的驾驶舱也是世界最大的直升机驾驶舱。由于"米-

立体打击——军用直升飞机

JUNYONG ZHISHENGFEIJI

26"驾驶舱的标示为俄文，对不懂俄文的机组人员来说颇为复杂，要有专门的适应性训练。2006年初，俄罗斯罗斯托夫直升机制造公司为委内瑞拉制造的米-26T2型对驾驶系统和机载设备做了较大改进，完善了飞机的自动化功能，两名飞行员即可以完成飞行任务。由于米-26是世界最大的直升机，驾驶者驾机上天会颇感刺激。

★ 7. 坠毁事故

2002年8月19日下午4时50分，俄罗斯驻车臣共和国首府格罗兹尼郊外的坎卡拉军事基地内，两名在直升机场边武装值勤的卫兵听到了一阵由远及近的直升机轰鸣声，有"巨无霸"之称的米-26直升机庞大的机身隐约可见。这是从印古什共和国军事基地起飞执行运兵任务的重型直升机。此时天气晴朗，能见度高，无风，不存在任何降落障碍。米-26开始降低高度，调整飞行姿态，做好了降落准备。就在这时，只见那架直升机突然剧烈晃动起来，最后失去了控制向基地外的地面坠去！

更不幸的是，失去控制的直升机正好跌入了坎卡拉军事基地外围的雷区！由于坎卡拉军事基地是车臣俄军的指挥中枢，驻车臣俄联邦武装部队司令部、驻车臣俄内务部队司令部、俄联邦特警部队车臣司令部均设在此，所以这里的防卫格外森严，除了全副武装的卫兵、嗅觉灵敏的军犬和先进的电子侦测装置外，基地四周密密麻麻的灌木林和蒿草

米-26直升机

从已经被工兵们变成一个巨大的雷区。这个雷区宽2000米，方圆8公里，埋设了各种反单兵地雷、饵雷、绊雷近万枚，不夸张地说，连一只老鼠都休想闯过这片雷区，所以就算车臣武装分子胆量再大，也始终未能闯入坎卡拉军事基地半步，雷区构成了驻车臣俄军官兵的安全天堂。

然而，天堂转眼间成了地狱，基地的救援人员眼睁睁地看着数百米外的满地的残骸和呼救连天的战友束手无策，因为不知道都哪些地方埋地雷了，再加上失事现场浓烟滚滚，所以官兵们根本不敢贸然强闯雷场。基地的工兵和弹药专家被火速传到现场，以最快的速度清理出一条通道，救援人员这才得以将幸免于难的战友从熊熊燃烧的直升机残骸中拉出，并立即送往基地医院抢救，基地医院的部分军医也被紧急抽调到现场，对一些重伤员进行现场急救。

由于现场一片混乱，所以究竟有多少官兵遭此不幸说法不一。俄罗斯副总检察长谢尔盖·弗雷汀斯基在接受俄国际文传电讯社记者采访时透露了他所掌握的情况，"从事故现场接到的报告称，有数十名官兵死亡或者受伤，但由于失事的现场在数小时之后仍浓烟滚滚，因此我们还搞不清楚到底有多少官兵伤亡"。驻车臣俄军副司令鲍里斯·波多普戈拉上校在接受俄国家电视台记者采访时透露，坠落

的直升机上有132名官兵，但他没有透露伤亡的情况，只是表示："目前基地医院所有的人员都已经赶到事发现场……救援工作是在极其困难的情况下进行的。"

据俄罗斯ORT国家电视台报道说，这是俄军历史上最惨重的军事空难。

★ 8. 重大事件

（1）俄罗斯

米-26直升机

① 切尔诺贝利核事故处置。为处置核泄漏事故，米里直升机厂紧急设计了一款防核辐射的米-26S型直升机，该机型强化了抵御核辐射的机身密封装置，在切尔诺贝利核泄漏现场大派用场。

② 西伯利亚巨型猛犸象冰尸运输。1999年10月，米-26直升机承担封冻了2.3万年的猛犸象巨型冰块的运输任务，整个冰块有25吨重，为顺利实施运输，米-26不得不回厂拆除飞机上不必要的负重零件，以便安全、可靠地运送这个巨大冰块至目的地。

③ 车臣事件。2002年8月19日下午4时50分，一架俄罗斯军方的米-26直升机在车臣首府格罗兹尼郊外坠毁，由于坠毁地点广布地雷，影响救援效率，造成很大数量的人员伤亡，据俄罗斯副总检察长谢尔盖·弗雷汀斯基在事发后透露，当时的官兵伤亡数字已达数十名。数天后有消息证实，当时飞机上载有147名乘员，114人罹难，其中有3名女军医和一名儿童；英国BBC新闻网在2004年4月29日的新闻稿中报道此次坠机造成127人丧身。国际文传电讯的消息进一步证实飞机是遭地面导弹攻击坠毁的。事后，俄罗斯总统普京宣布2002年8月22日为米-26死难者的全国哀悼日。

（2）中国

2008年5月汶川地震发生后，中国民航总局下令哈尔滨飞龙专业航空公司的米-26直升机飞赴汶川地震灾区参与救灾，同时从俄罗斯临时租用一架。由于地震对地面道路破坏非常严重，参与救援的重型设备很难到达救灾现场，米-26则担负吊运重型设备飞往救灾现场的运输任务，共计吊运推土机、挖掘机、铲车、油罐及集装箱等60余台，吊运总重达800余吨，为地震抢险的顺利进行起到了非常关键的作用。5月20日，1架米-26仅飞行2架次就将一个村的近230名村民疏散到安全地带。2010年7月，中国大兴安岭发生森林大火，米-26在执行空中洒水和运送消防员的任务中，表现也非常出色。

（3）希腊

2007年6月至8月，希腊发生特大森林大火，俄罗斯政府派出

米-26直升机

包括6架米-26直升机在内的十余架飞机参与希腊灭火救援。

（4）阿富汗　2009年7月，一架执行北约人道主义救援任务、隶属萨尔多瓦帕克特斯航空公司（Pectox-Air aviation）的米-26直升机在阿富汗赫尔曼省被地面火力击落，造成6名乌克兰机组人员丧身。

附：米-26直升机技术参数

旋翼直径	32.00米	尾桨直径	7.61米	机长	40.03米
机高	11.60米	水平尾翼翼展	6.02米	主轮距	7.17米
前主轮距	8.95米	空重	28600公斤	最大有效载荷	20000公斤
正常起飞重量	49600公斤	最大起飞重量	56000公斤	最大平飞速度	295公里/小时
正常巡航速度	255公里/小时	悬停高度	1000米	航程	500公里

第十节
"浩劫"——俄罗斯（前苏联）军用米-28直升机

★ 1.简介

米-28是米里设计局研制的单旋翼带尾桨全天候专用武装直升机，绰号为"浩劫"（Havoc）。于1980年开始设计，原型机1982年11月首飞，90％的研制工作于1989年6月完成，后来第3架原型机参加了巴黎航展。

★ 2.技术特点

（1）小展弦比悬臂式短翼　米-28使用了大量先进技术。在机身中部装有小展弦比悬臂式短翼，前缘后掠，主翼盒结构用轻合金材料制造，前后缘采用复合材料。机身为传统的全金属半硬壳式结构，机身比较细长。在驾驶舱四周配有完备的钛合金装甲。两片桨叶的尾桨安装在垂直安定面的右边。不可收放的后三点式起落架。纵列式前后驾驶舱布局，前驾驶舱为领航员、射手，后面为驾驶员。驾驶舱装有无闪烁、透明度好的平板防弹玻璃。座椅可调高低，采用了能吸收撞击能量的座椅，座椅两侧和后方均装有防护装甲，风挡和座舱之间的隔板均采用防弹玻璃。米-28可直接用安-22和伊尔-76运输机运输到指定作战地区。

（2）旋翼系统　值得一提的是米-28的旋翼系统。共有5片桨叶，采用半刚性铰接式结构，转速242转/分。采用具有有弯度的高升力翼型，前缘后掠，每片后缘都有全翼展调整片。材料为玻璃纤维D型翼梁和具有Nomex蜂窝夹芯的凯芙拉（Kevlar）材料组成。桨叶前缘有钛合金防蚀条，桨毂也为钛合金结构。其旋翼桨毂不需上润滑油，旋翼系统的橡胶金属结构取代了传统的机械铰接结

米-28直升机

构，自动倾斜装置和尾桨上只有一个润滑嘴；所以在维护方面比较方便、经济。米-28的机动性也很好，能够做翻跟斗等动作。

（3）TV3-117发动机 米-28采用两台克里莫夫设计局TV3-117发动机，功率为2×1640千瓦（2230轴马力）。发动机装在机身两侧的发动机短舱中，短舱位于机身两侧短翼翼根上方。进气口装有导流板，可排除砂石、灰尘和外来物。采用发动机引气实现进气道防冰。内部总油量为1900升，还可吊挂4个外部油箱。装有先进的电子设备，如自动导航系统，昼夜目视系统和火控系统。机头圆形整流罩内装有雷达天线。此外，还装有红外抑制和红外诱饵系统。

★ 3.武器系统

（1）主要武器 包括机头下方炮塔内的一门改进型2A42型30毫米机炮，备弹300发。该炮与BMP-2步兵战车上的机关炮相似，生产方便。活动方位角为110度。能左右摆动100度，上仰13度，下俯40度，对空射速900发/分，对地射速300发/分。每侧短翼挂架上总共可吊挂16枚AT-6无线制导反坦克导弹，以及两个20枚57毫米或80毫米火箭的火箭巢。机炮和制导导弹的发射由前驾驶舱控制，火箭发射由两个驾驶舱分别控制。也可使用最新型的16枚AS-14反坦克导弹，射程为800～6000米。自行反直升机任务时，可带8枚空对空导弹，还有80毫米和130毫米火箭弹供选择；尾部装有红外照相弹和箔条弹。机上还装有火控雷达、前视红外系统、光学瞄准系统和多普勒导航系统。

（2）9M114导弹 9M114（北约代号AT-6/AT-9）导弹是前苏联自行研制并装备部队使用的第二代反坦克导弹，取代老式的9M17M/П（AT-2B/C）第一代反坦克导弹，由位于柯洛姆纳的涅波别季梅机械制造设计局于20世纪70年代初开始设计，并由伊热符斯基机械制造厂生产，1978年服役，装备前苏联的

米-28直升机

武装直升机以及坦克、装甲车，目前仍在生产、服役。该弹的系统代号和命名为9K113"猛袭"，陆军使用代号为9M114。西方和北约集团按照自行确定的对前苏联武器装备的命名规则，给予该导弹的编号和命名为AS-8/AT-6"螺旋"（Spiral）。其前一个编号AS-8，系指装备武装直升机的型号，当时西方和北约集团误认为是前苏联专门为武装直升机研制的空地导弹，但其实并非如此，而是一个各军兵种通用的反坦克导弹系列。因此，在使用一段时间之后就改用其后一个编号AT-6，从而将该导弹划入反坦克导弹范畴，并给予其改进型一个新编号AT-9。

　　该系列导弹为导管发射、光学跟踪、无线电指令制导的反坦克导弹，在结构和性能上与西方的"陶"（TOW）和"霍特"（HOT）第二代反坦克导弹相似。该弹头部为聚能破甲战斗部，穿甲厚度750～900毫米。随后为制导控制部分，在其外表面两侧各有1个弹出式舵面，控制导弹的飞行方向。固体火箭发动机构成导弹的后舱段，4片紧贴弹体的矩形圆弧式尾翼位于尾部，飞离发射管时翼片弹出并高速旋转，使导弹稳定飞行。弹体尾部装有光学跟踪用的发光管，供直升机或装甲战车射手对发射后的导弹进行跟踪控制，无线电指令传输频率为35GHz。在不发射时，导弹全部封装在发射管内，用作导弹的储存箱；在发射时，该发射管用作导向装置，导弹出口速度55米/秒，加速到350～400米/秒，飞行最大射程时间为15秒。整个封装导弹的重量为46.5公斤，其中导弹重量为35公斤。关于该弹的制导系统，西方曾经根据所获情报资料，推测为无线电指令中制导加半主动激光束制导，因而将导弹的性能估计为具有发射后不管能力的第三代反坦克导弹。但在前苏联解体之后，对在国际航展上亮相的武装直升机及其反坦克导弹进行实地考察表明，该弹只装有采用红外光学跟踪的无线电指令制导，并没有采用半主动激光束制导，因而从总体性能上将其归于第二代反坦克导弹范畴是符合该弹实际的。

　　（3）反坦克导弹　9M120（AT-12/AT-16）反坦克导弹是前苏联自行研制并装备部队使用的第三代反坦克导弹，也是专用于空对地攻击的新一代反坦克导弹，由位于图拉的希普诺夫仪器制造设计局，于20世纪80年代初开始设计，1990年开始服役，1991年首次在阿联酋迪拜航展上露面，挂在苏-25对地攻击机两侧机翼中部挂架上。该弹的系统代号和命名为9K121"旋风"，陆空军使用代号为9M120，西方和北约集团按照自行确定的对前苏联武器装备的命名规则，给予该导弹的编号为AT-12，随后给予其改进型"旋风"M的编号为AT-16，但均未给出命名。

　　该弹在气动外形布局和结构上，与前苏联/俄罗斯的第二代反坦克导弹9M114（AT-6/AT-9）相似，均采用导管发射方式。但该导弹在发射管内的配置有所不同，弹头露在发射管外，无扁平头盖。

米-28直升机

在内部结构上的主要区别，是用半主动激光制导取代无线电指令制导，故该弹头部呈半球形，内装激光导引头，随后为控制舵机，在其外表面两侧各有1片弹出式舵面，控制导弹的飞行方向。聚能破甲战斗部位于中部，但穿甲厚度增大，达到900～1000毫米。1台两级推力固体火箭发动机，构成导弹的后舱段，4片紧贴弹体的矩形圆弧式尾翼位于尾端，飞离发射管时翼片弹出并高速旋转，使导弹稳定飞行。在不发射时，导弹除头部外均位于发射管内，用作导弹的储存箱；在发射时，该发射管用作导向装置。改进型导弹的封装重量为60公斤，其中导弹重量为45公斤。

9M120总体上达到了与美国"地狱火"反坦克导弹接近的水平，但随着"地狱火"系列中毫米波制导型号的出现，不具备发射后不管能力的9M120就显得相对落后了。

★ 4.改进机型米-28N

由于米-28和卡-50都是为竞争新一代俄罗斯战斗直升机的合同而开发的，两者一出生就是死敌。在这一竞争中，卡-50凭借独特设计首先占了上风，米里设计局也不甘示弱：一面攻击卡-50只有一个乘员，无法应付艰险的低空战斗；一面大力改进米-28，研制出了米-28N。

米-28N吸收了米-28直升机的优点，有大推重比和较强的战斗生存力，最突出的是它在夜间和恶劣环境下的战斗力大大提高。N型装备有自动跟踪系统和多路通信系统。由于为它专门研制了具有高分辨能力的毫米波和厘米波双波段雷达系统，并与信息系统配套，所以米-28N能在黑夜、甚至连微弱星光也没有的恶劣气象条件下作战。在液晶显示器上，飞行员和武器操作员在黑夜也能看清航线上出现的障碍物，从而跟踪和攻击目标。雷达安装在旋翼桨毂上能自由转动的锤状整流罩里，直升机不必飞出隐蔽物，只要将雷达伸出，让其超过隐蔽物的高度，就能进行探测和攻击。这与AH-64D"长弓阿帕奇"非常相似。该雷达还可以作为导航辅助装置。此外还装有微光电视、激光测距仪、头盔目标指示器、全球定位系统等。利用地球物理场进行极值曲线导航的高精度导航系统，能可靠地引导直升机飞行；地形跟踪系统能保证直升机在复杂地形上空，以10～15米的高度贴地飞行，能及时规避危险的障碍物。米-28N具有很高的发现目标的概率，武器系统能快速进入发射状态。

其次，米-28N还增大了所装发动机的功率。米-28N采用了两台功率更大的TB3-117BM涡轴发动机，单台额定功率为1864千瓦（2500轴马力），输出约2200马力。为此，还为其设计了效率更好的BP-29主减速器。它的其他方面与米-28基本型相同，性能也基本不变。N型也可使用VK-2500型发动机。

米-28N于1996年8月19日首次展示，10月进行了首次飞行，并于1997年4月30日在莫斯科郊外的米里直升机制造厂进行了首次正式飞行表演。代理主任设计师斯捷科利尼科夫认为，米-28N与"长弓阿帕奇"相比，在武器装备和战斗生存性等综合指标方面有优势。它的出现直接推动了卡-50的改进，派生出了

立体打击——军用直升飞机
JUNYONG ZHISHENGFEIJI

并列双座、加装雷达光电设备的卡-52。当然米-28也有一些缺点，例如和AH-64相比机体大、重量大，机动性必然受影响；火控及机载武器水平与西方相比仍有一定差距；飞行员视野狭窄——这是俄罗斯设计传统的弊病；设计上与卡-50相比没有鲜明特点，甚至有些抄袭西方设计。最致命的问题是由于经费匮乏，该机无法批量生产装备，技术停滞不前，竞争力随着时间推移而急剧下降。

俄军方计划在1999年初完成米-28N的飞行试验，并将交给罗斯托夫直升机制造厂批量生产。但由于俄罗斯经济不景气，这一计划遭搁置，目前米-28N的前景未卜，令人担忧。而卡-50系列的设计更有噱头，宣传工作上也做得好得多，当然对内对外的销售成绩仍然接近零。

2001年5月28日，米里直升机制造厂总设计师维塔利·谢尔比纳透露，这一年夏天该公司将继续首架米-28N武装直升机样机的试验，预计将进行700～900次飞行。罗斯托夫直升机联合股份公司生产的第二架米-28N的样机则在2002年初开始试验。第一架样机暂时没有安装机载雷达，2002年年底完成安装工作。"拉缅斯克仪表制造厂"联合股份公司将提供机载无线电设备。据专家估计，研制和生产第一架米-28N试验样机的费用约为1.5亿美元。而欧洲的"虎"式武装直升机在国际市场上的价格约为1500万～1700万美元，美国的"阿帕奇"武装直升机单价约为3000万美元，米-28N的价格估计不超过1600万美元，具有一定竞争力。

2004年10月，米里直升机制造厂领导在"俄罗斯武器"展览会举行的国家杜马新闻发布会上宣布，2015年前俄罗斯武装部队将购买50架军用战斗直升机米-28H（夜间型）。他解释说，选择米-28H作为基本的攻击直升机后将开始该项目的财政拨款，从2006年开始新的直升机将有计划得装备部队，到2015年，

米-28直升机

这种直升机将达到50架。新直升机将以相等的数量分批向部队提供。

2006年5月，第一架批量生产的米-28N"夜间猎人"直升机已经完成工厂试验，交付俄罗斯武装力量。新直升机是两架试验机中的一架，这两架直升机目前应该进入部队试验阶段。试验过程中将检验无线电子设备和火控系统。在工厂试验过程中进行了若干次试飞，并进行了作战发射，据研制者称，试验肯定了飞机的性能完全符合军方的战术技术要求。2006年3月国家试验委员会决定进行米-28N直升机的批量生产。2010年俄罗斯空军至少已经装备57架米-28N直升机。

⭐ 5. 米-28A 与 AH-64 的竞争

1995年10月7日，俄空军运输航空兵的1架伊尔-76军用运输机将1架编号为042的米-28A运抵瑞典鲁尔卡空军基地，目的是与美国AH-64一道参加瑞典军方举行的招标活动。根据瑞典军方的要求，在对抗模拟演习中，米-28A要完成两项对抗模拟演习科目：第一项是对己方装甲部队实施掩护；第二项是对战场敌战术目标实施突击。瑞典军方派出了STYV121主战坦克和STYF90步兵战车，扮演米-28A的掩护对象。对抗模拟演习在瑞典北方军区的维杰利靶场进行。在对己方坦克和装甲车掩护过程中，米-28A对敌RBS90近程防空系统和LVKV90防空高炮以及JA-37"雷"战斗机实施攻击。第一项对抗模拟演习科目的检验结果表明：米-28A的机载光学瞄准系统的作战性能很好。在没有经过专门训练的情况下，瑞典空军飞行员可以熟练地对其进行操作，及时发现和捕捉目标，从最远的距离对目标实施突击。

米-28直升机

在第二项对抗模拟演习科目，即对战场敌战术目标实施突击的检验过程中，瑞典空军飞行员驾驶米-28A在距敌坦克靶标900米时，采用空中悬停的方式发射了一枚9M114"突击"型反坦克导弹。此外，在距敌坦克靶标470米时，米-28A以200公里/小时的飞行速度，采用水平方投弹方式对距470米的敌坦克靶标发射了一枚9M120"旋风"型反坦克导弹。实弹射击的结果证明，两枚反坦克导弹都准确地命中了敌坦克靶标。为此，瑞典军方对米-28A武装直升机在较远距离和较大速度情况下表现出的优异作战性能深感惊讶。随后，瑞典空军飞行员又驾驶米-28A，分别以160公里/小时和220公里/小时的飞行速度，采用水平方投弹方式，对距离2000米和4000米的地面目标发射了S-8KOM火箭弹。结果证明，火箭弹的密集度良好。此外，在一次发射火箭弹时，米-28A的一台涡轮轴发动机突然出现了喘振，机载电子调节器指示另一台完好的涡轮轴发动机提升功率，从而确保瑞典空军飞行员驾驶米-28A安全降落。

在对米-28A和AH-64战术技术性能和在对抗演习中的表现进行认真分析和比较后，瑞典军方对米-28A做出以下评价。米-28A具有惊人的超负载能力。它的机载光学瞄准系统性能良好，具有很好的操纵性，任何一位技术不够娴熟的机组成员都可以很快地掌握它。米-28A的生存能力很强，驾驶座舱和机载设备可以抵御敌防空火力的攻击。此外，这种直升机完全符合西方关于"反坦克直升机的作战标准"，即在远距离和地形十分复杂的条件下，完成先敌发现和先敌打击的战术任务。除此之外，米-28A还具有20米以下的超低空突防能力。在从瑞典北方军区飞往中央军区的途中，米-28A曾三次以超低空飞行的方式躲避了瑞典防空军地面防空雷达的跟踪。但是，米-28A武装直升机也存在致命的弱点：由于没有安装机载夜视装备，无法完成夜间作战任务。

瑞典军方对AH-64的评价是：具有优异的机载无线电电子设备，但必须花费大量的时间，才能使飞行员学会驾驶该机和使用其机载无线电电子设备的技能。尽管米-28A存在许多优点，但是，瑞典军方最终还是选择了AH-64。这对原本在国内竞争中处于劣势的米-28A又是一次不小的打击。当时，无论是俄政府还是

立体打击

JUNYONG ZHISHENGFEIJI

军用直升飞机

俄军方对米-28A都表现出了异常的冷漠，甚至出现了要求它下马的呼声。但是米里设计局顶住了种种压力，决心与卡-50和AH-64抗争到底。

★ 6.俄空军装备首批米-28N "夜空猎手" 直升机

2008年1月，俄罗斯罗斯托夫直升机公司向国防部交付了第一批2架米-28N直升机。罗斯托夫直升机公司的领导鲍里斯·斯柳萨里宣布：这种新型直升机已经制造了4年。俄罗斯空军领导、国防部副部长尼古拉·马卡洛夫强调，部队得到了盼望已久的武器装备，这些装备将不仅在战时使用，还将在日常使用。国防部计划先订购10～15架米-28N直升机，下一步打算增加订购数量。俄罗斯国家武器装备改进计划一直延续到2015年，在此之前，俄罗斯空军将获得足够数目的直升机。首先，托尔日克军事中心将获得直升机，随后，其他地区也将部署。该直升机项目的科研经费来自国家预算的大约有10亿卢布，并将在2015年前由 "夜空猎手" 取代米-24直升机。

附：米-28直升机技术参数

旋翼直径	17.20米	尾桨直径	3.84米	短翼翼展	6.4米
机长	16.85米	机身长	14.3米	机身宽	1.75米
机高	4.81米	空重	7000公斤	最大起飞重量	11400公斤
最大速度	350公里/小时	最大巡航速度	265公里/小时	巡航速度	250公里/小时
最大爬升率	18米/秒	实用升限	5800米	悬停高度	3600米
作战半径	240公里	航程	470公里	续航时间	2小时

第十一节

俄罗斯军用米-46直升机

★ 1.简介

米-46的研制在20世纪90年代初便已开始，然而由于研究项目被认为不适宜而中止。按照技术要求，米-46应兼备运输直升机和吊运直升机的功能。

★ 2.研制背景

米里直升机制造厂曾声称：米-46将以目前世界上载重能力最强的米-26为基础研制。有消息人士指出，新型直升机不大可能成为米-26的替代者。在研制米-46的同时，米里直升机制造厂还将着手对现役的米-26进行现代化改进。需要指出的是，新一代重型直升机米-46的研制在20世纪90年代初便已开始，然而由于研究项目被认为不适宜而中止。按照技术要求，米-46应兼备运输直升机和吊运直升机的功能。按照设计，米-46的质量应为30吨，速度应超过270公里/

143

米-46的原型机米-26

小时，航程为750公里。

★ 3.基本资料

据米里直升机制造厂公布的消息，米-46的起飞重量将达到30吨（米-26的为56吨），载重能力将在10～12吨之间。此外，新机的飞行速度将超过270公里/小时，实用升限2300米，航程可达750公里。

米-46的主旋翼直径将达27.6米，采用7片桨叶设计，尾桨直径6.2米，采用5片桨叶设计。据悉，设计人员将最大限度地参考米-26的研制经验来开发米-46。当然，新机将采用一系列最新技术，包括经过改良的飞行-导航系统和复合材料等。俄罗斯航空公司代表在2007年举行的北京国际航展上宣布，米里直升机制造厂已邀请包括中国公司在内的外国公司合作研制和生产米-46重型运输直升机。

★ 4.机型性能

未来重型直升机米-46的技术性能尚未透露，而在研制新型直升机的同时，米里试验设计局还将对现役的米-26直升机进行现代化改造。在研发过程中，米里试验设计局得出结论，一种兼备运输直升机和吊运直升机功能的直升机要比研制两种直升机更为有效。

第十二节
俄罗斯军用米-171直升机

★ 1.简介

米-171直升机是米里设计局设计、俄罗斯乌兰·乌德飞机公司生产的新型直升机，是著名的米-8T和米-17的现代化改进型，性能和可靠性比米-8T和米-17有显著提高。新机于1988年开始研制，1991年开始生产。之后发展了多种型号，2000年开始批量生产。到1992年10月已生产36架，其中6架出口到德国、哥伦比亚和几内亚比绍。

★ 2.性能

米-171可在交通极为不便的地区及高原地区使用。主要用来执行货运、客运和救援任务。由于机上装有前苏联生产的导航和无线电设备，其中部分设备是专门为直升机生产的，因此该机可在极坏的气候条件下、地面能见度低或高纬度地区安全飞行和着陆。该直升机可在悬停情况下装卸货物，舱内设有货物固定装置。大型货物可通过外部吊索吊挂在机身下。

米-171直升机

旋翼系统为5片桨叶的旋翼，装有BR-14主减速器、桨毂和旋转倾转盘、传动轴、中减速器和尾减速器及3片桨叶拉进式抗扭尾桨。由于旋翼上装有减振器，可使旋翼寿命提高1倍，而且可提供舒适的座舱环境。

采用2台TV3-117VM防尘燃气涡轮发动机，起飞功率2×1397千瓦（2×1900轴马力）。发动机由AN-9B吸气式辅助动力装置启动。

货运布局时，舱内沿舱壁有27个折叠座椅，货物可装在货舱内或吊挂在机身下。客运布局时，货舱改装成客舱，舱内设有10～13个舒适的双人座椅，载客量为20～26人。驾驶舱内3名空勤人员。

机载设备包括BAKLAN-20指挥无线电台，YADRO-1G1通信无线电台、ARK-15M短波无线电罗盘和ARK-UD搜索无线电罗盘、DISS-32-90多普勒导航仪、AGK-77主自动地平仪和AGR-74V备用自动地平仪、BKK-18自动地平仪姿态监控器、A-037无线电高度表、A-723远程导航设备、8A-813气象雷达。

★ 3. 市场

对俄罗斯直升机工业来说，近年来，最大的成功就是向世界市场顺利推出了乌兰乌德飞机公司生产的米-171家族各型直升机。米-171直升机出口成绩喜人的主要原因是其售价与效能的完美结合，主要竞争优势是性能可靠，使用简单，飞行技术性能较高，与西方同类产品相比价格便宜。米-171直升机严把生产关，质量要求较高，而且综合使用了飞机制造技术，乌兰乌德航空制造厂在生产米里直升机同时，目前还在生产苏-25UBK强击机、苏-25YTG海基教练机、苏-39多功能攻击机。

米-171直升机是1991年在米-8基础上研制而成的，具有一系列良好、可靠的性能，有运输、客运、货运、贵宾、医疗、消防、事故救援、军事运输等各种改型，装备威力强劲的TV3-117VM发动机和AI-9型辅助动力装置，在最新改型直升机中，后者将由试验成功的VK-2500新型发动机替代，从而大幅提升直升机的动力升限、航程、稳定性、安全性等性能，能在酷热及高山空气稀薄条件下执行复杂任务，一台发动机发生故障后，另一台发动机实时进入紧急状态，保障直升机（标准起飞重量）以0.8米/秒的垂直速度爬升，然后水平飞行至少60分钟，安全着陆。另外，直升机内部或外挂上还可装配辅助燃油箱，使最大飞行距离增加到1300公里。

东南亚是各型米-171直升机和米-171SH武装运输直升机最有前景的出口地

第六章 俄罗斯（前苏联）米里设计局设计军用直升机

区，仅在2005年，该地区就有3个国家，包括马来西亚，大量采购米-171直升机，而且这还只是米-171家族强势进军东南亚市场的第一步。

★ 4.主要型号

米-171直升机

（1）米-171运输直升机　1991年研制成功，其主要优势之一是多功能性，能在较短时间内通过装配绞盘、溢水装置、救援和医疗设备的方式使其用作搜索救援、消防、医护、急救直升机，最多能运送37人，4000公斤货物（内部货舱及外挂）。搜索救援型米-171直升机可装配LPG-150M、SLG-300、HS-29900型绞盘及相应救援设备，有外挂系统，RA700广播站，卫生设备，伞降缆绳。消防型米-171外挂上可装配俄罗斯或加拿大生产的溢水装置和其他灭火设备。医护型米-171内部货舱可装配12副担架及相应医疗设备，乘坐2名医护人员，货运能力4000公斤。

（2）米-171SH武装运输直升机　它是运输直升机和武装战斗直升机的完美结合，1993年研制成功，主要用于对陆军部队提供火力支持，装备"冲锋-V"和"攻击"制导导弹、80毫米口径非制导导弹、23毫米机炮、UPK-23-250型外挂吊舱、7.62毫米PKT机枪，装甲座舱，可对敌方巩固防区和坦克装甲目标进行精确打击，也可有效摧毁移动目标，空降打击，疏散伤员，运输4000公斤货物，高精摧毁坦克装甲目标，同时还可抛射热目标诱饵，防护"箭"、"毒刺"型便携式防空导弹系统的攻击，能在复杂气候和地形条件下执行各种复杂任务，被国际军事专家评为高效反恐利器。另外，米-171SH使用简单，不需要特别高技能的技术维护人员，售价相对低廉。米-171SH武装运输直升机最初是为俄空军研制的，现在不仅向东南亚、非洲等地区的传统军事技术合作伙伴国出口，还向北约出口。2005年中，俄国防出口公司与捷克国防部签署了16架米-171SH直升机出口合同。

（3）米-171客运型　能运送26名乘客，豪华型可运送14名最高级别（包括国家元首）的贵宾，座舱非常舒适，空间较大，座椅舒适，有卫生间、衣柜、行李舱、后出口、噪声水平较低，已向中东和东南欧国家供应。

（4）米-171A客货两用型直升机　特别重视乘客安全，装配更完善更安全的燃料系统、指挥和能量供应系统、驾驶导航和无线电设备，制订了几种较为完备的事故应急方案，目前已在俄罗斯、中国和巴西获得认证。

★ 5.中国组装

中国在俄罗斯帮助下，已组装一架米-171直升机，这是继中俄苏-27SK合作后的最重要的一个航空合作计划。俄罗斯乌兰乌德飞机公司在5月提供一架

立体打击——军用直升飞机

JUNYONG ZHISHENGFEIJI

米-171的零件，供成都直升机维修厂（空军11厂）组装，并在6月完成，随后开始试飞。

米-171是米-17的重大改进型号，我国陆军航空兵于20世纪90年代开始装备。从1992我国军队进口俄制17/171系列攻击运输直升机开始，至2007年最新一批24架交货完毕截止，从俄方传出的信息，目前已有超过150架的俄制17/171系列攻击运输直升机，在我国陆军航空兵各团服役。

我国陆军需要大量的武装直升机，目前我国只有10个陆航团，未来10年我国陆军还需要增加至少8个陆航团，大约320架直升机。据报道，米-171的价格不超过3000万元人民币，成都直升机维修厂（空军5701厂）目前开始组装米-171，意味着极有可能在近期升级为组装厂。

米–171直升机

不过，米-171、米-17V5/V7的进口是以民用直升机的方式进行，因此并未透过俄罗斯国家武器进出口公司。乌兰乌德飞机公司的消息来源也证实出口我国的米-171是民用型，因此并未像军用型米-171那样为飞机安装装甲。

另外，为了补充我军武装攻击直升机目前数量的不足，我空军某研究所研制了某型直升机火箭巢挂架和火控系统，用于对原进口米17与米171军用运输直升机的改装，在对直升机一边加挂三个57毫米航空无控火箭弹发射巢后，使进口的米17与米171军用运输直升机，摇身一变成为挂有6个火箭发射巢（每巢18枚弹），共计108枚火箭弹的攻击运输直升机。

我陆军航空兵的米-17与米-171军用攻击运输直升机，火箭巢中装的是国产57毫米火箭弹：全长0.82米，采用6翼片折叠式稳定尾翼装置，翼展0.23米，弹重3.86～3.97公斤，战斗部1.38公斤，最大速度2马赫，可攻击5000米处的目标。在近来的军演中，越来越多地看到米-171攻击运输直升机编队，先由2架攻击运输直升机对地面目标，狂射多达216枚57毫米的无控火箭弹，弹雨如注，打得地面火海一片，接着直升机群中装卸突击分队的米-171运输直升机就开始机降与索降突击步兵了。

附：米-171直升机技术参数

机高	5.6米	机舱长度	5.25米	全长	25.35米
机身长度	18.42米	机宽	2.50米	高度	5.54米
旋翼直径	21.29米	主轮距	4.51米	前主轮距	4.28米
净重	7055公斤	航程	495公里	尾桨直径	3.90米
装载能力	4000公斤	正常起飞重量	11100公斤	最大起飞重量	13011公斤
最大平飞速度	250公里/小时	最大巡航速度	240公里/小时	实用升限	5000米
悬停高度	1760米				

第七章

俄罗斯（前苏联）卡莫夫设计局设计军用直升机

第一节
"蜗牛"——俄罗斯（前苏联）军用卡-27/28直升机

★ 1.简介

卡-27/卡-28是卡莫夫设计局设计的双发共轴式反转旋翼多用途军用直升机，北约绰号为"蜗牛"（Helix）。

卡-27于1969年开始设计，原型机1974年12月首飞，20世纪80年代初研制成功并投入生产。1982年卡-27开始服役，用来取代卡-25。卡-27单价700万美元。

★ 2.主要型号

卡-27/卡-28可分为四种型号。

（1）**基本反潜型：卡-27PL"蜗牛"A** 该型于1982年开始服役，一般成双使用，一架追踪敌方潜艇，另一架投放深水炸弹。俄罗斯海军航空兵现仍使用100多架。分别装载在导弹驱逐舰（如"勇敢"号导弹驱逐舰），"基洛夫"级核动力导弹巡洋舰（如"基洛夫"号和"伏龙芝"号核动力导弹巡洋舰），以及"基辅"级航空母舰/巡洋舰（如"新罗西斯克"号航空母舰/巡洋舰）上。卡-27"蜗牛"A机头下方装有搜索雷达、敌我识别器。平尾上装有2个雷达告警天线。后机身及其尾部装有电子支援天线整流罩。机身腹部沿纵向中心线为一很长的武器舱，内装有声纳浮标、鱼雷和其他武器。据称，印度海军已订购了8架。

（2）**导弹制导型：卡-27"蜗牛"B** 舰上发射导弹捕获目标和中段制导型，该型机头下方装有不同的雷达。

（3）**救援警戒型：卡-27PS"蜗牛"D** 搜索救援和警戒型，类似于卡-27PL型，但去掉了一些作战设备。机舱两侧有外挂油箱，和卡-32的一样。

（4）**出口型：卡-28"蜗牛"** 装两台1618千瓦（2199轴马力）TV3-117BK涡轮轴发动机。12个油箱中共载油3680公斤。除俄罗斯外，中国、印度和南斯拉夫也使用卡-28。

★ 3.系统构成

（1）**旋翼系统** 两副全铰接式三片桨叶共轴反转旋翼系统。旋翼桨叶为全复合材料结构，可折叠。桨毂用50%钛合金和50%钢制成。共轴式反转旋翼，由于具有结构紧凑、有效载重大和操纵简便等特点，可减轻驾驶员悬停和着舰时的工作负担，而且在悬停时，可不受风向的干扰。

第七章 俄罗斯（前苏联）卡莫夫设计局设计军用直升机

149

卡-28直升机

（2）**尾部装置** 尾梁为全金属半硬壳式结构。尾翼为张臂式结构，由固定倾角的水平安定面和升降舵、两个端板式垂直安定面和方向舵组成。整个尾翼为铝合金构架，并敷以复合材料蒙皮。

（3）**机身结构** 机身采用传统的半硬壳式结构，主结构广泛采用了钛合金，尾锥为复合材料结构。机身两侧带有充气浮筒，紧急情况下，可在水上着陆。

（4）**着陆装置** 着陆装置为不可收放的四点式起落架，装有油-气减震器。前起落架可自由转向；后起落架支柱装在枢轴上，可使主机轮向前转动到适当位置，使对机头下方雷达信号的干扰减到最低限度。

（5）**动力装置** 动力装置为两台1660千瓦（2257轴马力）TV3-117V涡轮轴发动机。发动机并排安装在机舱上面旋翼轴的前方，装有自动同步系统。标准的主减速器刹车装置。主减速器后方装有滑油冷却风扇。发动机装有电热除冰装置。发动机整流罩向下翻转可用作维护平台。燃油箱设在座舱地板下面和机身中央两侧。座舱内可安置辅助油箱。右侧发动机舱整流罩后面设有辅助动力装置。当发动机在地面工作时，辅助动力装置可用来驱动液压和电气系统，而无需地面动力装置。

（6）**座舱系统** 座舱分为驾驶舱和机舱两部分，带空调的驾驶舱中有3名空勤人员，包括驾驶员、战术协调员和反潜系统操纵员。座椅可调。驾驶舱两侧各有一个可向后滑动的可投抛舱门，门上设有瞭望窗。驾驶舱风挡设有电热除冰装置。驾驶舱直通机舱，机舱设有加热通风设备。机舱内可载作战设备、货物和16名乘客。

（7）**液压系统** 两套独立的液压系统，主系统用来操纵机轮刹车装置和绞车。一旦主系统出现故障，应急系统可自动接替工作，但只能操纵作动筒。

（8）**机载设备** 机载设备包括自动驾驶仪、飞行零位指示器、多普勒悬停指示器、航道罗盘、大气数据计算机。

（9）**航空电子设备** 航空电子设备包括360度搜索雷达、多普勒雷达、敌我识别器、雷达告警装置、深水声纳浮标、磁异探测器。红外干扰仪和干扰物投放器等。

（10）**弹舱** 机腹的武器弹舱中装有鱼雷、深水炸弹及其他武器。

（11）**武器系统** 机身两侧短翼

卡-28直升机

挂架上挂有两个四管9M114反坦克导弹发射架，可带8枚反坦克导弹；也可挂4个B-8V20A火箭发射器，携80枚口径80毫米的火箭弹；还可以挂两个机炮吊舱，内装口径23毫米机炮。机身左侧直升机重心处装一门固定的口径30毫米的2A42机炮，备弹量250发。

★ 4.作战性能

卡-27装有用于导航、探测水面潜艇及通信天线的雷达系统。还装有VGS-3吊放式声纳，获得的信息可通过半自动数据传输设备进行传送。任务计算机可进行自动控制、引导直升机飞向敌潜艇上空进行攻击。

由于卡-27的共轴双旋翼有着先进的性能，卡-27的升重比高，总体尺寸小，机动性好，易于操纵，在海上平台和恶劣气候中飞行安全。操纵的简易和优秀的导航系统还使得卡-27在漫长的作战任务中可以只由一名飞行员驾驶，无论季节气候、白昼黑夜，即便仪表飞行也轻而易举。座舱宽敞，视野良好。飞行员座椅在左边，易于观察前方和下方，导航员和武器操作员在右边。对于卡-27的飞行员来说，最好的事情就是卡-27没有尾桨，因此他们的脚无需踩在踏板上控制尾桨，可以在需要的时候站起来观察。

当捕获目标后，机上的自动控制系统与电子系统将解算任务数据，引导直升机飞向敌潜艇水域，并在飞行员指令准许下自动发射武器进行攻击。飞行控制系统可记录8个不同的飞行路径动作，且可以将单个飞行路径组合起来形成新的飞行路径。实际上在飞一些典型的动作的时候，飞行员根本无需动手。

该机装有1枚406毫米自导鱼雷，1枚火箭弹，10个PLAB 250-120炸弹和2枚OMAB炸弹。鱼雷装在可加热的鱼雷舱内，以确保即使在低温条件下鱼雷不需预热，即可迅速发射。具体型号包括СЭТ-40热动力鱼雷等，采用65千赫主动音响近炸引信，声自导系统截获目标的最大距离580米，最大定深300米，其改进型为Э40-75А。该鱼雷尾部加装降落伞。俄罗斯选用406毫米鱼雷主要是因为20世纪70年代他们还没有可靠的小尺寸鱼雷。但该鱼雷也有个好处，就是足以摧毁现有的各种潜艇。

卡-28直升机

旋翼直径	15.90米	机长	12.25米	机高	5.40米
正常起飞重量	11000公斤	最大起飞重量	12600公斤	最大有效载荷	4000公斤
全重	10700公斤	最大平飞速度	270公里/小时	最大巡航速度	230～240公里/小时
最大爬升率	12.5米/秒	续航时间	4.5小时	航程	1200公里
实用升限	6000米				

第二节
俄罗斯海军专用卡-31直升机

★ 1.简介

卡-31直升机

卡-31预警直升机专门为海军使用，该机于1983年首次试飞，1995年正式装备俄罗斯海军。除用于航母舰载机外，也可搭配巡洋舰、驱逐舰、护卫舰或岸基使用。

卡-31使用E801M"眼睛"型空中和海上监视雷达，机腹装有一座大型雷达天线，10秒钟内可旋转360度，探测距离115公里，可自动跟踪20个空中目标。

★ 2.各国的卡-31

（1）俄罗斯卡-31舰载预警直升机 卡-31目前是俄罗斯航母"库兹涅佐夫"号的唯一空中预警手段。

（2）中国海军卡-31舰载预警直升机 《舰船知识》杂志刊登了中国海军进口的俄制卡-31舰载预警直升机照片，这是中国官方首次公开舰载预警机相关情报。据外界推测，卡-31将与沈飞的歼15组成中国首艘航母上的作战主力。

另外有报道称，中国新装备的这批卡-31预警直升机由俄罗斯库梅尔陶市航空制造企业生产，总计9架，于2010年底正式装备中国海军。

（3）印度卡-31舰载预警直升机 卡-31预警直升机除俄罗斯海军外，还曾对印度出口。印度是第二个装备该机的国家。

附：卡-31直升机技术参数

旋翼直径	15.9米	最大起飞重量	12200公斤	最大速度	250公里/小时
最大高度	5.64米	续航时间	2.5小时	航程	600公里
机身长	11.295米	最大宽度	3.81米		

俄罗斯大型舰载直升机卡-32

⭐ 1.简介

卡-32直升机是由卡莫夫公司生产的一种大型舰载直升机。主要用于执行警戒、搜索和救援任务。1981年初首次在莫斯科的国家经济成就展览会展出，1981年末第一架原型机进行了吊装建筑物的飞行表演。它的最大飞行半径为800公里，飞行时间为2.5小时，一次能吊运5吨重的货物，搭载16名乘客。由于采用了双层对旋螺旋桨设计，卡-32直升机抗风能力较强，可抵御的最大风速达20节（10米/秒）。此外，飞机上还配备了GPS定位仪和救生设备。

⭐ 2.型号

卡-32T：基本运输和飞行吊车型，可为近海油田钻井平台服务。

卡-32S：海上作业型，可在冰上进行作业。

⭐ 3.总体布局

两副全铰接式共轴反转三片桨叶旋翼，桨叶可人工折叠。尾翼由水平安定面、两个端板式垂直安定面和方向舵组成。不可收放的四点式起落架。驾驶舱内有驾驶员和领航员。座舱内可安放货物或16个旅客座椅。动力装置两台TB3-117B涡轮轴发动机装在座舱上方的左右两侧，功率2×1660千瓦（2×2257轴马力）。

⭐ 4.应用

卡-32是卡莫夫直升机公司以卡-27海军直升机为基础、专为消防设计研制的双发通用直升机。除水箱吊桶外，还可以进行水炮灭火、机侧发射消防弹灭火等。

卡-32具有良好的高温高原性能，非常适用于我国南方高海拔林区的航空消防。与其他直升机不同，卡-32具有共轴双旋翼，从而使直升机具有良好的操控性和悬停稳定性，无尾桨的设计使直升机的事故发生率降低了20%左右。

据卡莫夫直升机中国总代理宜通集团提供的卡-32性能数据显示，它的实用升限为5000米，无地效悬停升限可以达到3700米，在3000米的海拔高度

卡-32直升机

第七章 俄罗斯（前苏联）卡莫夫设计局设计军用直升机

153

可以自由起降；最大载水量可达4.5吨，0.8米水深即可取水，只需71秒便能吸满水箱。

采用卡-32型直升机，不仅仅可以应用于森林航空消防，适应复杂地形和天气作业，还可以应用于城市消防、搜索救援、复杂高层建筑安装和海上作业等。

卡-32型直升机已出口到世界10个国家，其中包括西班牙、瑞士、加拿大、韩国、保加利亚等。

附：卡-32直升机技术参数

旋翼直径	15.90米	机长	12.25米	机宽	5.40米
主轮距	3.50米	前轮轮距	1.40米	前主轮距	3.02米
起飞重量	12600公斤	最大速度	260公里/小时	巡航速度	230公里/小时
实用升限	6000米	悬停高度	3500米	航程	800公里

第四节
"黑鲨"——俄罗斯军用卡-50直升机

★ 1.简介

卡-50"黑鲨"是一种单座攻击直升机，使用卡莫夫设计局研发的同轴反转双旋翼系统。开始设计在20世纪80年代，于1995投入服役。目前只有Arseniev公司有生产许可特权。

在20世纪90年代末期，卡莫夫设计局和以色列空军合作研发一种纵列双座版本，称为Kamov Ka-50-2 Erdogan（土耳其文的意思为"天生战士"），以参加土耳其的军用机竞标案。卡莫夫设计局后来又设计另一种双座版，称为Kamov Ka-52"短吻鳄"。

卡-50于1977年完成设计，原型机于1982年7月27日进行首次飞行，1984年首次公布，1991年开始交付使用，1992年底获得初步作战能力，该机目前处于小批量生产阶段。

卡-50直升机

据卡莫夫设计局证实，卡-50不是空战直升机，而是一种用于压制敌方地面部分火力的突击武装直升机。卡-50被选作俄罗斯下一代反坦克直升机。除能完成反坦克任务外，还可用来执行反舰/反潜、搜索和救援、电子侦察等任务。卡莫夫设计局还准备研制卡-50的双座教练型。美国国防部对"黑鲨"的评论中说，"黑鲨"具有明显的空中优势，目前西方还没有与之相匹敌的直升机。卡莫夫设计局正准备为"黑鲨"换装西方发动机、电子设备和武器，以打入西方市场。为提高生存能力，卡-50采用了红外抑制技术、红外诱饵撒布装置和装甲。据说该机比美国的武装直升机"阿帕奇"便宜得多。

★ 2.技术特点

（1）旋翼系统　3片桨叶共轴反转旋翼，旋翼桨尖后掠。这种旋翼桨叶技术与美国西科斯基公司的"前行桨叶概念"（ABC）不相上下。由于采用共轴反转旋翼布局，不再需要尾桨，从而省去了尾桨和一整套尾桨传动和操纵装置，大大提高了卡-50的战斗生存性。发动机全部功率都可用来驱动旋翼。

（2）机身　机身较窄，具有很好的流线型，机头呈锥形，机头前部装皮托管和为火控计算机提供数据的传感器。机头下方装有探测器舱。机身两侧有短翼，每侧短翼下有2个挂架，可挂导弹或火箭弹，也可吊挂外部油箱。机身的主结构部件是1个1米宽1米高的盒形梁，旋翼减速器和发动机都装在梁上。后机身上有带端板的水平尾翼。后机身/尾梁逐渐变细，末端装有较高的垂尾。尾梁是不承载结构。卡-50结构重量的35%由碳纤维复合材料组成。

（3）尾部装置　平尾装在尾梁中部，有3个垂直安定面。

（4）着陆装置　可收放的前三点式起落架，减震能力是俄罗斯标准直升机起落架的3倍。

（5）动力装置　两台克里莫夫设计局TV3-117BK涡轮轴发动机，功率2×1618千瓦。

（6）座舱　驾驶舱采用承载的双层装甲结构，装卡-37上采用的零-零弹射座椅和旋翼抛投系统，从而大大提高了直升机的生存力。驾驶员座椅安装在复合材料蜂窝/铝合金构架上，硬着陆时可以减震。

卡-50直升机

（7）机载设备　装有红外抑制器，红外假目标投放器，防弹装甲。驾驶舱内装有平视显示器和头盔瞄准器。

（8）武器　机身右下侧短翼下炮塔内装一门单管2A42型30毫米机炮。短翼挂架上最多可载16枚激光制导AT-9"旋风"反坦克导弹，射程8～10公里，或80枚S-8无制导火箭弹。

★ 3.研制背景

Ka-50设计成小型轻快灵活之余且有强大生存力和攻击力的直升机。设计目标是最小最轻的范围内达到最快速度和敏捷性，它也是唯一单人操作的攻击直升

机。卡莫夫设计局在前苏联阿富汗战争结束后下了一个结论，未来的直升机必须自动做到低空飞行、捕捉目标、武器发射、导航等机械式动作；而驾驶员不需太介入这些操作只需将心力花在任务内容的研判；然而这依然是个无解的问题，因为Ka-50的许多驾驶员还是觉得在驾驶时的综合工作量不小。

像其他卡莫夫设计局的直升机一样，"黑鲨"采用同轴反转双旋翼系统，可以免除后尾旋翼并且提高特技飞行能力——它可以完成拉机头向上绕圈、侧滚和"漏斗"（一种绕圈攻击，当机体对准目标轴线时可以一边改变高度、空速和仰角一边绕圈攻击目标）。

自从直升机的旋翼尖端速度突破超音速后产生的各种问题一直是直升机极速的限制因素，使用同轴反转双旋翼意味着两个旋翼都能以较低速度运行且用较小的旋翼。所以双旋翼可以使"黑鲨"最高速度超越美国AH-64。

而免除尾旋翼也有许多好处因为稳定用的尾旋翼会用掉30%引擎马力。且尾旋翼被攻击一直是直升机战损的主因（尤其在越战）；"黑鲨"的整体轮廓也较小，减低被打中概率。卡莫夫设计局保证其同轴旋翼被23mm以下的武器打中后依然能运作。由于两翼相反方向旋转所以零力矩效应可使"黑鲨"完全免疫侧风且在任何速度下都有极高原地回转效率。

★ 4.主要型号

Ka-50也是第一架像战斗机一样有NPP Zvezda K-37-800弹射座椅的直升机；不但加强人员生存性也增加驾驶员心理上的作战意愿。当座椅下火箭点燃时，两组旋翼中央的小炸弹都将把所有旋翼炸断弹开，机舱罩也会弹开。

第一架Ka-50原型机昵称为"狼人"。官方公布正式名称为"黑鲨"。在前苏联解体大砍军费前，Ka-50就幸运的进入全尺寸生产阶段，只被减低了建造数量。据说因为Ka-50研发知识有在国际上被人公开贩售，卡莫夫设计局考虑重新召回主要工程师和系统包商。

Ka-50计划将被用来搭配米-28直升机的特种作战，所以2006年Ka-50已经重开生产线。

1997年，以色列航空工业局（IAI）和卡莫夫设计局联手竞标土耳其145架（后来减为50架）攻击直升机的40亿美金合约。新设计为Ka-50-2 Erdogan，可以说是Ka-50现代化后双座版，以色列加装了"玻璃驾驶舱"和侧边可折叠式30毫米机炮。Erdogan赢过欧洲的"虎"直升机和AH-64，但是输给改良版AH-1"休伊眼镜蛇"。最后意大利的A-129 Mangusta还是胜出赢得合约。之后俄罗斯也决定自己不购买，卡莫夫设计局至今还是积极找寻买方。

卡-50直升机

★ 5.服役情况

在俄罗斯有至少25架在现役中。2001年1月，Ka-50展开第一次实战任务攻击车臣。之后还进行多项任务，虽然它不像米-24数量那么多，但是更适合进行反游击战，目前已完成最后的评估。

附：卡-50直升机技术参数

旋翼直径	14.5米	机长	16.0米	机高	5.4米
短翼翼展	7.3米	最大起飞重量	10800公斤	起飞重量	7800公斤
最大平飞速度	350公里/小时	爬升率	10米/秒	升限	4000米

第五节
"短吻鳄"——俄罗斯军用
卡-52直升机

★ 1.简介

卡-52是卡莫夫设计局研制的共轴反转昼夜全天候战斗直升机。1995年8月的莫斯科航空博览会上，卡莫夫设计局拿出了这种直升机的原尺寸模型。1996年11月12日，在乌赫托马直升机制造厂首次公开展出了以"短吻鳄"这种可怕的两栖动物命名的卡-52的原型机。当年参加莫斯科航展，并在同年举办的印度国际航空博览会上首次对外展出。

★ 2.结构特点

该机最显著的特点是采用并列双座布局的驾驶舱，而传统的武装直升机皆串列双座。采用并列双座布局并非标新立异，它是根据现代武装直升机的驾驶需要和所担负的战斗任务而设计开发的。首先，卡-52是为全天候、全天时、超低空攻击地面目标而设计的。当初，美国在制造F-111、前苏联在研制苏-24全天候歼击轰炸机（同样为了低空作战）时，飞行员和领航员/武器操作员就是并列坐在一个驾驶舱内，这种布局曾被看作是最佳方案，而且已被用到苏-34新一代歼击/轰炸机上。其次，早在1972年，美国在实施AH-1"休伊眼镜蛇"串列双座

卡-52直升机

布局夜战型武装直升机计划时，也得出了同样结论：机组成员最好采用并列布局。所以，卡-52直升机的双座布局并非倒退，而是根据使用需要的一种合理设计，是武装直升机座舱布局的一项创造。并列双座的优点是两人可共用某些仪表、设备，从而简化了仪器操作工作，使驾驶员能集中精力跟踪目标，最大限度缩短做出决定的时间。

★ 3.卡-50和卡-52直升机

从作战使用的观点看，卡-50直升机的良好导航与武器使用一体化系统保证了它能只靠一个飞行员完成复杂的对地攻击任务。

西方一些专家认为在飞行高度20～50米接近目标时，单座武装直升机的驾驶员将很难在保证飞行安全的同时正确有效地使用武器。而卡莫夫设计局总结米-24的作战经验后，认为要发现4公里距离内的目标，即使在平原地带，直升机的飞行高度也得保持在35～70米，如在丘陵地带，高度还应提高到100～245米。在这样的高度飞行和瞄准目标，单座直升机飞行员完全可以胜任。当然如果用户一定要用双座机，卡-52直升机可以满足他们的要求。

卡-52直升机

为安装双座座舱，卡-52直升机的前机身与卡-50直升机完全不同，机内两人的座位是并列的。这点与大多数武装直升机的纵列双座不同。并列双座的优点是结构增重比纵列双座少，机身只需略微加长（约1米），重心改变也少。

卡-50直升机机身改并列座位不需要加宽机身，而在作战时两人的协同会容易得多，可共用一些仪表显示设备，不过操纵系统还是各有一套，任何一名飞行员都可承担全部驾驶直升机或控制武器的任务。缺点是两人的视界都多少受邻座的影响。卡-52的弹射座椅是K-37-800型，两人可同时弹出，整套救生程序与卡-50相同。座舱也有装甲保护。

卡-52直升机还大力提高了夜间作战能力。桅杆顶（旋翼轴）上有FH01型雷达卵形天线罩，直径0.6米，雷达本身装在机头内，可用于导航、发现地面坦克等目标，也可用于制导半主动雷达导弹。座舱内有4个荧光屏，其中一个可显示地面三维地形图像。机头装有电视及前现红外装置，夜间可对地面目标进行自动照射跟踪。此外还有激光测距及标定目标系统，与"旋风"反坦克导弹配套。前视红外系统的有效方位角是正负110度。机上人员采用头盔瞄准具，有夜视镜，其视场角比米格-29飞机使用的大一些。左右座飞行员各有一个平视显示器，但右座系统操作员还有一个陀螺稳定的双筒望远镜，放大倍数是25倍。望远镜镜头装在右座机身下面的一个小球形整流罩内，与激光测距器轴校准同步。

武器方面，卡-52直升机增加了使用Kh-25ML激光制导空地导弹的能力，也可以使用Kh-25MP反辐射导弹，机身右侧的一门炮与卡-50相同，但炮弹总数减为280发。卡-52有一定空战能力，短翼下的外挂架可挂1枚R-73空对空格斗导弹或2枚（并列式发射筒）"钢针"-V（IGLA-V）空空自卫导弹。这种导弹本来是肩射防空导弹，可改作为直升机空战用。

卡-52直升机

在自卫电子对抗设备方面，除短翼尖的两个干扰弹发射器，还可安装主动红外导弹干扰器和雷达干扰器。报警系统包括L150雷达报警接收机，L136红外报警设备和L140激光报警设备。

卡-50/卡-52在设计时即注重简化地勤人员的飞行准备时间及维护工作，不用舷梯即可完成直升机各系统的维护，机身离地面高度很低。远离主要基地时，只依靠最低水平的维护就可连续执行任务12天。

但卡-50改为双座卡-52也付出了一定代价，大约增重600公斤，最大起飞重量基本不变，所以炮弹总量减少，飞行阻力略有增加。机体允许过载从3.5g降为3.0g，悬停升限从4000米降为3600米，最大爬升率从10米/秒减到8米/秒，最大速度和航程则基本不变。

附：卡-52直升机技术参数

机身长	15.96米	机高	4.93米	旋翼直径	14.43米
起飞重量	10.4吨	最大平飞速度	350公里/小时	续航时间	100分钟

第六节
"逆戟鲸"——俄罗斯军用卡-60直升机

卡-60单桨多用途轻型直升机是由卡莫夫设计局研制的一种新型军用直升机，原称V-60，北约代号"逆戟鲸"。该机由位于莫斯科郊外的卢霍维奇飞机制造厂负责生产批量。卡-60脱离了卡莫夫设计局传统共轴反转旋翼布局，总体布局为4片桨叶旋翼和涵道式尾桨布局，可收放式三点吸能起落架。卡-60具有完美的空气动力外形，每侧机身都开有大号舱门，尾桨有11片桨叶。座舱内的座椅具有吸收撞击能量的能力。驾驶舱内有2名驾驶员，主驾驶员在右侧。座舱可乘12～16名乘客，要人专机布局时安装5个座椅。动力装置两台诺维科夫设计局TVD-1500涡轮轴发动机，功率2×970千瓦（2×1318轴马力）。该机可替换米-2、米-4和卡-26。主要用于运输、搜索和救援，还可执行对公路、森林、

石油管路的巡逻任务。

卡-60的原型机于1990年开始制造，1997年与公众面世，1998年进行首次飞行。其主要型号：卡-60，基本型；卡-60R，改装两台罗·罗/透博梅卡公司RTM322涡轴发动机，最大连续功率2×1395千瓦（2×1897轴马力）。

卡-60的机身呈动力流线型，远远看去，酷似一只展翅的"黑羽燕"，设计人员给卡-60取名为"燕子"。别看"燕子"

卡-60直升机

的体态轻巧，但它却有惊人的运载能力，如果把机内搭载和外挂能力都算进去的话，其最大运载量可达到5吨。

俄罗斯空军将卡-60定位成"多功能、轻型"军用直升机。卡-60的总设计师维亚切斯拉夫·科雷京介绍说，卡-60直升机可以胜任多项作战和保障任务。它既可以向作战地区或敌人后方投送兵员和弹药，也可以用于紧急护送伤病员，担任国家特定军事区域的警戒和巡逻任务。此外，外形轻盈的卡-60还可以用于武装侦察、跟踪空中目标等。至于执行搜索和救援以及培训飞行员等任务，卡-60更是不在话下。

卡-60不仅可以单独执行多种任务，还可以与卡-50和米-28武装直升机组成混合攻击编队，对敌重要目标实施猛烈而突然的袭击，达到突袭效果。此外，由于装备有最先进的电子指挥控制系统、通信系统及导航设备，使卡-60具备"战场指挥员"的素质，可以指挥若干架武装直升机协同作战。

卡-60机身涂满特殊材料并大量采用其他隐形技术，比如涂抹专用涂料、可选择转速螺旋桨等，使其对光电子、红外线和雷达辐射的反射面大大减小，具有很强的隐形性能。除此之外，该机的高机动性也可使飞机的生存力大大增强。设计人员在研制过程中尤其重视提高卡-60的战场生存能力，机上所有的系统和单元都是双重并且分开的，旋翼桨叶被机枪击穿若干小洞仍可以维持飞行，发动机可以抗23毫米机关炮炮弹破坏，控制系统的接头和连杆可承受12.7毫米子弹的射击。结构重量的60%为复合材料，有效地提高了生存力和抗战斗损伤能力。油箱中填充了泡沫材料以防止燃油起火爆炸。卡-60的驾驶员和空降兵都坐在弹射坐椅上，一旦出现险情，乘员可以立即弹射出舱门。

卡-60配备有包括"蜡笔"雷达告警接收机、OTKLIK激光告警器等设备在内的电子战设备，可以携带两个B-8V-7型80毫米7管火箭巢，或者两挺7.62毫米和12.7毫米机关枪。

卡-60未来将成为俄陆军航空兵重要武器装备，它可与卡-50"黑鲨"直升机组成混合攻击编队，用于执行侦察、运送伞兵、向战区运送武器和弹药、撤离伤员、警戒和巡逻任务，也可用于进行搜索救援行动和训练飞行员。

卡莫夫设计局研制的各种卡氏直升机个个名气很大。远的不说，近20年来

立体打击——军用直升机

JUNYONG ZHISHENGFEIJI

问世的卡-28舰载反潜直升机、卡-29舰载运输直升机、卡-31舰载雷达预警直升机、卡-37和卡-137无人驾驶侦察直升机早已闻名于世，而卡-50和卡-52武装直升机在近年举办的多次国际航展上更是出尽风头。俄军火专家分析，卡-60的销售前景十分看好，仅俄空军一家现在就需订购350架；陆军航空兵宣布，

卡-60直升机

卡-60将成为俄罗斯陆航武器的重要组成部分。此外，西方市场上对卡-60直升机的最低市场需求至少也有数百架。而且在2005～2015年间，很多西方国家军队的直升机换装工作也将开始，预计这也会促进对卡-60的需求。

附：卡-60直升机技术参数

旋翼直径	13米	机长	15.05米	机高	3.7米
主轮距	2.5米	前主轮距	4.73米	最大起飞重量	6500公斤
正常起飞重量	6000公斤	最大平飞速度	290公里/小时	正常巡航速度	280公里/小时
实用升限	5500米	悬停高度	1800米	最大爬升率	13米/秒
航程	625公里				

第八章

法国军用
直升机

第一节
法国军用"云雀"Ⅲ直升机

★ 1. 简介

SA-316/319B "云雀" Ⅲ直升机是法国航宇公司（现欧洲直升机公司法国分公司）在"云雀"Ⅱ直升机的基础上研制的轻型多用途直升机。截至1985年5月1日，法国共生产了1455架"云雀"Ⅲ，交付给世界上74个国家和地区。罗马尼亚也生产了230架，印度生产了300多架。我国也进口了一批"云雀"Ⅲ装备在陆军航空兵部队。

★ 2. 型号

"云雀"Ⅲ有两个系列：SA-316和SA-319B。

SA-316于1959年2月28日首飞，1961年开始生产。1969年末以前交付的装"阿都斯特"涡轴机，称为SE-3160。1970年开始交付的装"阿都斯特"ⅢB涡轴机，称为SA-316B。1972年开始生产SA-316C，装"阿都斯特"ⅢID涡轴机。SA-319是SA-316C的发展型，于1971年投产，安装的是"阿斯泰勒"XIV涡轴机，增加了发动机的效率，减少了耗油量。

"云雀"Ⅲ直升机的军用型可以安装7.62毫米机枪或者20毫米机炮，还能外挂4枚AS11或者2枚AS12有线制导导弹，可以反坦克攻击和攻击小型舰艇。"云雀"Ⅲ的反潜型安装了鱼雷和磁异探测器，还有的安装了能起吊175公斤的救生绞车。

"云雀"Ⅲ直升机

附："云雀"Ⅲ直升机技术参数

旋翼直径	11.02米	尾桨直径	1.91米	机长	12.84米
机宽	2.60米	机高	3.00米	空重	1134公斤
最大起飞重量	2200公斤	正常起飞重量	2100公斤	内油量	560升
最大平飞速度	220公里/小时	最大巡航速度	195公里/小时	爬升率	4.5米/秒
实用升限	4000米	最大航程	480公里		

163

"超黄蜂"——法国军用 SA-321直升机

★ 1.简介

SA-321"超黄蜂"是法国国营航宇工业公司研制的三发中型多用途直升机，是由SA-320"黄蜂"直升机发展而来的。在"超黄蜂"的研制过程中，特别是在旋翼系统设计、制造和试验工作中曾得到美国西科斯基公司的帮助，主减速器由意大利菲亚特公司提供。

"超黄蜂"是根据法国军方的要求于1960年开始研制的。第一架原型机为部队运输型，于1962年12月7日首次试飞。1963年7月，这架直升机创造了好几项直升机世界纪录。第二架原型机为海军型，主起落架支柱上带有稳定浮筒，于1963年5月28日首次试飞。随后，又制造了4架预生产型。

"超黄蜂"直升机自1966年开始交付到1980年停产，一共生产了105架，其中包括两架原型机和4架预生产型机。SA-321"超黄蜂"直升机1979年单价为650万美元。

★ 2.型号

"超黄蜂"直升机能执行多种任务，如运输、撤退伤员、搜索、救援、海岸警戒、反潜、扫雷、布雷等。"超黄蜂"发展了以下几种型号。

（1）SA-321F客货型　　客运时可载客34～37人，也可选用8、11、14、17、23、26座布局；作为货运型，座舱内的客运设备可迅速拆除，机身两侧各有一个大的流线型密封行李舱，必要时可在水上降落。原型机按美国联邦航空局

SA-321"超黄蜂"直升机

FAR29条例设计,于1967年4月7日首次试飞。先后于1968年6月27日和8月29日获得法国民用航空总局和美国联邦航空局的适航证。

（2）SA-321G 反潜型　　该型装有侧向稳定浮筒,海上飞行和反潜用的导航、探测和定位装置,以及反潜武器。该型是"超黄蜂"系列中首先投入生产的型号。第一架SA-321G于1965年11月30日首次飞行,1966年初开始交付。

（3）SA-321H 空军和陆军型　　机身下部两侧没有稳定浮筒或外部整流罩。没有安装除冰装置。

（4）SA-321Ja 通用和公共运输型　　主要用于运输人员和货物。用于客运时,可载27～30名乘客;用于救护伤员时,可装三副担架和21个座椅,也可装15副担架和一个医务人员用的座椅;搜索救援时,机上可装一个承载能力为275公斤的起重绞车。货物吊索上可以吊挂5000公斤外挂载荷飞行50公里。SA-321Ja原型机于1967年7月6日首次试飞。1971年12月获得法国适航证。

★ 3.设计特点

（1）旋翼系统　　6片桨叶旋翼,桨毂由两个具有垂直铰和水平铰的六臂星形盘构成。桨叶根部装有变距操纵接头和液压减摆器。桨叶长8.6米,等弦长,采用NACA0012翼型。全金属结构。SA-321G的6片旋翼桨叶都可液压操纵自动折叠。

（2）尾桨　　有5片金属桨叶,与旋翼桨叶结构相似。只有总距操纵,桨叶长1.6米,桨叶可以互换。

（3）传动系统　　3台发动机的输出功率通过各自的自由离合器和发动机减速器传到中间传动轴。后发动机和前左发动机共用一根中间传动轴而并车。然后与前右发动机并车,并通过一对伞齿轮输入主减速器。再经过主减速器内的两级游星齿轮驱动旋翼主轴。尾桨由左中间传动轴通过中间减速器及尾减速器驱动。旋翼刹车由中间传动轴带动。旋翼转速低速时207转/分,巡航时212转/分。尾桨转速990转/分。

（4）机身　　普通全金属半硬壳式机身,船形机腹由水密隔舱构成。在SA-321G上,机身两侧主起落架支撑结构上装有稳定浮筒。尾斜梁可以折叠以便存放。各型的尾斜梁右侧都带有小型固定安定面。在SA-321F上,无稳定浮筒,但在中机身两侧有大型整流罩,可以起稳定浮筒作用,同时可作行李舱。

（5）着陆装置　　不可收放双轮前三点起落架。装有油-气减震支柱。SA-321G上的减震支柱可以缩短,以减少机高,便于存放。镁合金机轮,尺寸全部一样,轮胎压力$6.89×10^5$帕,也可选用$3.43×10^5$帕的低压轮胎。主机轮上装有液压盘式刹车装置。前机轮可转向和自动定心。

（6）动力装置　　3台1170千瓦(1590轴马力)的透博梅卡公司"透默"ⅢC6涡轮轴发动机(SA-321H上装的是"透默"ⅢE6)。2台并列在旋翼轴前方,1台在旋翼轴后方。

SA-321"超黄蜂"直升机

燃油装在机身中段地板下的软油箱内，SA-321G/H燃油总量为3975升，SA-321Ja为3900升。各型可选用2个500升的外部油箱。SA-321G可选用2个500升的内部油箱，SA-321H/Ja机内可放3个666升的内部油箱。

（7）座舱

①军用型。驾驶舱内有正、副驾驶员座椅，具有复式操纵机构和先进的全天候设备。SA-321G有5名乘员，有战术台和反潜探测及攻击、拖曳、扫雷和执行其他任务用的各种设备。此型也可运送27名乘客。SA-321H可运送27～30名士兵，内载或外挂5000公斤货物，或者携带15副担架和两名医护人员。主座舱设通风和隔音装置。前机身右侧有滑动门。液压传动的后部装卸（货物）斜板可在飞行中操纵。

②民用型。航线客机内设37个座椅（如果装厕所，内设34个座椅），3座并排，中间有过道。可选择8、14、23座带厕所的布局，或11、17、26座不带厕所的布局，剩余的座舱空间用活动隔板隔开，用于运货。在这些布局中，不用的座椅折起来靠在座舱板上。所有座椅和客舱设备都可快速拆卸，以便于完全货运。

③运输型。执行运送人员任务时可载27名乘客。作为货运机使用时，在货物吊索上可以吊挂5000公斤的外部载荷。内部货物（达5000公斤）通过后部斜板式货舱门用绞车装载。

（8）作战设备 SA-321G反潜直升机一般的战术编队为3架或4架，每架直升机带有全套探测、跟踪和攻击设备，包括一个自主式导航系统和一部与它配套的多普勒雷达，一部带有应答器和显示控制台的360度雷达，以及提吊式声纳。主机舱两侧各携带两条寻的鱼雷。SA-321G和SA-321H可以装上反舰武器系统，这个武器系统包括两枚"飞鱼"式导弹及其发射装置，以及一部用于目标指示的ORB31D雷达。

附：SA-321"超黄蜂"直升机技术参数

旋翼直径	18.90米	尾桨直径	4.00米	机长	23.03米
机高	6.66米	机宽	5.20米	旋翼桨叶弦长	0.54米
尾桨桨叶弦长	0.30米	主轮距	4.30米	前后轮距	6.56米
空重	6863公斤	最大起飞重量	13000公斤	最大允许速度	275公里/小时
巡航速度	210公里/小时	最大爬升率	400米/分	实用升限	3150米
悬停高度	2170米	正常航程	820公里	续航时间	4小时

第三节
"美洲豹"——法国军用
SA-330直升机

⭐ 1.简介

SA-330"美洲豹"是法国国营航宇工业公司从1963年1月开始研制的双发中型多用途运输直升机。1967年英国的韦斯特兰公司加入研制行列，原型机试飞于1965年4月15日，1969年春天开始服役。

SA-330"美洲豹"直升机

SA-330有一个高度相对较大的粗短机身，尾撑平直，机身背部并列安装2台"透默"Ⅳ.C型涡轮轴发动机，最大功率1600轴马力左右。机头为驾驶舱，飞行员1～2名，主机舱开有侧门，可装载16名武装士兵或8副担架加8名轻伤员，也可运载货物，机外吊挂能力为3200公斤。可视要求带导弹、火箭，或在机身侧面与机头分别装备20毫米机炮及7.62毫米机枪。SA-330采用前三点固定起落架，是一种带尾桨的单旋翼布局直升机，旋翼为4叶，尾桨为5叶。

⭐ 2.改进型号

"美洲豹"主要改型如下。

SA-330B，法国陆军型。

SA-330C/H，出口军用型，非洲用。

SA-330E，英国空军型，正式型号为"美洲豹HC.Mk.Ⅰ"。

SA-330F/G，民用型。

SA-330J/L，其中L型为改复合材料桨叶的军用型，外吊能力高达7500公斤，1978年4月成为西方第一种获得全天候飞行适航证的直升机，进气口有防沙防浪装置。

SA-330Z，涵道尾桨的试验型号。

⭐ 3.销售

至1985年1月，已有692架"美洲豹"直升机销售往46个国家（包括我国），此外，罗马尼亚与印尼也仿制一百多架。

"美洲豹"直升机是在许多国家得到使用的性能良好的运输型直升机。

法国军用直升机

1978年9月13日，其发展型AS-332首飞，别名"超级美洲豹"。特点是载重更大、抗坠性好、战场生存性强，舱内噪声降低。机头（下部鼻部）加长，轮距加大，采用单轮主起落架，并可"下跪"以减少舰上收容空间。尾撑下添加了鳍片，旋翼采用更先进的翼型。

★ 4.军用型

其军用型是AS-332B，装2台1903轴马力的"马基拉"IA.1发动机。

它又有以下改型：AS-332B1，可容纳23名士兵；AS-332FI，海军搜救、反舰和反潜型，尾梁可折叠适应舰载，有"鱼叉"着舰机构；AS-332MI，油箱扩大的军用型。

第四节
"小羚羊"——法国军用
SA-341/342型直升机

★ 1.简介

SA-341/342"小羚羊"轻型直升机由原法国航宇公司（现欧洲直升机公司法国分公司）和英国韦斯特兰直升机公司共同研制。"小羚羊"研制计划最初由法国提出，用于取代"云雀"II直升机。1964年开始研制。该机采用"云雀"II传动系统，透博梅卡公司的"阿斯泰勒"III发动机，以及与德国伯科夫公司联合开发的旋翼。

1967年法英两国开始共同研制。第一架原型机称为SA-340，1967年4月7日首飞。第二架原型机称为SA-341，1968年4月首飞，第一架预生产型在1971年8月6日首飞。

★ 2.技术特点

"小羚羊"飞行性能非常优秀。1971年5月13日和14日，SA-341-01号在伊斯特尔创造了三项E1C级世界纪录：在3公里直线航段上飞行速度达310公里/小时；在15或25公里直线航段上飞行速度达312公里/小时；在100公里闭合航线上飞行速度达296公里/小时。因此很快大量各国军民客户订购了"小羚羊"直升机，用于从反坦克到交通监视的广泛领域。

"小羚羊"采用三片半铰接式NACA0012翼形旋翼，可人工折叠。采用法国直升机常见的涵道式尾桨，带有桨叶刹车。座舱框架为轻合金焊接结构，安装在普通半硬壳底部机构上。底部结构主要由轻合金蜂窝夹心板和纵向盒等构成。机体大量使用了夹心板结构。采用钢管滑橇式起落架，可加装机轮、浮筒和雪橇等。

SA-342的动力为一台"阿斯泰勒"XIVM
涡轮轴发动机，640千瓦。我军的L1型
同样采用"阿斯泰勒"XIVM发动机。机
上有两个油箱，总容量545升，另有一个
位于座舱后方的200升转场油箱。机上装
有发动机驱动的4千瓦直流发电机和40
安·小时电池，向28伏直流电系统供电。
也可选用26伏直流电系统。

SA–341/342型"小羚羊"直升机

　　"小羚羊"采用并列双座驾驶机制，
座舱共有两排五个座位。只有一套操纵系统，但可选装双重驾驶系统。后排座椅
可折叠到地板上，并配有固定环等设施，以便在后舱装载货物。座舱后方还有一
个行李舱。机上通信设备可选装超高频电台、甚高频电台、高频电台、机内通话
系统、归航台。导航设备包括无线电罗盘、无线电高度表、甚高频全向信标、盲
目飞行设备和自动驾驶仪。可选用承载力700公斤的吊挂系统、承载135公斤的
绞车、1～2副担架或照相观瞄设备。20世纪80年代末英法的"小羚羊"普遍进
行了电子设备的升级，包括增加全向告警装置等。

　　除了英国和法国外，埃及和南斯拉夫根据专利许可也生产了一定数量的"小
羚羊"直升机。到1991年6月30日，有41个国家客户在使用共1254架"小羚
羊"直升机，包括英国、法国、中国、伊拉克、爱尔兰、摩洛哥、安哥拉、南
斯拉夫、埃及等。其中英国装备了282架，法国装备了357架以上，埃及装备了
190架，伊拉克装备了81架。"小羚羊"有丰富的实战经历，英国"小羚羊"参
加了马岛战争，法国型参加了海湾战争，伊拉克的参加了两伊战争等。

　　外国的"小羚羊"的主要武器包括1门20毫米机炮或2挺7.62毫米机枪，
可带4枚欧洲导弹公司（由法国马特拉公司和德国戴姆勒·克莱斯勒航空航天
公司联合组建）研制的"霍特"（HOT）反坦克导弹，或2个70毫米或68毫米
火箭吊舱。为制导反坦克导弹，机舱顶部通常装有APXM397陀螺稳定观瞄装置，
或其全天候改进型号，或AF532先进观瞄装置。我国的"小羚羊"通常外挂四
枚"霍特"导弹，目前尚未有改用国产"红箭"导弹的消息。我国陆军常用
"小羚羊"模拟敌军武装直升机，既扮演过西方直升机的角色，也扮演过前苏
联直升机。

★ 3.识别特征

　　机头呈卵形，可透视部位占机身表面一半以上，大梁略上翘。3片桨叶半铰
接式旋翼，采用涵道式尾桨，13片尾桨叶安装在垂尾下部的圆盘形涵道里。平
尾安装在垂尾前尾梁上，两端装有五边形小垂尾，主垂尾向下有梯形突出，向后
有三角形突出部位。单发安装在机舱后面机身上边，排气管后伸明显，钢管滑橇
式起落架。

★ 4.型号

SA-341/342型"小羚羊"直升机

SA-341B：英国陆军型号，装"阿斯泰勒"ⅢN发动机，编号为"小羚羊"AH. Mk1。

SA-341C：英国皇家海军型，编号"小羚羊"HT. Mk2。

SA-341D：英国皇家空军教练型，编号为"小羚羊"HT. Mk3。

SA-341E：英国皇家空军联络型，编号为"小羚羊"HCC. Mk4。

SA-341F：法国陆军型，装"阿斯泰勒"ⅢC发动机，生产了166架。

SA-341G：民用型，装"阿斯泰勒"ⅢA发动机。

SA-341H：装"阿斯泰勒"ⅢB发动机的军用型。

SA-342J：1977年开始交付的民用型。

SA-342K：装"阿斯泰勒"ⅪVH发动机的军用型。

SA-342L：类似SA-342J的军用型。

SA-342L1：装"阿斯泰勒"ⅪVM发动机的基本军用型。

SA-342M、SA-342F：先进型，安装先进雷达、导航和夜视系统，法国陆军装备了188架。

附：SA-342L1"小羚羊"直升机技术参数

旋翼直径	10.50米	尾桨直径	0.695米	机长	11.97米
机宽	2.04米	机高	2.72米	滑橇间距	2.02米
空重	999公斤	最大外挂重量	700公斤	最大起飞重量	2000公斤
最大允许速度	280公里/小时	最大巡航速度	260公里/小时	爬升率	7.8米/秒
实用升限	4100米	悬停高度	3040米	航程	710公里

第五节
法国军用"海豚"攻击直升机

法国航宇公司在20世纪70年代至80年代发展研制了一种很有名的轻中型多用途军、民两用直升机，这就是"海豚"系列。

按发展顺序，最早出现的是单发的SA-360C与SA-361，别称为"海豚2"。又从"海豚2"发展出SA-365M，别称为"黑豹"。作为"云雀Ⅲ"的后继机种，航宇公司从1968～1969年开始考虑"海豚"的方案，1972年6月试飞原型，1973

法国"海豚"攻击直升机

年5月，创造了三项直升机世界速度记录。到1986年1月，已有34个国家订购了362架SA-365N。改型包括法国海岸警备队用的搜救和反舰型SA-366G与SA-365F。SA-365N可载13名乘客，也可吊挂1600公斤重物。也可安装全套反潜反舰武器，包括全向雷达及鱼雷2枚。

SA-365F是从SA-365N发展而来的反舰型和反潜型，1982年2月首飞。其中反舰型在机头下悬挂有圆板状的Agrion15雷达，机身两侧挂架下可挂4枚AS.15TT导弹，也可挂载2枚AM39飞鱼反舰导弹，可攻击15公里外的敌舰。反潜型则带有磁探仪、声纳浮标及1～2枚自导鱼雷。座舱中可容10人。

作为海豚的大改型号SA-365M，是别称为"黑豹"的多用途军用型。1984年2月试飞，1988年服役，它大大加强了在作战地域的生存能力，机身复合材料使用比例增加了15%。座椅可防弹，油箱中弹后可自封，带电缆剪（用于割断飞行中遇到的电线）。座舱加强了抗坠毁能力，可抗15g过载，有夜视仪及电子干扰设备，座舱更适合于贴地飞行。黑豹主要用于高突击运输，可在400公里范围内运送2名机组人员及10名士兵或在11公里半径内每小时运送60名士兵，机身两侧可挂22枚68毫米火箭弹加19枚70毫米火箭弹及一具20毫米炮舱，可连续执行3小时的火力支援。用于反坦克作战时，可改挂4枚"霍特"导弹。当进行直升机"空战"时，可挂4枚空对空导弹加一门机炮。此外，"黑豹"还能执行武器侦察、搜救、伤员后撤（4个担架）或外吊1600公斤物资的运输任务。

第八章

法国军用直升机

第九章

意大利军
用直升机

"猫鼬"——意大利
A-129直升机

★ 1.简介

意大利陆军航空兵的主战直升机
A-129，是一种轻型专用武装直升机，绰
号"猫鼬"（Mangusta）。意大利阿古斯
塔公司研制的A-129猫鼬武装直升机是
欧洲第一型武装直升机，也是第一种经
历过实战考验的欧洲国家的武装直升机。
在2001年北京航展和2004年珠海航展
上，阿古斯塔公司都特意带来了"猫鼬"
的模型，引起了国内军事爱好者浓厚的
兴趣。

A-129 "猫鼬" 直升机

★ 2.设计背景

20世纪60～70年代，美军在越南的作战中已经显示出直升机的重要作用。
1972年8月，美国陆军对先进攻击直升机AAH计划进行招标，该计划最终造就了
日后大名鼎鼎的"坦克杀手"AH-64"阿帕奇"。同时，欧洲作为抵御苏军装甲洪
流的第一线，也在酝酿一些类似的计划。不过当意大利总参谋部在1972年试探
性表示需要一种专职反坦克直升机时，这还是欧洲第一家。当时意大利有两个选
择：购买现成的直升机（例如AH-1）或者改进一种本国现在直升机。为意大利
进行了AB-205直升机挂载陶式导弹的试验，但是试验的结果却并不能让意大利
陆军满意。而如果购买AH-1又价格不菲，且这也令意大利航空工业难以接受。

权衡之下，意大利陆军航空兵（ALE）决定联合阿古斯塔公司，转向A-109
直升机进行大幅度改型，项目名称为ELECC轻型巡逻、反坦克直升机。意大利陆
航与此相对应的另外一个计划是研制中型多用途直升机家族，包括战场支援、运
输、C3和侦察搜索型直升机。结果，由于资金问题，最终只有第一个反坦克型
直升机项目得以继续。

出于多方面考虑，意大利在此项目上并未排斥与其他国家的合作。1975年，
阿古斯塔公司同德国MBB公司达成协议，开始A-MBB115轻型攻击直升机的设计
工作，但是由于各自的作战需要不同，并且在设计分工上无法达成一致，合作
计划最后还是夭折了。德国转为发展由本国MBBBO-105直升机改进的装甲增强型

PAH-1（德文"反坦克直升机"缩写）。后来，PAH-1成为法国、德国联合研制一种新型重型反坦克武装直升机PAH-2（或称HAC，即"反坦克直升机"的法文缩写）的跳板。经过长时间艰难的酝酿，PAH-2最终发展成为"虎"式武装直升机。

在与德国合作发展计划落空后，阿古斯塔公司单独发展了一种过渡型轻型反坦克直升机，当时欧洲其他国家都研制类似的由直升机和反坦克导弹组合而成的武器系统，例如英国的"山猫"、"陶"式，法国的"小羚羊"、"霍特"和德国的PAH-1、"霍特"。意大利的类似型号是在A-109A/陶的基础上改进的。与欧洲盟国不同的是，意大利的这种直升机仅仅是一个过渡机型。此时其他国家尚无进一步的发展计划。

A-129"猫鼬"直升机

1978年3月，阿古斯塔公司同意大利陆军分别以60%和30%的股份共同投资发展新型武装直升机，即A-129。阿古斯塔重新进行了概念论证。4～4.5吨级的PAH-2对意大利当时的需求来说显得大了些。同样，基于A-109的设计观念也不合适。陆军基本要求是采用陶式导弹的直升机最大任务重量不能超过3800公斤（不过后来的"猫鼬"还是超出了这个重量），巡航速度250公里/小时，海平面爬升率10米/秒，无地效悬停高度2000米，续航时间2小时30分钟。根据这个指标，阿古斯塔公司进行了全新的概念设计。

最后确定的方案为串列双座布局，后三点起落架，拥有用于挂载武器的短翼，采用四片旋翼和两个发动机短舱，观瞄系统装于机鼻的转塔上。在一些方面，它有点像1975年首飞的美国休斯公司的YAH-64。到1982年11月A-129的基本设计已经完成。在A-129身上，处处体现着意大利陆军对反坦克需求的迫切。其最初交付的直升机没有夜间作战能力，但在随后的发展中得到了完善。该机的主要装备是8枚反坦克导弹，但没有装备机枪或者机炮。另外，作为一种轻型武装直升机，A-129基本无装甲防护，其生存主要依靠小巧的外形，高超的飞行性能，低红外辐射和低噪声（上述特征均比AH-64小很多）。可以说在计划初期，部分缺乏远见的意大利陆军高官对"猫鼬"的发展起了消极作用。相对于"阿帕奇"，它过于脆弱，而且仅仅装备8枚短射程的"陶"式导弹显得火力不足。

★ 3. 结构设计

A-129采用了武装直升机常用的机身布局，纵列串列式座舱，副驾驶/射手在前，飞行员在较高的后舱内，均有坠机能量吸收座椅。机身装有悬臂式短翼，为复合材料，位于后座舱后的旋翼轴平面内。每个短翼装有2个外挂架，可外挂1000公斤的武器。采用抗坠毁固定式后3点起落架。机身结构设计主要为铝合金大梁和构架组成的常规半硬壳式结构。中机身和油箱部位由蜂窝板制成。复合材料占整个机身重量（发动机重量除外）的45％，占空重的16.1％，主要用于机头整流罩、尾梁、尾斜梁、发动机短舱、座舱盖骨架和维护壁板。

A-129 "猫鼬" 直升机

所有机体外露面（除桨叶和桨毂外）面积为50平方米，其中35平方米为复合材料。机头的翻卷式隔框和前机身的翻卷式梁用于保护乘员。发动机等要害部位都有装甲保护。全机喷有能吸收红外线的涂层。机体可抵御12.7毫米穿甲弹，并能满足美国军用标准MIL-STD-1290的抗坠毁标准要求。具体是在以11.2米/秒的垂直下降速度坠毁着陆，和以13.1米/秒纵向速度碰撞硬壁时，必须保持95％的生存力，及所有动部件均不得进入驾驶舱。同时驾驶舱内部容积减小不得超过15％。应该说在发展A-129之初，阿古斯塔广泛吸取了各方的经验。但是它也拥有自己的技术特点。例如，其轻重量的复合材料占机体总重的45％（不包括发动机），外表面积的70％。采用成熟而简练的全铰接式4片主旋翼和半刚性三角铰接式2片尾桨。主旋翼装于三维球形弹性轴上（每个叶片一个），这是在攻击直升机上首次采用，其优点是不必对桨毂和轴承进行润滑，并减小了旋翼阻力和直升机的震动，哪怕是在进行诸如90度急转弯这样的高过载机动时。主旋翼大梁采用碳纤维和凯芙拉制造，复合材料蒙皮，前缘和后缘由蜂窝结构材料制造，旋翼前缘抗磨包条由不锈钢制造，桨尖较易更换。所有机械连杆和活动件都装在旋翼主轴内部，以防外来物损伤和结冰，并可减弱雷达信号。A-129的旋翼可以抵抗23毫米炮弹的直接命中并能够割断15厘米粗的树干。A-129粗大的旋翼转动轴为中空结构，可以非常方便地安装桅杆式侦察、瞄准系统，并为主轴控制链接和旋转倾斜盘提供了空间。另外该系统还可显著地减少直升机的多普勒雷达反射。

"猫鼬"采用了军用STD1290坠毁生存标准，它是继UH-60、AH-64后第三种采用该标准的直升机。带两极液压减震支撑杆的主起落架和马丁-贝克防坠座椅，再加上机身变形设计，能够保障飞机在以11.2米/秒的垂直速度和13.1米/秒的水平速度落向地面时，乘员具有90％的存活率。其起落架能够保障机体和蒙皮在4.57米/秒的"硬着陆"时不会造成大的破坏。

A-129采用两台英国罗-罗公司的GEM2-21004D涡轴发动机（由意大利本国公司按许可证生产，编号为RR1004），每台额定最大功率772千瓦。两台发动机工作时的传动功率为969千瓦（1317轴马力），一台发动机工作时为704千瓦（957轴马力），应急功率为772千瓦（1035轴马力），但只能持续20秒的时间。后来的A-129又换装了一种更强劲的发动机，即T800。原来装在"猫鼬"上的GEM也进行了改进设计，而且其简单的变速箱可以适应将来T800的装机。另外，A-129发动机系统的所有传动轴、部件和接头都能承受12.7毫米子弹的打击。

A-129采用了分开隔离的两套燃油系统，但两套供油线路可交叉供油。供油管线和油箱都有自封闭功能，油箱进行了专门的抗坠毁设计。发动机由装甲防火板隔开。排气管可安装红外抑制装置，但在平时人们很少看到猫鼬装备这种装置。当传动装置被击中，润滑油外漏时，直升机还能坚持飞行30分钟。

★ 4.发动机

发动机采用2台罗尔斯·罗伊斯公司GEM 2 Mk 1004D涡轴发动机，每台额定功率772千瓦，生产型的发动机由意大利毕亚交公司自行仿制。两台发动机工作时的传动功率为969千瓦（1317轴马力），一台发动机工作时为704千瓦（957轴马力），应急时为759千瓦（1032轴马力）。发动机以27000转/分的速度把功率输入传动机构。发动机系统的所有传动轴、部件和接头都能承受12.7毫米子弹的打击。

为了提高生存力，发动机间隔较大。两套燃油系统相互独立，能交叉供油。有可互换的自密封抗坠毁油箱，以及自密封的输油管路和数控燃油调节系统。为防火，在单点压力加油口式油箱内充填泡沫材料。每台发动机有独立的润滑油冷却系统。发动机的排气装置采用了红外辐射抑制装置。

发动机噪声比较低。主传系统有完全独立的滑油冷却系统。中间和尾减速器均用润滑脂润滑。在无滑油情况下，至少能安全工作30分钟，试验证明能安全工作45分钟。在主传动系统前方有附件齿轮箱。在正常工作状态下，附件由主齿轮系驱动。

在地面时，驾驶员可通过控制离合器将附件与1号发动机连接起来，并与旋翼脱开。当两台发动机在地面慢车运转时，旋翼刹车装置可迅速停止旋翼转动，由一台发动机驱动附件。此外在舱内的翼下位置上可携带副油箱。

★ 5.作战能力

全铰接式的4片桨叶组成了A-129的旋翼系统，尾部则为2片桨叶的半刚性三角铰接式尾桨。旋翼和尾桨都采用弹性轴承和低噪声桨尖，桨叶由碳纤维和凯芙拉（Kevlar）制造的大梁、Nomex蜂窝芯制造的前缘和后缘、不锈钢制造的前缘抗磨包条、易更换桨尖和复合材料蒙皮制成。这种旋翼桨叶振动水平低，能经受住12.7毫米子弹的射击，估计能经受住23毫米炮弹的射击（这要比AH-64的生存能力差）。

旋翼桨毂用复合材料制成，包括玻璃纤维板和4个不需要润滑的弹性轴承，结构简单，重量仅86～87公斤。桨毂也有与桨叶相同的抗弹击能力。所有机械连杆和活动件都装在旋翼主轴内部，以防外来物损伤、结冰，并可减弱雷达信

A-129"猫鼬"直升机

号。尾桨桨叶也由复合材料和不锈钢前缘制成，能经受12.7毫米子弹的射击。

A-129有着完善的全昼夜作战能力，这来源于由2台计算机控制的综合多功能火控系统。它控制/监控着飞机各项性能、自动驾驶仪、预警/报警系统、通讯、发动机状态飞行指引仪、电传操纵、导航、电子战、武器点火控制系统，以及电子、燃料和液压系统的状态。机上装有霍尼韦尔公司生产的前视红外探测系统，使得飞行员可在夜间贴地飞行。头盔显示瞄准系统使驾驶员和武器操作手均可迅速的发起攻击。为了夜间执行反坦克任务，前视红外探测系统可以增强"陶"式导弹的目标截获和制导能力。这种探测系统也可在白天使用。A-129在4个外挂点上可携带1200公斤外挂物，通常携带8枚"陶"式反坦克导弹、两挺机枪或81mm火箭发射舱。主要反装甲武器是装在短翼上的"陶"式导弹，瞄准具安装在机头，但还可安装旋翼主轴瞄准具。另外A-129也有携带"毒刺"空空导弹的能力。

主动和被动自卫系统是A-129的标准设备。被动电子战系统包括雷达告警接收机、激光告警接收机。积极对抗手段包括雷达干扰机或红外干扰机或干扰箔条布撒机。

此外，A-129的全综合化的多路传输系统能极大地增强飞行员完成复杂任务的能力。该系统可控制导航、飞行指引仪、火控系统、自动驾驶仪、传动和发动机工作状况监测器、燃油管路、液压系统和电气系统监测器及告警系统，使得上述系统组成一个完善的整体。该系统由两台哈里斯中心计算机操纵，单台计算机也能单独控制整个系统。全系统兼容MIL-STD-1553B型数据总线，两台交联计算机负责综合管理直升机的电子设备和飞行控制系统。输出设备为下视多功能显示器，分别向驾驶员和副驾驶员/炮手提供显示。显示器上可用标准多功能键盘输入或查询信息，包括地区导航、武器状态和选择、无线电调节和工作方式选择、注意事项和告警及性能提示。计算机可以储存多达100个航点，100个预置的高频、甚高频和超高频的无线电管理。通过该系统和多普勒雷达交联的导航计算机以及一个雷达高度表控制导航。航点、目标区和危险区的人工地图可在驾驶员或副驾驶员的多功能显示器上显示。

★ 6.先进的综合多任务系统

"猫鼬"是第一种采用军标1553B军用总线的武装直升机。计算机的大量使用以及先进座舱的采用大大减小了飞行员的负担，即便在现在的武装直升机中，这种座舱也是非常先进的。飞机的机载系统的核心是一套IMS系统（综合多任务系统），该系统由阿古斯塔公司同美国哈里斯公司联合研发。阿古斯塔负责IMS系统的硬件并编写了程序，该程序为汇编语言编写。IMS是一种二余度系统，采用了两套计算机单元。通过该系统，每个乘员都能监视并控制导航、通信、显示（前视红外系统、头盔式综合显示系统、直升机红外导航系统）和武器系统以及所有的飞行参数（油量、电子系统、液压传动系统等）。在座舱内，每个乘员拥有一个单色下视显示器，在左侧控制面板上有控制键。系统能够使用标准的希腊

A-129"猫鼬"直升机

字母键盘操作编程，飞行计划信息能够从外部数据存储系统上传。区域导航系统最多能够编入100个节点，而且最多能够存储100个预先设置的高频/甚高频/超高频频率点。

IMS系统通过1553B数据总线同多普勒雷达高度表、火控系统、飞行导航系统链接，其中包括利顿意大利公司的LISA-4000（姿态航向参照系统）平台，马可尼意大利公司的ANV351多普勒速度传感器，EF1001-1雷达高度表，马可尼意大利公司的ARG80ADF GT1703垂直陀螺仪和GEC航空电子公司的IS-03-004大气数据系统。数字化的AFCS（自动飞行控制系统）能够让飞机以地形跟踪模式（NOE）或用于瞄准、发射武器的稳定模式自动飞行。在原型机中，自动驾驶仪模式选择是由控制方向舵的脚蹬来控制的，而现在则重新安装在专门的转换装置上。目前在役的A-129安装了埃默尔公司的SRT170/EB4高频无线电收发机，双模的埃默尔SRT651多频段电台和意大利SIT421T/1553敌我识别器。"猫鼬"还拥有先进而完善的电子自卫系统，该系统也是同1553B数据总线链接，包括一部ELT156-05雷达报警接收机，马可尼意大利公司的RALM，一部激光报警接收机，一部ELT554雷达干扰机和一部AN/ALQ-144V1红外干扰机。

★ 7.观瞄系统

原计划装备A-129的MMS（桅杆式观瞄系统）由于成本原因而被暂时放弃，因此在机鼻安装了前视红外/光学系统用于攻击和领航。最初交付意大利陆航的"批次1型"飞机仅仅装备了具有昼间作战能力的萨伯HeliTOW系统，并没有为飞行员安装前视红外装置。原型机则在机鼻下方的转塔内安装了性能稍差一些的休斯M65"陶"式瞄准系统。1987年两种系统开始竞争，最终还是由瑞典升级的HeliTOW系统获胜。HeliTOW是一种高分辨率，具备3倍和12倍放大倍率的全天候昼夜观瞄系统。它综合了第二代前视红外系统（使用8～12微米波长）和钕钇铝石榴石固体激光发生器。前视红外系统拥有同光学系统相同的放大倍率。改进型HeliTOW能够在方位角240度和高低角50度范围内进行转动。光学系统和激光测距仪通过数据总线将数据传送到IMS系统，位于前舱的武控官能够精确获得目标的坐标和距离信息。在机鼻上部的一个转塔内装有第二部前视红外系统，该系统主要供后座飞行员使用。被称为HIRNS（直升机红外导航系统），其将一个热成像红外仪装在一个随动的平台上。HIRNS的方位和高低视角分别为正负130度和+20度、-60度。

HeliTOW和HIRNS的转塔都能回转180度，以保护光学系统在飞行时免受伤害。由HIRNS系统传输的红外影像可同时供飞行员和武器控制/领航员使用，他

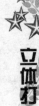

立体打击——军用直升飞机
JUNYONG ZHISHENGFEIJI

们佩戴了霍尼维尔公司的综合头盔显示装置。由HeliTOW的热成像仪获取的图像通过武控官的观瞄系统显示在综合头盔显示装置上。此种装置首次应用是在AH-64，包括一个装于座舱内的头盔跟踪系统，它可以让武器控制官或者飞行员仅仅简单转头盯住目标就可对目标进行跟踪和瞄准。本来该系统可显著地提高操纵火炮的效率，虽然意大利陆航的A-129（初期）并没有装备火炮。但因为可以显示瞄准点所以其也可以用来发射无控火箭。

★ 8."陶"式导弹和无控火箭的选择

A-129的主要反坦克武器是BGM-71"陶"式反坦克导弹。直升机装备的"陶"式导弹（BGM-71A/B）后来升级为陶-Ⅰ（BGM-71C）和陶-Ⅱ（BGM-71D/E）型。"陶"式反坦克导弹的最大射程为3750米，最初这个射程足以保证直升机在前苏联早期近程防空系统（如萨姆-7或者20～30毫米高炮）的有效射程外发射，但是在面对射程更远的萨姆-15（9M330道尔）、萨姆-18（9K38针）以及通古斯卡等新型系统时，就显得力不从心了。但就像所有的空地或者空空导弹一样，如果给予载体一个较高的发射速度（相对于固定载体），"陶"式导弹的有效射程就会增加。在直升机以185公里/小时的速度飞行时发射陶式导弹的射程会增加到大约4000米。此时，导弹飞完全程需要至少20秒钟。当发射导弹时，直升机前座的武器控制官必须把稳像式瞄准系统的十字线稳稳压在目标上。导弹飞行期间，其尾部的红外信标发出强烈的红外信号。位于直升机观瞄装置中的一个跟踪器会随着导弹相对瞄准线角度的变化产生制导信号。该信号被转换为控制指令，并通过细铜线传输到导弹。信号控制导弹逐步靠近观瞄系统中的瞄准线，而瞄准线是一直压住目标的。导弹飞行过程中，操纵员唯一的任务就是将瞄准线始终压住目标，此时飞行员不能调整观瞄系统的角度（左右视野110度），否则目标会丢失。在A-129座舱中，这些调整限制十分醒目地标于飞行控制器的方盒子上。

就像其他任何一种武装直升机一样，"猫鼬"同样装有无制导火箭。A-129可以采用北约标准的70毫米火箭，最初采用Mk-40火箭弹，但是目前已由更大更先进的Mk-66/70代替。虽然70毫米火箭有利于北约国家武器相互兼容。但意大利陆军航空兵还发展并且装备了一种更大口径的无控火箭系统，即SNIA BPD 81毫米女妖。女妖系统将火箭参数输入数字综合武器管理系统（IAMS），该系统插入A-129原有的IMS系统内，允许火箭选择不同的弹头并计算发射、点火时间，并能够让火箭根据激光测距仪和光学瞄准系统的提示进行发射。意大利的81毫米火箭装有各种战斗部：高爆战斗部（7公斤）、预制破片战斗部（7公斤）、目标指示（内有含磷燃烧物）战斗部、高爆反坦克战斗部、反坦克/反人员子母雷

A-129"猫鼬"直升机

战斗部（10公斤重，其中包括11个降落伞稳定的子弹药）和训练弹。通常情况下，"猫鼬"携带两个81毫米火箭弹吊舱，每个吊舱内有12枚火箭弹。当使用基本的7公斤战斗部时，无控火箭最大射程12公里。意大利飞行员对于精确发射这种火箭十分在行，即便是在远射程情况下这些火箭也能较为精确地命中目标，这几乎成为其炫耀的最大资本。81毫米火箭性能远高于70毫米火箭系统，但其最大携带量只有38枚（混合携带12枚装吊舱和7枚装吊舱），而70毫米火箭的最大携带量为76枚。

★ 9.项目发展

当A-129的设计工作展开之际，意大利对攻击直升机的要求也发生了变化。由于资金原因，意大利陆军认为A-129应该是一种单一的反坦克平台。1981年，意大利陆军对反坦克/侦察直升机军事需求的最后修改本确定。同年12月，A-129收到了官方项目预先拨款。A-129所需的一些先进系统在1982～1983年间进行测试。1983年9月15日，A-129原型机（P1，编号901）在卡西尼亚科斯塔进行了首次正式首飞。此前它已经分别在9月11日和13日进行了两次简单的飞行。首次实弹射击测试于1986年10月间在撒丁岛的武器试验场进行，当时使用了M65观瞄系统和陶式导弹。由于试飞效果非常好，1987年12月军方同厂商签订协议购买15架A-129反坦克型及后勤保障支援系统（维护、备件及文件）。

1987年，随着采用新型的观瞄系统，"猫鼬"具备了夜间作战能力。1988年，"猫鼬"开始了其第二次和第三次实弹射击试验。1989年，军方和厂家签署合同，确定了昼夜武器系统。同年，"猫鼬"进行了第四次和第五次实弹射击试验。1990年，第六次和最后一次火力试验增加了陶-ⅡA的发射。

1990年10月6日，首批5架"猫鼬"直升机交付意大利陆军航空兵训练中心。1992年"猫鼬"生产暂时停止时，阿古斯塔公司已经向意大利陆军交付了45架基本型（包括"批次1"和"批次2"）A-129。

★ 10. A-129国际型

（1）研制　　尽管A-129在历次行动中表现不错，但实际上最初仅有意大利陆航装备了45架基本型"猫鼬"。而缺少资金一直是制约"猫鼬"发展的关键因素。要想改变这一情况，必须将"猫鼬"推向国际市场。通过阿古斯塔公司对海湾战争的研究发现，未来国际市场需要的武装直升机必须可以执行护航、侦察、反坦克和近距支援等多项任务。这就需要直升机装备各种武器来适应不同的任务环境。为了能够在国际市场占据一席之地，阿古斯塔公司开始着手改进，推出了A-129国际型"猫鼬"。此前，阿古斯塔公司利用902号飞机试验了很多新概念。这些试验中最重要的是装备T800发动机和在机鼻下方装备机炮。国际型"猫鼬"将装备两个额定功率1362轴马力（1016千瓦）的LHTEC CTS 800-2涡轮轴发动机，传动装置输出功率提高到1700马力（1268千瓦）。一种新型的空气过滤装置也在研制中，该机还可以安装红外抑制器。国际型的基本任务总重4800公斤，

立体打击

JUNYONG ZHISHENGFEIJI 军用直升飞机

最大任务重量5100公斤，机体内燃料增多，延长了续航时间。

（2）定型　　首次为国际型"猫鼬"试验机安装新型发动机花费了9个月的时间。1992年，飞机安装了一挺单管卢卡斯12.7毫米机枪，它装于飞机的"下颚"处，并进行了火力试验，其弹药装于机枪后部的整流罩内。依靠安装了新型发动机和机枪的A-129直升机，1994年阿古斯塔公司进入了出口市场，并第二次尝试向荷兰出口，但荷兰最终仍选择了AH-64。

1993～1994年阿古斯塔公司因为资金问题进入了最艰难的时期，1996年12月，其所有权由国有EFIM公司转为私营公司。在同一时期，意大利国防部长宣布由于意大利陆航的A-129项目资金削减，将放缓向陆航交付"猫鼬"的速度。这一系列的变故阻碍了阿古斯塔公司向英国和荷兰的推销计划。从商场和战场得到教训后，阿古斯塔公司卷土重来，1995年1月9日，其最终版本A-129国际型原型机试飞。

（3）国际型"猫鼬"的特点　　同早期的原型机相比，国际型"猫鼬"最大不同在于其5片桨叶的主旋翼和机枪（炮）。主旋翼使用了阿古斯塔公司成熟的、并已经过测试的专利全铰接设计，拥有5个弹性轴和复合材料叶片。1996年晚期，902的地位被第二架飞机代替——Ⅰ-INTR/800。这个机体最初是为意大利陆军制造，为未完成的第三批次飞机中的一架，阿古斯塔公司编号29052。它一开始就装备了T800发动机并在1997年初换上了新型的旋翼。因此它可以称得上是第一架真正意义上的"国际型"。

国际型"猫鼬"同意大利陆军原有型号的不同还包括改进的SRT170M6和SRT65IN无线电台以及新的乘员内部通话器。新的导航系统采用了利顿LN 1002G惯性/GPS双模导航装置。直升机增加了新型的ANV353多普勒速度传感器，另外还有意大利阿莱尼亚公司的24MW1001无线电高度表。大气数据系统升级为通用电气公司马可尼航空电子公司的HADS1553B。

A-129"猫鼬"直升机

（4）座舱　　国际型的座舱变化十分明显。每个乘员的仪表盘将安装两个阿莱尼亚公司的6英寸×8英寸（15厘米×20厘米）彩色平板显示器，包括一个移动数字地图。阿莱尼亚公司还在发展一种新的基于ADA语言的中央计算机，使用摩托罗拉处理器。同时还有用于下视显示器的显示处理器，另外还为"猫鼬"发展了数据和图像调制解调器。目前广泛装于座舱的直视光学观察系统也将被一部CCD电视相机代替（工作在近红外波段以便在低光度条件下使用）。新直升机采用了一种融合了自动驾驶仪的火控系统，允许脱杆攻击。双目综合头盔显示系统也处于发展之中，该系统具备全面的夜间超低空飞行能力。飞行员还将获得ANVIS-6护目镜，以防止激光伤害。

（5）前视红外观瞄系统　阿古斯塔公司正在为A-129国际型选择一种瞄准线攻击前视红外观瞄系统，该系统能够将跟踪距离提高50%以上。已经服役的A-129原有前视红外系统采用8～12微米的设计，这是为了夜间使用而选择的最佳波长，但是此波长在空气中衰减较大。不过，随着热成像技术的发展，3～5微米波长的前视红外系统已经比较适合高湿度环境，澳大利亚和新西兰都为自己的"海妖"直升机选择了这样的系统。

（6）火控系统　对于国际型"猫鼬"来说，比较适合的火控系统有两种，瑞典萨伯公司的HeliTOW+海尔法和以色列塔曼NTS-A。前者已经在美国通过MBB BO105试验机成功地进行了发射试验。萨伯公司除了制造钕钇铝激光器，也正在发展对人眼更安全的拉曼激光器，这种系统在未来将被整合进HeliTOW。一种自动目标跟踪装置和TEACV-80-AB-F视频记录仪也将被加入系统中。由以色列设计的塔曼NTS（夜间目标系统）将前视红外系统、激光测距仪、电视显示、CCD电视和视频记录仪添加入基本型M65系统。NTS是现成的产品，并且已经装备美国海军陆战队和以色列国防军空军的AH-1。阿古斯塔公司很可能设计两种系统兼容的接口，而最终选择哪种将由客户决定。

A-129"猫鼬"直升机

（7）"海尔法"导弹　无论采用哪种火控系统，A-129国际型都将装备AGM-114"海尔法"导弹，并且允许客户在一架飞机上混装4枚"海尔法"和4枚"陶"式导弹。正式的文件表明国际型"猫鼬"可以携带8枚"海尔法"，但是它实际上可以安全的携带最多16枚这种导弹。两侧的短翼上安装M299发射架，这使其可以兼容毫米波制导的AGM-114L型"海尔法"。尽管"海尔法"导弹性能先进，但是其价格昂贵，使用操作的费用也很大。据说荷兰的"阿帕奇"飞行员曾被明确告知，在训练中不可能让他们发射实弹！而"陶"式导弹则拥有更好的性价比。国际型"猫鼬"仍然保持其70毫米和81毫米火箭，但是通常不会一次携带两种。

（8）机炮　"猫鼬"国际型的20毫米机炮装在位于机头下方的简易炮塔上，该炮塔在方位上可旋转±90度，俯仰角为+20度/-45度。902号机的机头两侧宽大的整流罩已经由位于机头左侧的一种简单但更有效的U形弹药舱代替。如有必要，火炮可以在野外安装或者拆卸，安装最多需要约30分钟，拆卸需要15分钟。1997年10月的试验验证了头盔显示的精度符合夜间行动，射击时的红外信号、弹药装填均符合要求，火炮在1100米内的精度相当高。U形供弹装置可以容纳300发炮弹，为无动力装填。

（9）空空导弹　A-129国际型增加的另一种新型武器是空空导弹。阿古斯塔公司最初试验了响尾蛇、毒刺和西北风，最终出于重量和尺寸原因选择了后两者。西北风具有较强的离轴发射能力，而且战斗部更大，使用近炸引信。而毒刺更轻，更便宜。由大约10人组成的美国综合系统专家帮助阿古斯塔公司为A-129国际型整合BlocRⅡ空对空型毒刺ATAS导弹。毒刺ATAS能够由头盔瞄准器和前视红外系统操纵，并且具备最大30度的离轴发射能力。然而最初测试结果相当令人失望，随后对该弹的导引头进行了改进，采用了更复杂的算法，一个更有效的战斗部，更好的自动驾驶仪和飞行控制程序。每架直升机将可携带2枚或4枚空空导弹，导弹以双联装的方式挂在标准挂架上。意大利陆航对直升机载空空导弹的需求来自在前南斯拉夫的一些经验。1992年1月7日，一架在克罗地亚上空执行维和任务的意军直升机被一架前南斯拉夫空军的米格-21击落，直升机上所有5名乘员全部遇难，前南斯拉夫战斗机发射了三枚红外制导导弹，其中一枚命中。

★ 11. 改进升级

随着冷战消失以及反恐作战的兴起，昔日坦克集群突袭的威胁已不复存在，作战对手及作战形态发生了变化。A-129的载弹量、火力、作战半径、作战高度已经满足不了现代反恐作战的需要，在国际军用直升机市场上，人们更看重AH-64等航程远、续航时间长、作战范围大、载弹量大、火力更强一类的大型直升机。所以A-129销路不佳，可谓生不逢时。在这种背景下，阿古斯塔公司毅然决定斥资对A-129实施升级改型。技术升级改型的内容主要包括两个方面：一是增大动力；二是改进航空电子设备。

在动力装置方面，换装大功率发动机。选用了美国为RAH-66"科曼奇"直升机新研制的CTS-800-OA涡轴发动机，替换原装的罗·罗公司研制、意大利毕亚交公司仿制的GEM2MK1004D涡轴发动机。机上2台发动机同时工作最大功率由2×615千瓦提高到2×996千瓦。

旋翼系统由4片桨叶改成5片桨叶，增大了旋翼系统的拉力，使全机最大起飞重量由4100公斤提高到5100公斤，有地效条件下悬停高度由3750米提高到4206米，以便在4200米以上也能起飞执行任务。

增大了机内燃油量。机内载油能力提了33%，使航程增大到561公里。

头部安装的直瞄武器由12.7毫米机枪改为3管20毫米机炮，增强了对地攻

A-129"猫鼬"直升机

击的火力。具有使用AGM-114"海尔法"反坦克导弹的能力，相比起"陶"式，反坦克能力大大增强。另外增加了发射北约制式70毫米火箭弹发射器，具备了发射"毒刺"空空导弹的能力。

此外，为起落架设计了选装的滑橇，可以在雪天起降执行作战任务。

改进后，电子设备采用两个独立的红外夜视系统，并采用了头盔显示器，使得夜间和恶劣气象下的战斗力得以提高。机上加装了完善的数字式综合控制系统，可管理飞行和作战任务的分系统。阿古斯塔公司还改善了A-129的可维护性，并开发了相应的模拟器及软件。驾驶舱里安装了新的多功能显示器。以惯性导航/GPS全球定位系统作为主导航设备。改进目标观察和瞄准传感器，导弹发射采用了激光制导系统，具有进行自主式激光识别、跟踪制导和远距离发射空地导弹的能力，不仅提高了武器命中精度，同时提高了自身战场作战生存力。

升级后的A-129性能有了显著改善，作战效能得到全面提升，昔日的A-129已不能与之相比了。新的A-129于1995年首飞成功后，立刻在国际军用直升机市场上备受瞩目，土耳其、澳大利亚、斯洛文尼亚、马来西亚、新加坡、西班牙和瑞士等国家纷纷表示了对新A-129的兴趣。阿古斯塔公司趁势将升级后的A-129命名为A-129 International——"猫鼬"国际型。在此基础上，该公司还在进行A-129的舰载武器验证试飞，以满足意大利海军陆战队的作战需要并扩大其销路。

附：A-129"猫鼬"直升机技术参数

旋翼直径	11.90米	尾桨直径	2.24米	机长	14.29米
机宽	0.95米	机高	3.35米	主轮距	2.20米
前主轮距	6.955米	空重	2529公斤	燃油重量	750公斤
最大起飞重量	4100公斤	最大允许速度	259公里/小时	最大爬升率	10.9米/秒
悬停高度	3750米	续航时间	3小时		

第二节
意大利军用A-109直升机

★ 1.简介

A-109A是意大利阿古斯塔公司研制的双发轻型直升机。1971年8月首次试飞。1975年6月获得意大利航空注册局和美国联邦航空局适航证，1976年开始交付使用。

★ 2.性能特点

（1）旋翼系统　4片桨叶全铰接式旋翼，尾梁左侧装有2片半刚性三角

A-109直升机

铰式尾桨。旋翼桨叶翼型为NACA-23011，前缘下垂。旋翼相对厚度由桨根的11.3%过渡到桨尖的6%，通过承拉／扭条装到桨毂上。桨叶由铝合金铰接结构与蜂窝夹芯结构组成，桨尖后掠，桨尖和前缘胶接处有不锈钢防蚀套。桨叶可手工折叠，可选装旋翼刹车装置。尾桨桨叶由铝合金、铰接后缘、蜂窝夹芯结构和不锈钢前缘包条组成。

A-109K采用复合材料旋翼桨叶和桨毂，装有弹性轴承，桨叶涂有特殊的表面涂层，以增强防蚀和防磨能力。采用了新的轻型尾桨，尾桨直径减小，尾桨叶翼型为高效"沃特曼"翼型，不锈钢蒙皮。旋翼转速为384转／分，尾桨转速为2085转／分。

（2）传动系统　主减速器安装在座舱上部的整流罩内，发动机通过并车减速器和90度换向两级主减速器驱动旋翼。飞行时来自并车减速器的功率，通过输出轴和尾桨减速器驱动尾桨。

装两台"阿赫耶"1K1发动机的A-109K和装两台PW206C发动机的A-109E起飞和最大连续传动功率均为671千瓦；单发工作时，2分30秒传动功率为477千瓦，最大连续传动功率418千瓦。

（3）机身　铝合金和蜂窝吊舱尾梁式结构，机身分为4部分：机头、驾驶舱、客舱和尾梁，尾梁后部上方有后掠垂尾。非后掠平尾中置在尾梁上、垂尾之前，与总距操纵杆联动。

（4）着陆装置　A-109E装可收放前三点式起落架，主起落架和前起落架都装有油-气减震支柱。主起落架为单轮，前轮能自动定中心和转弯（±45°）。液压收放，前起落架向前，主起落架向上收入机身。有液压应急收放装置和锁定机构。主轮上有刹车盘。所有轮胎均无内胎，规格均为650×6厘米，胎压为$5.9×10^5$帕。垂直安定面下面装有尾撬。

A-109K装不可收放前三点式高架起落架，加大了机体与地面的间距。固定式支柱代替了机头起落架作动筒，固定式支柱和V形支撑框架代替了每个主起落架作动筒。所有型号上都可选装应急自动充气浮筒和雪橇。

（5）动力装置　A-109K装两台透博梅卡公司的"阿赫耶"1K1涡轮轴发动

第八章　意大利军用直升机

185

A-109直升机

机，每台2分30秒钟功率为575千瓦；30分钟起飞功率为550千瓦；最大连续功率为471千瓦。可选装发动机粒子分离器。标准可用燃油容量为750升。可选装150升的副油箱（A-109KM可选装200升副油箱）。可选装自密封油箱。每台发动机有独立的燃油和滑油系统。

A-109E装两台普拉特·惠特尼加拿大公司PW206C涡轮轴发动机，每台起飞功率为477千瓦；最大连续功率为423千瓦；单发工作时最大应急功率为546千瓦，最大连续功率为500千瓦。发动机并排安装在后机身上方。发动机之前及发动机与客舱之间用防火墙隔开。装有全权数字式发动机控制系统和用于发动机管理的液晶多功能显示器。标准燃油容量为605升。可选装副油箱，副油箱总容量为267升。

（6）座舱　一名或两名空勤人员，驾驶员座椅在右侧，可选装双套操纵系统。机舱内可放置6个旅客座椅。要人专机布局设4～5个座位，设有饮食柜和音乐中心。舱门朝前开，两侧均有旅客舱门。机舱后部有很大空间，可载150公斤行李，通过左侧朝前开的舱门进出。中间一排座椅可拆卸以便运货。医疗救护型，可横向放置一副担架（用"气泡"舱门代替标准舱门）。医疗设备包括：氧气瓶（可用3小时），带有流量表湿润器的氧气/空气-氧气呼吸器，心电图监控设备，以及紧急救护设备。可施行应急医疗救护（EMS），在很短的几分钟内，将标准运输型布局改装成医疗救护型布局。应急医疗救护（EMS）座舱布局可容纳1名驾驶员，3名护理人员，1副纵向放置的担架，备有心血管循环和肺部强化救护系统。

（7）系统（A-109KM）　轻型液压系统和电子系统。28伏直流电系统由2个160安发电机和27安·时的28伏蓄电池提供。交流电系统可选装2台250伏·安或2台600伏·安115/26伏400赫静变流器，也可选装一台6千伏·安交流发电机和一台备用的250伏·安的固态变流器。两套各自独立的液压系统，一套系统不能工作时，另一套系统能操作主要的制动器。液压系统带有正常的和紧急的蓄压器，用于操纵旋翼刹车，机轮刹车和前轮定中心。

（8）机载设备（A-109KM）　甚高频/调幅、甚高频/调频、超高频、高频、机内通话装置，敌我识别应答机和应急定位器发射机；无线电罗盘、伏尔/定位/仪表着陆系统、测距仪、全球定位系统和甚低频欧米加气象雷达；前视红外探测系统；雷达/激光报警接收机；干扰物布撒器。

（9）武器（A-109KM）　有4个挂点，每侧座舱及支架上各1个。典型的武器载荷包括：火箭/机枪吊舱，每个吊舱可装3枚70毫米火箭和一挺12.7毫米带200发子弹的机枪；或装7.62毫米或12.7毫米机枪吊舱；7管或12管70毫米或81毫米火箭发射器；4枚或8枚"陶"式反坦克导弹（在座舱顶部装有瞄准具）。另外在座舱门口装7.62毫米和12.7毫米侧射机枪。

★ 3.改良型号

（1）**A-109C宽机身型**　1989年获美国联邦航空局型号合格证。动力装置采用艾利逊公司250-C20R-1涡轴发动机，单台功率为335.6千瓦，传动功率加大到589千瓦。采用新的复合材料旋翼桨叶。尾桨桨叶采用"沃特曼"翼型。加固了起落架。最大起飞重量增加到2720公斤，有效载荷增大109公斤。1989年马来西亚订购了4架。1989年2月首次交付。

（2）**A-109Max改进的医疗救护型**　大大地扩大了向上开的侧门和整流罩。座舱容积3.96立方米，可容纳2名驾驶员，两副担架和2名坐着的伤员或医护人员。新的座舱布局由在美国新泽西州的泰特博伦用户飞机装修公司设计。

（3）**A-109K双发多用途高温高原型直升机**　该型装两台538千瓦透博梅卡公司的"阿赫耶"1K1涡轮轴发动机。第一架原型机于1983年4月首次飞行。A-109K加大了传动功率，采用了新的复合材料桨毂，弹性轴承。复合材料桨叶表面有硬化的涂层，可防止沙石和尖硬的尘沙擦伤。采用新的"沃特曼"翼型尾桨。加长的机头可放置附加的电子设备。此外，还采用高架式不可收放的高性能减震起落架。

（4）**A-109K2救援型**　首先卖给瑞士REGA山救援服务队。REGA的装备包括：易操纵的探照灯，绞车，AFDS95-1自动飞行控制系统，活动地图显示器和单驾驶员仪表飞行系统。A-109K2（A-109K的生产型机）于1984年3月首次试飞，该机全部体现了计划中规定的生产型特征。1996年底获得美国联邦航空局单驾驶仪表飞行规则型号合格证。瑞士REGA山救援服务队订购了16架A-109K2，1991年12月交付了首架直升机。1995年12月交付完毕。

（5）**A-109KM军用型**　主要用于反坦克、侦察、护航、指挥、电子对抗及搜索救援。安装固定起落架和滑动门。

（6）**A-109KN舰载型**　用于反舰、近海巡逻、校射、电子战和垂直补给等任务。

（7）**A-109K2执法型**　专用的警用型，选装的设备有：承载能力907公斤的货物吊钩，带50米绳索承载能力204公斤的变速救援绞车，SX-16探照灯，扩音器，应急浮筒，全球定位系统，气象雷达，微光电视和前视红外探测系统。

A-109直升机

（8）A-109E加大功率型　　1995年在巴黎航展上展出，在此以前已飞行试验了60多小时。机体与A-109K2类似，采用钛桨毂，通过弹性轴承与桨叶相联。装PW206C发动机，采用新型高架起落架。1995年底制造出首架生产型直升机，1996年5月31日取得意大利航空注册局仪表飞行规则型号合格证，1996年8月26日取得美国联邦航空局仪表飞行规则型号合格证。在1997年的巴黎航展上展出带综合仪表显示系统座舱的直升机。波兰的PZL-Swidnik公司签订了在1996～2002年期间为A-109E生产机身的合同，1996年制造了7个机身，1997年制造了15个，此后每年制造30个。

（9）A-109E0A型　　意大利海军观察型。该型有加长的机头和升高了的不可收放式起落架。动力装置为加大了功率的艾利逊公司250-C20R发动机，比艾利逊公司250-C20B有更好的高温高原性能。此外，A-109E0A型还装有滑动舱门，抗坠毁自封油箱，导弹发射架，12.7毫米机枪，SFIN陀螺稳定瞄准具和电子战设备。意大利军队订购了24架A-109E0A直升机，并于1988年交付使用。

　　除意大利、美国、日本、墨西哥等国外，瑞士REGA山救援服务队购买了16架A-109K2，1991年12月至1995年12月交付；瑞士国防采购局订购了一架A-109E，于1997年12月交付；迪拜警察局3架A-109K2，1995～1996年间交付。截至1997年6月，A-109E的订购量达40多架。截至1997年10月，总计生产了592架各型A-109直升机，其中生产了414架A-109A，126架A-109C，40架A-109K，12架A-109E。

附：A-109E直升机技术参数

旋翼直径	11.00米	尾桨直径	2.00米	机长	13.04米
机身长	11.44米	平尾展长	2.88米	主轮距	2.45米
前后轮距	3.54米	空重	1570公斤	最大起飞重量	2850公斤
最大允许速度	311公里/小时	最大巡航速度	289公里/小时	最大爬升率	10.6米/秒
实用升限	6100米	悬停高度	5791米	最大航程	977公里

立体打击

JUNYONG ZHISHENGFEIJI

军用直升飞机

第十章

国际合作制造的军用直升机

欧洲军用"虎"式直升机

★ 1.简介

欧洲"虎"式武装直升机由欧洲直升机公司研制，该公司由法国航宇公司和德国MBD公司联合组成。在20世纪70年代，随着专用武装直升机在各大局部战争中出色的发挥，该机种为各国军队竞相研制装备。当时法国装备了"小羚羊"武装直升机，德国装备了Bo105P（PAH-1）武装直升机，但两者都是从轻型多用途直升机改进而来的。因此两国谋求以合作形式，研制一种专用武装直升机。

"虎"式武装直升机的研制工作起始于20世纪70年代末期，原型机于1991年4月首飞。并在2001年开始服役，为欧洲著名先进武装直升机。型号包括：为法国陆军研制的护航和火

欧洲"虎"式直升机

力支援型直升机HCP，反坦克型直升机U-TIGER；以及为德国陆军研制的反坦克型直升机。从发展过程特点来看，"虎"式武装直升机在研制过程中，其论证阶段达10余年之久，可以说是世界军用直升机发展史上在论证、决策上持续时间最长的机型之一。

★ 2.研制计划

从1975年11月德国和法国的国防部长交换共同研制反坦克直升机的信件算起，到1989年11月正式授予研制合同，并把研制的武装直升机取名为"虎"时止，前后花了14年的时间进行谈判和论证。在此后的研制过程中，由于经费不足，致使计划一拖再拖，在2002年才交付使用。在漫长的30多年研制过程中，世界形势发生了变化，对"虎"的要求也发生了变化，所以原计划要研制的基本型号也有所改变。

"虎"计划是1984年正式开始的，那时法国和德国政府签订了一项谅解备忘录，内容是研制取代"小羚羊"和Bo105P（PAH-1）直升机的轻型攻击直升机。备忘录对将要研制的新的武装直升机所提出的战术技术要求，能够满足德国陆军的要求，为此，德国陆军就中止了购买美国AH-64"阿帕奇"武装直升机的计划。当时，德国陆军已有150名军官就AH-64直升机的使用、维护等，接受过美国陆军的培训。从修改上述备忘录，到两国的制造商，即法国的航宇公司和德国的

MBD公司正式达成研制协议，就跑了一次马拉松，花了整整5年的时间。该协议把要研制的轻型武装直升机正式命名为"虎"（OGER）。根据计划将首先研制两个主要类型：火力支援型和反坦克型，共3个型号，即法国的火力支援型HCP、反坦克型-TIGER和德国的反坦克型PAH。

按原来的研制计划，反坦克型直升机HAC和PAH-2将分别于1998年和1999年向法国和德国交付。1995年6月30日双方商定，首批生产的"虎"式直升机先向法国交付，共10架，交付时间为1999年。但同年11月，由于法国提出要推迟付款，因此交付时间随之推迟到2001年。1996年5月，法国又改变了主意，致使交付时间进一步推迟。

无独有偶。1996年10月，德国由于财政原因，也提出将"虎"的生产日期推迟1年。不过，他们打算通过加快生产进度来补偿这推迟的1年时间，以保证在2001年能投入部队使用。按计划，到2006年将交付50架，此后再放慢生产交付速度。

欧洲"虎"式直升机

"虎"式武装直升机的反坦克型，即法国陆军用的HAC和德国陆军用的PAH-2，主要用于攻击敌人坦克和阻止敌人坦克的大规模攻击；火力支援型HAP，只供法国陆军使用，主要作为空中轻骑兵执行快速反应任务。

★ 3.原型机

"虎"式武装直升机有5架原型机。

1号原型机编号为F-ZWWW，用于空气动力飞行试验，只装有基本的航空电子设备，于1991年4月27日首飞。后来，又装上旋翼主轴、顶篷瞄准具、航炮与武器等气动力实体模型进行试飞。在完成了502小时的飞行试验计划以后，1999年初被用于地面疲劳试验。

2号原型机编号为F-ZWWY，具有HAP机的空气动力外形，装有全部核心航空电子设备。试飞目的是为了对HAP作进一步修改。该机于1993年4月22日首飞，1996年11月完成了对HAP装备系统的修改，到1997年1月1日，共飞行了353小时。

3号原型机编号为9823，装全部核心航空电子设备，1993年11月19日首飞，到1997年1月1日，共飞行了320小时。

4号原型机编号为F-ZWWU，装HAP型机的航空电子设备。它是第一架真正装有武器系统的"虎"，于1994年12月15日首次飞行。1995年4月，该机完成了航炮地面射击试验，前后共进行了15次。从1995年9月21日开始对武器系统进行全面试验，到11月末，就已对航炮空中射击、"西北风"空对空导弹的发射进

第十章 国际合作制造的军用直升机

行了验证。

截至1997年1月1日，该机已飞行了214小时，并发射了8枚"西北风"导弹、50枚火箭和3000发航炮炮弹。

5号原型机编号为9825，装有UHT型机的全部航空电子设备，1996年2月21日首次飞行。主要供德国陆军用于武器试验，其中包括"毒刺"、"霍特-2"导弹，以及12.7毫米口径机枪吊舱试验。到1997年1月1日共飞行了68小时。

1998年2月，4号原型机在澳大利亚汤斯维尔做飞行表演，并进行了68毫米直径无控火箭的发射试验。在此期间，该机在一次飞行中，不幸撞到地面起火烧毁。两名飞行员逃离了直升机，未受伤。

欧洲"虎"式直升机

 4.主要优势

外形尺寸小，广泛采用复合材料，提高了其隐身性。

其重量比AH-64D轻三分之一，机动灵活，爬升率为6.4米/秒，极限最大爬升率为11.5米/秒。AH-64D的机动性若要达到"虎"的水平，作战重量就必须比"虎"减少10%。

AH-64D采用的毫米波雷达是主动式的，容易被对方探测到。"虎"的全光电探测系统是被动式的，不易被察觉。

在经济性方面，"虎"不仅价格比AH-64D低，而且使用维护费用也要少。

"虎"的航炮则在水平和垂直方向射击角度均比AH-64D大。

5.研究历程

"虎"的研究历程深刻地反映了欧洲政治、军事、经济的一些根本问题。一方面欧洲各国力图联合在一起，依靠欧洲自己的力量在军事装备领域独立发展，以摆脱美国对欧洲的控制；另一方面欧洲各国即便是联合在一起，力量仍与美国有一定差距，且各国间的科研、财政能力有很大差异，这直接导致欧洲"独立"的努力历经磨难，比如"虎"式的研制就很不顺利。可以说该计划的拖延使得在20世纪80年代末还较为先进的"虎"式直升机渐渐显得落伍，和AH-64、AH-64D、Ka-50、RAH-66相比形同鸡肋。如法德两国再不迅速解决这些问题，恐怕"虎"式正式服役时，已经变成老朽的掉牙老虎了。

附："虎"式直升机技术参数

机身长	14.00米	机高	3.81米	翼展	4.32米
主轮距	2.40米	后主轮距	约7.95米	旋翼桨盘	132.70平方米
尾桨桨盘	5.72平方米	基本空重	3300公斤	任务起飞重量	5300～5800公斤
最大过载起飞重量	6000公斤	巡航速度	250～280公里/小时	最大爬升率	大于10米/秒
悬停升限	大于2000米	续航时间	2小时50分		

英法军用"山猫"直升机

⭐ 1.简介

　　1971年3月，第1架原型机首次试飞。"山猫"有以下主要型号："山猫"AH.Mk1英国陆军通用型，总共生产了113架，截至1990年1月，仍有107架在服役，其中一些已改装成AH.Mk7；"山猫"HAS.Mk2英国和法国海军型，英国订购60架，法国订购26架；"山猫"HAS.Mk3，装2台835千瓦（1135轴马力）罗·罗公司的

"山猫"直升机

"宝石"41-1涡轴发动机的英国皇家海军型；"山猫"Mk4，法国海军型，装"宝石"41-1发动机和大功率传动系统，总重提高到4763公斤；"山猫"AH.Mk5，英国陆军型，与AH.Mk1相似，但发动机功率加大，总重为4535公斤，世界上第一种真正的电传操纵系统的直升机；"山猫"HAS.Mk8，现代英国皇家海军型，装有被动显示系统，最大起飞重量增大到5125公斤，改进了尾桨操纵装置和复合材料旋翼桨叶，加装了中央战术系统；"山猫"AH.Mk9，英国陆军型，最大起飞重量同HAS.MK8；"超山猫"、"战场山猫"，英国韦斯特兰公司发展的出口型，大致与"山猫"AS.Mk8海军型和"山猫"，7AH.Mk9相当，基本区别是最大起飞重量为5125公斤，具有全天候飞行能力。截至1990年1月，"山猫"各型总订购架数为380架，已生产337架，其中包括2架验证机，但不包括13架原型机。在总的生产架数中，英国韦斯特兰公司生产架数占70%，法国航宇公司占30%。

⭐ 2.结构布局

　　总体布局为4片桨叶半刚性旋翼和4片桨叶尾桨。陆军型和海军型旋翼桨叶可人工折叠。海军型尾斜梁可人工折叠。陆军型着陆装置为不可收放管架滑橇，海军型为不可收放前三点式起落架。座舱可容纳一名驾驶员和10名武装士兵。舱内可载货物907公斤，外挂能力为1360公斤。动力装置早期出口型装2台"宝石"2涡轴发动机，单台最大应急功率671千瓦（912轴马力）。后来的型号装2台"宝石"V41-1或41-2涡轴发动机，单台最大应急功率835千瓦（1135轴马力），或"宝石"43-1涡轴发动机，单台最大应急功率846千瓦（1150轴马力）。

"山猫"直升机

★ 3.特点

速度快、机动灵活、易于操纵和控制。

可执行多种任务。可用于执行战术部队运输、后勤支援、护航、反坦克、搜索和救援、伤员撤退、侦察和指挥等任务。海军型还可用于反潜、对水面舰只搜索和攻击、垂直补给等。

★ 4.型号

"山猫"目前生产或正在研制的型号主要有如下几种。

装备英国陆军的Lynx AH.Mk型直升机有4种：Mk1、Mk5、Mk7和Mk9。

Mk1型为基本的通用和效用直升机，已生产113架，仍在服役的108架，部分已改装成Mk7型；Mk5型与Mk1型基本相似。

Mk7型机的尾桨由于使用复合材料叶片并改变旋转方向（从直升机左侧看为顺时针方向），减低了噪声，延长了载重悬停时间，有利于反坦克作战。

Mk9型机经改进后，主要用途为担任高级空中指挥所和战术运输机。

装备英国皇家海军的Lynx HAS.Mk型直升机有3种：Mk2、Mk3和Mk8。其中，Mk2型为基本的执行反潜及其他任务的直升机，机头装有搜索和跟踪雷达，能够执行反潜鉴别与攻击、船艇搜索与攻击、搜索与救援、侦察、人员运送、火力支援、通信与舰队联络以及垂直补给等任务，已交付60多架；Mk3型增大了发动机功率；Mk8型目前尚处在研制阶段，拟安装被动识别系统，更换复合材料主旋翼片和配备中心战术系统。中心战术系统能够处理各种传感数据，并能通过多功能电子显示板提供任务信息，因此将大大减轻飞行员的工作量。

装备其他国家海军的Lynx Mk型，包括法国海军的Mk4型、原西德海军的Mk88型和丹麦皇家海军的Mk90型，此外，在Mk7基础上改进的Mk99型"超山猫"外销韩国、葡萄牙、澳大利亚等。

★ 5.作战运用

1982年的英阿马岛战争中，7架"山猫"直升机作为第一梯队参加了作战，后来英军向马岛战区又补充了3架"山猫"直升机。该机也是英军当时出动的最先进的一种直升机。1982年4月25日的一次反潜作战中，"山猫"直升机和"黄蜂"式直升机将阿根廷的"圣菲"号潜艇一举击沉。海湾战争中，英国第1装甲师一个陆军航空团装备有"山猫"AH.Mk7直升机，24架参战。战争中英海军使用此型机发现

"山猫"直升机

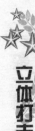

立体打击——军用直升飞机
JUNYONG ZHISHENGFEIJI

并击毁伊海军多艘小型舰艇。

★ 6.识别特征

机头前部突出段较长，与A-109类似，"超山猫"机头下载有圆盘形天线。为圆顶尖型，座舱为并列双座结构，机身两侧滑动舱门上有大窗口，尾梁较短支撑着垂直安定面/尾斜梁，半平尾在垂直安定面的右上端。

4片桨叶旋翼和4片桨叶的尾桨，尾桨安装在垂尾左侧。

陆军型着陆装置为不可收放的管架滑橇，海军型着陆装置为不可收放的前三点起落架，后侧两点起落架，位于机身下外伸的短板两端。

附："山猫"直升机技术参数

旋翼直径	12.80米	尾桨直径	2.21米	机长	15.63米
机高	2.964米	空重	2787公斤	最大起飞重量	4535公斤
最大巡航速度	259公里/小时	最大爬升率	15.9米/秒	悬停高度	3230米
最大航程	630公里	最大续航时间	2小时57分	最大转场航程	1342公里

第十章

国际合作制造的军用直升机

参考文献

[1] 计秀敏. 世界飞机手册. 北京：航空工业出版社，1998.

[2] 章俭等. 长空雄鹰. 北京：兵器工业出版社，1998.

[3] 马湘生，张德和. 现代战争中的直升机. 北京：科学普及出版社，2005.

[4] 熊宪利. 中国直升机五十年（1956—2006）. 北京：航空工业出版社，
2006.

[5] 焦国力. 空战雄鹰：军用飞机与直升机100问. 北京：国防工业出版社，
2007.

[6] 海装部飞机办公室，中航工业发展研究中心. 国外舰载机技术发展：气
动、起降、材料、反潜、直升机预警. 北京：航空工业出版社，2008.

[7] [美] 汉森著. 直升机. 莫红娥译. 北京：北京科技出版社，2007.

[8] 李大光. 世界著名战机：轰炸机·侦察机·运输机·直升机. 西安：陕
西人民出版社，2011.

立体打击

军用直升飞机

JUNYONG ZHISHENGFEIJI